Lucy Summer
Als der Herbst kam

Roman

Dieses Buch widme ich Lukas.
Danke, dass du immer für mich da bist.

Bibliografische Information der Deutschen Nationalbibliothek:
Die Deutsche Nationalbibliothek verzeichnet diese Publikation in der Deutschen Nationalbibliografie; detaillierte bibliografische Daten sind im Internet über http://dnb.dnb.de abrufbar.

© 2017 Lucy Summer

Lektorat/Korrektorat: Anna-Maria Werr und Lukas Schmitt
Fotos: pixabay
Cover: GIMP

Herstellung und Verlag: BoD – Books on Demand, Norderstedt

ISBN: 978-3-7460-2767-8

Inhaltsverzeichnis

-1-
Prolog

Alex

Heute war der 12. Oktober und ich begab mich, wie jedes Jahr an diesem Tag, zum Friedhof. Ich war zwar schon sehr oft hier, doch es fühlte sich jedes Mal aufs Neue komisch an her zu kommen. Meine Eltern starben beide vor zwölf Jahren bei einem furchtbaren Autounfall. Es war einer von diesen Unfällen die fett gedruckt in der Zeitung gestanden haben und jeder, der davon wusste, hatte mir sein Beileid ausgesprochen. Damals fand ich das schrecklich - es machte meine Situation schließlich nicht besser. Viele dieser Leute haben meine Eltern nicht einmal gekannt und trotzdem so getan, als wüssten sie, wie ich mich fühlte. Ich wusste ja selbst nicht, wie ich mich fühlte. Wie sollte man sich fühlen, wenn man vom einen auf den anderen Tag die zwei wichtigsten Menschen seines Lebens verlor? Traurig? Schockiert? Wütend? Leer? Ich würde sagen, eine Mischung aus alldem traf es ganz gut. Meine Schwester Nora, meine Eltern und ich, hatten vor deren Tod ein eher bescheidenes Leben geführt - es war nicht viel Kohle da. Oft lebten wir allein von dem bisschen Geld, das mein Vater verdiente, als meine Mutter keinen Job hatte. Sie wollten nicht zum Staat gehen und sich Hilfe holen: »So etwas machen wir nicht« hat mein Vater immer wieder betont. Andere würden jetzt vielleicht sagen, mein Vater war zu stolz um Hilfe anzunehmen und das stimmte teilweise auch, aber er strebte eben ein unabhängiges Leben an und ist es nicht irgendwie das, was alle Menschen wollen? Also lebten wir gerade mit dem Nötigsten in einer sehr kleinen Wohnung und fanden es ganz und gar nicht schlimm. Immerhin kannten wir es nicht anders. Im Gegenteil. Nora und ich hatten eine sehr schöne Kindheit, unsere Familie hat immer zusammengehalten, wir haben uns nicht unterkriegen lassen. Und genau das war es, dass uns von so vielen anderen Familien unterschieden hat. Der starke Zusammenhalt! Mein Leben lief also gut, bis ich dreizehn wurde und dieser scheiß Unfall geschah... Papa hatte endlich genug Geld beisammengehabt, um sich und meiner Mutter ein Auto kaufen zu können. Abends nach dem Einkaufen fuhren sie die Strecke durch den Wald zu uns nach Hause, weil diese kürzer war und da passierte es. Es brauchte nur einen unaufmerksamen Autofahrer, Glätte und ein Ausweichmanöver meines Vaters. Warum der Fahrer aus dem ihnen entgegenkommenden Auto plötzlich die Fahrbahnseite gewechselt hat, ist bis heute unklar. Jedenfalls wollte mein Vater vermutlich ausweichen, rutschte durch die Glätte über die Fahrbahn und verlor die Kontrolle über das Fahrzeug. Das Auto krachte einen steilen Hang hinab und überschlug sich dabei mehrere Male, für meine Eltern gab es keine Chance, jegliche Hilfe kam zu spät. Das andere Fahrzeug, welches entgegengekommen war, knallte gegen einen Baum. Der Fahrer des anderen Wagens war zwar schwer verletzt, überlebte aber.

Da er leider eine kongrade Amnesie erlitt, was bedeutet, dass er sich an alles vor dem Unfall, aber nicht an den Unfall selbst erinnern konnte, gab es auch keine Erklärung zu dem plötzlichen Fahrbahnwechsel. Der ganze Unfallhergang konnte daher nur vermutet werden. Konkrete Beweise, wie genau alles passierte, gab es daher nicht.

Nun stand ich also mal wieder hier, vor dem Grab meiner geliebten Eltern, und seufzte. Der Herbstwind wehte sanft durch meine zerzausten Haare. Ich lächelte, weil mir in solchen Momenten immer meine Mutter in den Sinn kam und tadelte: »So willst du rausgehen? Kämme dir doch mal vernünftig die Haare«. Sie hat immer dafür gesorgt, dass im Haus alles ordentlich aussah, insbesondere ihre Kinder. Sie wollte nicht, dass wir anders behandelt wurden, nur weil wir nicht so viel Geld hatten. Zum Glück gelang ihr das größtenteils auch ganz gut. Nora und ich sahen immer Top aus! Nora... meine kleine Schwester. Das brünette Mädchen mit den großen, blauen Augen. Ich habe ihr gegenüber einen besonderen Beschützerinstinkt entwickelt, der sie bis heute nervt. Nichts und niemand durfte ihr etwas Böses tun und falls das doch einmal geschah, hatte es immer ordentlich Ärger mit mir gegeben. Selbstverständlich lief ich heute nicht mehr herum und passte auf, dass auch jeder lieb und nett zu ihr war. Nein, heute beschütze ich sie in einem anderen Sinne und zwar indem ich einfach für sie da bin, wenn sie mich braucht. Wir haben einen engen Draht zueinander, manchmal kann ich sogar spüren, wenn es ihr nicht so gut geht, dann rufe ich sie sofort an und meistens behalte ich Recht. Letztes Jahr, als ihr idiotischer Freund Schluss gemacht hat, habe ich das zum Beispiel gespürt und als ich sie angerufen habe, hat sie es mir unter Tränen gesagt. Am liebsten hätte ich diesem Kerl den Kopf abgerissen, aber ich musste Nora versprechen, ihn in Ruhe zu lassen.

»Ihr fehlt mir«, sprach ich in Gedanken zu meinen Eltern und sah nach oben in den Himmel. Er war grau verhangen. Ab und zu fegte ein leichter Wind durch den Friedhof und wirbelte Blätter von den Bäumen, die dann kurz durch die Luft flogen und dann sanft auf dem Boden landeten. Ich lauschte diesem Geräusch und fand es beruhigend. Ich blieb noch ein paar Minuten am Grab stehen, genoss die Stille und ließ meinen Gedanken freien Lauf. »Du bist ja auch hier«, sagte plötzlich eine sanfte, weibliche Stimme und ich drehte mich erschrocken um. »Oh, Entschuldigung. Ich wollte dich wirklich nicht erschrecken, soll ich später noch mal kommen?«, fragte meine Schwester Nora und ich schüttelte lächelnd den Kopf. »Auf keinen Fall, komm her«. Ich zog sie neben mich und legte meinen rechten Arm um sie. Sie ließ ihren Kopf auf meiner Schulter nieder und atmete tief ein und wieder aus. »Ich hasse diesen Tag«, seufzte sie. »Ich auch«, antwortete ich und so standen wir nun beide vor dem Grab unserer Eltern und fühlten den Teil in unserem Leben, der uns schon so lange fehlte. »Manchmal glaube ich, ich kann sie spüren«, sprach Nora und ich nickte. »Das glaube ich auch«. Sie lächelte kurz und aus den Augenwinkeln konnte ich beobachten, wie ihr verstohlen eine Träne die Wange hinab lief. »Nicht weinen, sonst verwischt dein Make-Up«, scherzte ich und konnte sie damit ein wenig zum Lächeln bringen. Sie wischte sich mit dem Ärmel ihres roten Mantels die Träne weg und löste sich schließlich von meinem Arm. Langsam ging sie vor dem Grab in die Hocke und kramte in ihrer Handtasche herum. Sie zog einen kleinen, gläsernen Engel heraus und stellte ihn aufs Grab, neben die Blumen. Ich ging nun ebenfalls in die Hocke, um ihr Mitbringsel genauer zu betrachten. Der Engel hielt ein Herz in seinen kleinen Händen und grinste. »Der ist sehr schön«, meinte ich und Nora nickte. »Finde ich auch, ich habe ihn letztens in einem kleinen Geschäft, hier in der Nähe, entdeckt und musste ihn sofort mitnehmen«. »Das wird sie sicher freuen«, entgegnete ich und dann standen wir beide wieder auf. »Du hast morgen deinen ersten Arbeitstag, oder?«, fragte Nora interessiert und ich schüttelte den Kopf. »Fast. Es ist schon der Zweite«, korrigierte ich sie. »Ach so. Ich würde dich ja fragen wie es ist, aber das kannst du sicher nicht nach nur einem Tag wissen«, sagte sie und ich gab ihr Recht. »Nein, kann ich wirklich nicht, aber sobald ich mich etwas eingelebt habe, werde ich dir mal alles bei einem Kaffee erzählen«. Sie lächelte und dann liefen wir zurück zu unseren Autos.

-1-
Der zweite Tag
Alex

Am nächsten Morgen machte ich mich auf den Weg zur Arbeit. Das Büro, in dem ich arbeitete, befand sich nur 10 Gehminuten von mir entfernt, also musste ich dafür schon mal kein Benzin verschwenden. Heute fuhr ich allerdings mit meinem Fahrrad, weil ich viel zu spät dran war. Ja, ich weiß, am zweiten Tag unpünktlich sein geht gar nicht, aber wer hat gesagt, dass ich es nicht pünktlich schaffte? Tatsächlich kam ich noch rechtzeitig auf der Arbeit an. »Guten Morgen«, begrüßten mich meine drei neuen Arbeitskolleginnen, die schon mit ihren Kaffeetassen an ihren Plätzen saßen. »Morgen«, sagte ich, holte mir ebenfalls einen Kaffee und setzte mich an meinen Platz. Neben mir fingen zwei der Frauen an zu quatschen - und zwar über ihre neuesten Handtaschen. Ich war der einzige Mann hier und so würde es eher schwierig für mich werden, bei den Gesprächen der 3 Frauen, die hier mit mir saßen, mitzumischen. Ich würde einfach versuchen ab und an mal meinen Senf dazu zu geben. Da ich neu war, würde ich größtenteils sowieso nur über mich ausgefragt werden und nicht zu meiner Meinung über Handtaschen. Schnell fing ich an zu tippen, um beschäftigt zu wirken, aber das zog leider nicht. Irgendwie schienen diese Frauen bereits jetzt zu wissen wann ich wirklich arbeitete und wann ich nur so tat als ob. »Erzählen Sie doch mal etwas über sich, Herr Klein«, fragte eine der Frauen. Ich glaubte, sie hatten mir noch gar nicht ihre Namen gesagt. Oder doch? Vielleicht habe ich sie vergessen, kann ja auch passieren, wer konnte sich schon drei Namen innerhalb eines Tages merken. »Zuerst mal könnt ihr mich Alex nennen«, sagte ich und schaute in die Runde. Die Frauen schauten mich an und lächelten mir zu. Sie schienen ganz okay zu sein. »Naja, sonst gibt's nicht viel zu erzählen«. Ich war kein Ass, wenn es um Smalltalk ging. Sie sahen mich noch einmal an, tuschelten kurz miteinander und widmeten sich dann ihrer Arbeit. Zum Glück ließen sie mich jetzt in Ruhe. Ich konnte Fragereien und vor allem den Satz »Erzähle doch was über dich« nämlich nicht ausstehen. Ich meine, was erzählt man denn dann? Wo man herkommt? Was man so für Hobbys hat? Wie man lebt? Warum man hier ist? Und wenn ja, wen interessiert das. Wahrscheinlich ist dieser blöde Satz einfach eine Form der Höflichkeit. Total unnötig. Von mir wird man diesen Satz jedenfalls nie hören. Auch wenn ich sehr höflich sein kann, wenn ich will. Kaum arbeitete ich, klingelte das Telefon ununterbrochen und ich kam mir vor wie ein Trottel, weil ich noch absolut keine Ahnung von Allem hatte. Schließlich war ich ja der Neue hier. Die drei Frauen lachten sich jedes Mal schlapp, wenn ich hilfesuchend in die Runde blickte. Nach ein paar Stunden hörte ich endlich mal deren Namen. Blondie eins hieß Sarah und hatte vom Ausdruck »Natürlichkeit« noch nichts gehört. Sie schmierte sich nämlich ungefähr 10 Kilo Make-Up ins Gesicht und hatte Extensions, die bis zum Keller reichten. Außerdem lachte sie komisch. Blondie zwei, welche Doreen hieß, sah genauso aus wie Blondie eins, weshalb sie von mir auch diese beiden Spitznamen bekamen. Ich konnte sie einfach nicht unterscheiden. Die dritte Frau in der Runde war Marie. Trotz der gleichen Lache passte sie gar nicht zu den anderen beiden. Denn lachen taten alle drei wie die Hühner. Marie schmierte sich nicht ganz so viel Make-Up ins Gesicht und hatte, soweit ich das beurteilen konnte, echte Haare. Auch ihre Nägel waren echt. Anders als bei Blondie eins und zwei. Die hatten richtige Hexen-Fingernägel. Man sollte mir mal einen Mann suchen, der das schön fand - ich glaube die Suche würde niemals enden. Im Gegensatz zu diesen drei gackernden Hühnern hier war ich die meiste Zeit still und genoss die Minuten, wenn ihr Kaffeetank leer war und sie sich Nachschub holen gingen. Solche Minuten waren himmlisch. Und hey, ich arbeitete erst zwei Tage hier und hatte die Situation

13

schon gut unter Kontrolle. Jetzt musste ich nur noch herausfinden, wer die größte Läster-Schwester war. Meine Zeit hier würde dann ganz lustig werden.

***

Es war kurz vor Feierabend und ich zählte schon die Minuten. Blondie eins oder zwei, ach keine Ahnung, eine von denen halt, sprach gerade über ihre letzte Shopping-Tour und ihren Freund. Die anderen hörten aufmerksam zu. »...Und dann sitze ich im Schuhgeschäft und warte auf meinen Freund. Aber er ist einfach nicht gekommen! Und ich habe mich doch schon so aufs Shoppen gefreut. Er weiß genau, dass ich es hasse, allein durch die Läden zu gehen und trotzdem hat er mich einfach im Stich gelassen...«, klagte sie und innerlich musste ich lächeln. Mann, hatte die Probleme. »Ja und dann? Hast du den Mistkerl angerufen?«, fragte die, die nicht blond ist. Mist, ich habe schon wieder ihren Namen vergessen. Blondie antwortete: »Ja, habe ich und ihr glaubt nicht was er dann am Telefon zu mir gesagt hat... Er meinte, dass er noch einen wichtigen Geschäftstermin hat und wir später dafür Essen gehen«. Die Anderen sahen sie völlig entgeistert an. »Nicht sein Ernst«, sagten sie wie aus einem Mund. Jetzt verstand ich überhaupt nichts mehr - nicht, dass ich es davor schon getan hätte.»So ein Idiot! Er versucht doch tatsächlich dich mit einem Essen ruhig zu stellen«, sagte Blondie. Die ganze Zeit überlegte ich mich einzumischen, aber wäre das so schlau? Definitiv nicht, denn es handelte sich hierbei immer noch um Frauen und Man(n) mischte sich niemals in Frauengespräche ein, außer man hatte eine Meinung, die ihnen gefallen könnte. In diesem Falle hatte ich die aber nicht, also saß ich einfach nur da, lauschte und wartete auf meinen Feierabend.»Was sagst du denn dazu, so als Mann?«, fragte plötzlich eine von ihnen und ich sah erschrocken auf.»Ähm, ich?«, fragte ich dämlich und sie nickte mir zu,»Ja du«. Oh, Oh. Jetzt sahen sie mich erwartungsvoll an - eine falsche Antwort wäre fatal. Ein paar Mal sah ich zwischen ihnen hin und her, bis ich beschloss, einfach aus dem Bauch heraus zu antworten.»Ich würde mich nicht wegen so einer Kleinigkeit aufregen und die Einladung zum Essen annehmen«, sagte ich und schaute triumphierend in die Runde. Wieso sahen sie nicht begeistert aus? Wieso wollten sie mir nicht vor Dankbarkeit um den Hals fallen? Ich hatte gerade Blondies Problem gelöst, oder? Meeeeeeeep. Falsche Antwort, Alex!»Warum sollte ich das tun? Das macht er doch nur, weil er ein schlechtes Gewissen hat. Jaja, typisch. Du bist natürlich auf der Seite von Kevin«, sagte Blondie und packte ihre Trinkflasche in

15

die viel zu große Handtasche. Blöd, wie ich nun mal war, konnte ich mir ein Grinsen nicht verkneifen. Eigentlich waren die Kevin-Witze ja out, aber mein Kopf erzählte mir trotzdem einen nach dem anderen. »Seht ihr, jetzt lacht er mich auch noch aus. Vielen Dank auch, Alex!«, schnaubte Blondie, sah die anderen an und meinte noch »Gehen wir, Mädels«. Dann stolzierten die drei Grazien auch schon aus dem Raum und ich blieb zurück. Ich beschloss noch einen Augenblick zu warten und dann erst raus zu gehen. Man wusste ja nie, ob die einem auflauerten. Heute hatte ich es mir erst einmal gründlich mit den Damen versaut. Eigentlich ja nur mit einer, aber hatte man erst der einen die falsche Antwort gegeben, zogen alle mit und du stehst da wie ein Idiot.

***

Zu Hause angekommen, checkte ich erst einmal meine Mailbox, da ich auf einen dringenden Anruf meines Handwerkers wartete. Ja, ich war ein Mann und habe keine Ahnung von Hammer und Nagel. Irgendwie hatte mir das nie jemand beigebracht. Der Handwerker hatte leider noch nicht angerufen, also musste ich mein Geschirr weiterhin mit der Hand spülen. Jaja, Luxusproblem. Stattdessen hat allerdings die Frau angerufen, mit der ich letzte Woche ein Date hatte. Ja, trotz meiner Gesprächsbehinderung und keiner handwerklichen Begabung hatte ich Dates. Meine Qualitäten lagen eben woanders, was soll ich sagen. Leider hatte ich mit einem Anruf ihrerseits nicht gerechnet, da das Date nicht gerade gut war. Wir hatten nicht viel geredet und konnten auch sonst nichts miteinander anfangen. Für eine Beziehung reichte das also nicht. Für ein bisschen Sex allerdings schon. »Hallo, Alex. Ich fand das Date letzte Woche echt gut...« Lüge! »...Und da wollte ich dich fragen, ob wir uns nicht mal zum Kaffee treffen wollen, oder so...Naja... Melde dich einfach, wenn du das abgehört hast«. Aus dieser Nachricht konnte ich eines deutlich heraushören. Sie wollte mich. Eindeutig. Warum sonst würde sie nach diesem furchtbaren Date nach einem Treffen fragen? Der Sex schien mir damit also sicher zu sein, was echt gut war, denn ich hatte schon etwas länger keinen mehr gehabt. Ich rief sie also zurück und lud sie noch für den heutigen Abend zu mir nach Hause ein. Sie sagte zu. Sag´ ich doch! Sie wollte mich.

***

»Hallo Alex«, begrüßte sie mich, als ich ihr die Tür öffnete.

»Hey«, sagte ich, weil ich dummerweise ihren Namen ver-

17

gessen hatte. Die Kleine sah verdammt gut aus. Sie trug ein kurzes, langärmliges Kleid mit schwarzer Strumpfhose und dazu hohe Schuhe. Absolut heiß! Ihr Gesicht hatte mir schon beim ersten Mal nicht so gut gefallen. Sie hatte diese dünnen Augenbrauen, die aussahen, als wären sie gemalt. Schrecklich. Aber darauf musste ich ja nicht schauen, da sie noch diesen schlanken Körper hatte, den ich mir heute Nacht vornehmen würde. Das dachte ich zumindest. »Setz dich doch, kann ich dir was zu Trinken anbieten?«, fragte ich höflich und sie nickte: »Ein Wasser wäre nicht schlecht«. Wasser? Nicht für sie, dachte ich und mixte ihr stattdessen einen meiner genialsten Cocktails. »Oh, ich wollte eigentlich...«, wollte sie anfangen, doch mein Hundeblick ließ sie lächeln »...Egal, ein Cocktail ist viel besser«. Ich setzte mich zu ihr und nahm einen großen Schluck aus meinem Glas. Sie tat es mir gleich. »Also, was hat dich dazu gebracht dich noch mal bei mir zu melden?«, fragte ich, um ein Gespräch anzufangen. »Ganz einfach. Ich wollte dich wiedersehen«, antwortete sie und ich nickte. Es wäre jetzt cool wenn ich eine High-Tech-Fernbedienung hätte, mit der ich schnell das Licht dimmen und stimmungsvolle Musik anmachen könnte. Allerdings besaß ich nicht einmal eine Anlage, da meine Boxen in der Reparatur waren. Hier ging irgendwie alles kaputt. Egal, zurück zu der Frau neben mir, mit der ich noch was vorhatte. »Was hast du heute so gemacht?«, fragte ich und dann ging es los. »Naja...« zuerst zögerte sie »Ich habe heute meinen Ex wieder gesehen... In meinem Lieblingscafé. Er saß einfach nur da und hat mich angesehen, kein Wort, kein gar nichts. Dann bin ich rüber zu ihm und habe »Hallo« gesagt. Auch dann ist nichts passiert, dabei wollte ich doch nur nett sein und...« Bla, Bla, Bla. Als ob mich das auch nur im Geringsten interessieren würde. Bin ich jetzt ihre beste Freundin geworden, oder was? Es gab nur eine Sache, weswegen ich sie überhaupt zu mir eingeladen hatte - ich würde sie jetzt zu gern zum Schweigen bringen. Mein Gehirn hatte da schon ein paar Ideen und prompt passierte es erneut. Ich grinste. Fuck! »Sag mal, findest du das lustig?«, fragte sie nun und hörte sich deutlich aufgebracht an. Nun registrierte ich auch, dass sie angefangen hatte zu weinen. Oh oh. Jetzt habe ich verkackt. Das wird wohl nichts mehr mit ihr. Wieso konnte ich meine Gedanken nicht einfach im Kopf behalten. »Hast du mir auch nur eine Minute lang zugehört?« - eigentlich nicht. Ihr Blick ging Richtung Boden. »Vielen Dank auch, ich glaube ich weiß jetzt wozu ich deiner Meinung nach hier bin« jetzt hatte sie das Gummi entdeckt, das wohl irgendwie auf den Boden gefallen war. Normalerweise konnten die nicht wandern und blieben unterm Wohnzimmertisch. Leider nicht in diesem Fall. »Ich verschwinde jetzt!«, schnaubte sie, stand auf, hängte sich ihre Handtasche auf den Arm und stapfte wütend aus meiner Wohnung. Selbstverständlich knallte sie meine Tür zu. »Die ist zu«, murmelte ich und hob das Gummi vom Boden auf. »Verräter«, sagte ich und warf es auf den Tisch. Ich sollte heute besser kein weibliches Wesen mehr an mich heranlassen.

»Du hast was?«, lachte wenige Minuten später mein bester Kumpel Lev am Telefon. Wir waren schon seit der Schulzeit befreundet und er hatte im Gegensatz zu mir genaue Vorstellungen davon, wie man Frauen verführte. »Ja, du hast schon richtig gehört, ich hab´s ordentlich vergeigt«, gab ich zu und musste selbst ein bisschen grinsen, denn witzig war das Ganze ja trotz allem schon. »Vielleicht solltest du besser schwul werden«, sagte Lev und ich verdrehte die Augen, was er zwar nicht sehen konnte, aber sicher trotzdem wusste. »Sehr witzig. Ich weiß auch nicht, warum das in letzter Zeit so mies läuft«. »Ich kann dir sagen wieso. Weil du meinen Tipps nicht folgst. Ich habe sie schon hundertfach angewendet, die sind idiotensicher. Warum versuchst du es nicht?«, predigte Lev und ich wusste genau wovon er sprach. Er sprach von billigen Tricks, die Frauen dazu bringen sollten mit einem ins Bett zu hüpfen. Ich hielt allerdings gar nichts davon. Klar lief es bei mir gerade nicht so gut, aber so tief war ich noch nicht gesunken, dass ich Tricks au Lev anwenden müsste. »Die sind bescheuert, vergiss es«, antwortete ich also und machte mir währenddessen mein Abendessen. »Das kannst du gar nicht wissen, hast es ja nicht probiert«, versuchte er weiter mich zu überreden, aber in dieser Sache blieb ich hart. »Nein und jetzt halt die Klappe. Wie läuft es überhaupt bei dir und dieser einen?«. »Welche eine?«, fragte er und ich verdrehte erneut die Augen. »Die, die du letztens in der Bar aufgerissen hast«. »Ach so, die. Die war irgendwie gruselig, hat komische Geräusche von sich gegeben, während wir gevögelt haben«. Ich lachte. »Was meinst du mit komischen Geräuschen?«. Er machte sie mir am Telefon vor und ich musste so stark lachen, dass ich mir fast in den Finger schnitt. »Eine Kombination aus Esel und Maus eben«, fügte er noch hinzu und ich bekam schon Atemnot. »Ich muss jetzt auflegen, hab einen Mordshunger«, teilte ich Lev mit. »Alles klar, wir sehen uns dann am Wochenende«, verabschiedete er sich und legte auf. Wenig später saß ich mit meinem Essen auf der Couch und schaute Fernsehen. Heute lief einer meiner Lieblingsactionfilme. Während ich so da saß und aß, fiel mir auf, was ich stattdessen heute Abend hätte treiben können. Schade, schade, aber was sollte man machen. Ich trat auch immer in jedes Fettnäpfchen, das herumlag. Vielleicht haben wenigstens meine Arbeitskolleginnen bis Morgen vergessen, was ich gesagt hatte.

Selbstverständlich hatten sie das nicht!

Den ganzen Vormittag wurde ich auf der Arbeit wie Luft behandelt und meine Versuche, alles wieder gut zu machen, misslangen. Vielleicht sollte ich Blondie-was-weiß-ich einen Blumenstrauß zur Versöhnung schenken. Wobei, sie stand ja nicht auf nett gemeinte Wiedergutmachungen, wie ich bereits mitbekommen hatte. Dann musste ich eben warten, bis sie sich wieder beruhigte. Das konnte zwar noch Jahre dauern, aber mir blieb eh nichts Anderes übrig, als abzuwarten. Die Mittagspause war gerade um, als eine Sensationsmeldung von Blondie verkündet wurde: »...Wir haben uns wieder versöhnt, Ich und Kevin«. Schnell erkundigten sich die anderen beiden über deren Versöhnung und da erzählte sie, dass er ihr eine Halskette mit Swarovski-Kristallen geschenkt hatte. Der Kerl musste ja ziemlich flüssig sein, wenn er so was verschenken konnte. Plötzlich ertönte ein ohrenbetäubender Lärm, der durch das hysterische Lachen der drei erzeugt wurde. »Oh mein Gott, wie süß von ihm!«, schrie eine und die andere rief: »Ich will auch so einen Freund«. Oberflächliche Tussen, dachte ich, während ich arbeitete und meinen Kaffee schlürfte. Diese Art von Frauen waren genau der Grund, warum ich Single war. Ich beschloss, nicht weiter zuzuhören und widmete mich nur noch meinen Aufgaben.

Ich konnte den Freitag kaum noch abwarten.

***

Die ganze Woche redete ich kein Wort mit den Frauen und sie nicht mit mir, außer irgendwas Geschäftliches stand an. Mir war es ehrlich gesagt auch egal, ob sie mit mir sprachen oder nicht, schließlich war ich nicht auf sie und vor allem nicht auf ihr dämliches Gequassel angewiesen. Inzwischen trennten mich nur noch 5 Minuten vom Feierabend. Heute war endlich Freitag. Ich liebte Freitage, aber wer tat das auch nicht? »Gehst du heute Abend wieder feiern, Doreen?«, fragte die Brünette und Blondie kicherte. »Aber klar doch! Komm mit, dann zeige ich dir mal wie man Spaß hat«. Die Brünette sah schüchtern zu ihr und zuckte die Schultern »Ich weiß nicht. Ich war schon ewig nicht mehr weg und erst Recht nicht in der Nähe eines Clubs«. »Ach, stell dich nicht so an. Bei deinem Aussehen kommen die Männer doch von alleine, keine Sorge« Blondie klopfte ihr auf die Schulter. Sie hatte nicht ganz Unrecht. Die Brünette sprachen sicherlich einige an, bei ihr wäre ich mir da allerdings nicht so sicher. Ich würde meilenweit rennen, wenn ich ihr

23

irgendwo begegnen würde. Allein diese Fingernägel und die unechten Haare waren einfach abstoßend, ich konnte das nicht oft genug sagen. »Glaubst du wirklich? Ich weiß nicht, vielleicht bleibe ich lieber daheim und lese ein Buch«. Jetzt konnte ich nicht anders, ich musste meinen Senf dazu geben. »Ist besser so, Bücher lesen macht schlau«. Es war nur eine kleine Bemerkung meinerseits, doch plötzlich fielen alle Blicke auf mich, als hätte ich jemanden fies beleidigt. »Warum mischt du dich ein, hat dich jemand gefragt?«, zickte Blondie eins oder zwei mich an, doch von mir kam nichts außer einem Schulterzucken. »Also... Bevor dieser unverschämte Kerl uns unterbrochen hat, wollte ich dir sagen, dass du noch als alte Jungfer sterben wirst, wenn du nicht mal ausgehst«, sagte Blondie.

Wieso gab die Brünette, deren Namen ich mir auch nach 5 Tagen immer noch nicht merken konnte, sich überhaupt mit diesen zwei Schmalspurhirnen ab? Sie könnte sich stattdessen mit Leuten unterhalten, die auf ihrem Level waren und sich für mehr interessieren, als für die neue Kollektion von irgendeinem Designer. Scheinbar hing sie aber gern mit diesen Weibern ab, also konnte ich ihr auch nicht helfen. »Lasst uns gehen, es ist Feierabend«, verkündete eine der Frauen, dann standen sie auf und liefen, wie immer, im Gänseschritt zusammen aus dem Büro.

Endlich hatte ich meine Ruhe. Ein ganzes Wochenende lang. Das wird Entspannung pur.

-2-

Party, meine beste Freundin und Ich

Ella

Diese Woche ist es ruhig im Blumenladen. Im Herbst gab es einfach nicht viel in der Floristikbranche zu tun. Ich hatte kaum Aufgaben, außer der Grabpflege und noch ein paar Routinearbeiten, also quatschte ich einfach viel mit meiner Arbeitskollegin und gleichzeitig besten Freundin Anne. Gerade hatten wir es über das Thema Wochenende - sie wollte unbedingt mal wieder feiern gehen. »Ich glaube, ich werde langsam zu alt für so etwas«, gestand ich und Anne lachte. »Du bist 24, Ella. Da ist man noch lange nicht alt«. »Ja, ich weiß, aber...«, »...Nein, Ella. Kein Aber! Wir beide gehen am Freitag aus, dass das klar ist«. Anne konnte sehr überzeugend sein, also willigte ich ein. Ich habe zwar nicht die größte Lust, aber vielleicht würde es ja trotzdem ganz lustig werden. »Wie läuft es denn so mit Manuel?«, fragte ich, während ich die Blumen goss. Der Laden war nicht groß, also war man damit relativ schnell fertig. »Ach, wie immer. Wir streiten uns andauernd, weil er lieber mit seinen Kumpels um die Häuser zieht, als mit mir einen schönen Abend zu Hause zu verbringen«, erzählte sie und da dämmerte es mir. »Ha! Deshalb willst du am Wochenende unbedingt ausgehen«. »Nein, das ist es nicht. Naja schon irgendwie, aber das ist nicht der einzige Grund«, »Ach nein?«, fragte ich und wollte es jetzt genau wissen. »Nein...Ich...Weißt du...Ich denke, dass das mit uns nicht mehr lange halten wird, weil...«, »Weil?«. Sie sollte endlich zum Punkt kommen. »...Weil wir kaum noch miteinander sprechen und wenn, dann streiten wir uns und so kann das doch nicht weitergehen. Das macht mich nicht glücklich und ihn ebenfalls nicht«, gestand sie und seufzte. Ich seufzte gleich mit. »Ach, Mann. Das klingt echt nicht gut, aber vielleicht ist es besser, ich meine, wenn ihr nur noch Streit habt«, »Ja, wahrscheinlich ist es das«. Anne blickte traurig zu Boden. Das Ganze war wirklich schade, die beiden waren immerhin seit 3 Jahren ein Paar. Vielleicht sollte es einfach nicht sein und sie machten sich wirklich nur noch unglücklich und das war sicher nicht der Sinn einer Beziehung. »So und jetzt noch mal zum Thema Freitag, du elende Ablenkerin«. Tja, weil Anne nun mal meine beste Freundin war, erkannte sie auch sofort, wenn ich ablenken wollte. Für eine kurze Zeit war es mir auch gelungen, aber Anne ist nun mal Anne und die durchschaute mich immer. »Ach, ich weiß nicht«, zögerte ich also und versuchte, dieser Konversation möglichst aus dem Weg zu gehen. Ich wollte nichts Festes planen, denn sobald wir das taten, verpflichtete ich mich wirklich, mit ihr feiern zu gehen. »Wenn wir was ausgemacht haben kannst du nicht mehr kneifen. Also, wo willst du hin?«. Verdammt! Sie tat es schon wieder. Sie las einfach so meine Gedanken. »Ich weiß es nicht, eigentlich will ich...«. Anne hielt mir eine Rose an den Mund, als Zeichen dafür, dass ich still sein sollte. »Pass auf, ich habe eine Idee. Lass uns doch ins Krystalize gehen, da geht's immer ab und die Musik ist dort auch nicht schlecht!«, schlug sie vor und ich druckste herum, dass mir da zu viele Leute wären und ich nicht sicher war, ob das der geeignete Ort war. Für meine beste Freundin gab es da natürlich nichts zu diskutieren und so legte sie Freitagabend fest. Zuerst würde sie zu mir kommen und mich „ordentlich herausputzen" und dann gingen wir ins Krystalize. Ich hatte keine Chance zu protestieren, denn sie ließ mich mit Absicht kein einziges Wort dazu sagen.

Dann klingelte unser „Klingelgehängsel", wie Anne es nannte und ein Kunde kam herein. »Guten Tag«, begrüßte uns ein älterer Herr mit Hut und Gehstock. »Guten Tag, wollen Sie sich erst umsehen, oder haben Sie bereits einen speziellen Wunsch?«, fragte ich und Anne ging derweil ihrer Arbeit an den Rosen nach. »Ja, den habe ich, junge Frau«, freundlich lächelte er, während ich zurück an den Tresen ging, um mir seinen Wunsch aufschreiben zu können. »Was wünschen Sie denn?«, fragte ich und lächelte ihm freundlich zu. »Wissen Sie, meine Frau hat nächste Woche Geburtstag. Sie wird 77 Jahre alt und da wollte ich ihr einen ganz großen, wunderbaren Strauß schenken«, erklärte er und mir kamen schon ein paar Ideen. Selbstverständlich fragte ich ihn aber zuerst, ob er bereits einige Vorstellungen davon hatte, wie der Strauß für seine Frau aussehen sollte. »Also, Marianne liebt Lilien. Sie sagt immer, sie erinnern sie an den Frieden. Lilien müssen auf jeden Fall dabei sein. Hm, beim Rest vertraue ich ganz Ihnen. Sie sind ja der Profi«. Solche Kunden liebte ich. Freundliche Menschen, mit denen man schönreden konnte und dieser ließ mir obendrein auch noch viel Freiheit zur Kreativität. Besser könnte es nicht sein. Wir legten also einen Tag fest, an dem der Strauß fertig sein sollte, ich schrieb alles auf und dann waren wir auch schon fertig. »Ich hole ihn dann nächste Woche Mittwoch ab, junge Frau. Vielen Dank für das nette Gespräch, aber jetzt muss ich dringend los, sonst ahnt Marianne wieder etwas. Sie müssen wissen, dass sie Überraschungen riechen kann, besonders wenn sie bald Geburtstag hat. Sie ist ein sehr neugieriger Mensch, aber nach über 50 Jahren Ehe kann man darüber hinwegsehen. So, jetzt muss ich aber wirklich gehen, Wiedersehen«, sprach der Mann noch und ich musste lächeln. »Auf Wiedersehen«, verabschiedete ich mich noch. Hach, musste Liebe schön sein. Ich hoffte insgeheim auch einmal jemanden zu finden, der all meine Ecken und Kanten kannte und mich trotzdem liebte. Einen, der fühlte, wenn es mir schlecht ging und mir einen Blumenstrauß zum Geburtstag schenkte. Einen, der... »Ella? Ella! Du träumst schon wieder«, weckte Anne mich aus meiner schönen Vorstellung und stieß mir spielerisch ihren Ellenbogen in die Hüfte. »Du wirst schon eines Tages deinen Traummann finden, da bin ich mir ganz sicher. Wer könnte dir auch widerstehen?«, grinste sie und ich verdrehte die Augen. »Scheinbar können mir viele widerstehen, da ich ja nicht allzu oft angesprochen werde, geschweige denn Verabredungen habe«. Ich senkte traurig den Kopf und Anne hob ihn wieder an. »Hör zu, Süße. Das liegt nur daran, dass du dich eher selten in die Öffentlichkeit begibst. Du bleibst immer nur zu Hause und vergräbst dich in deinen Büchern unter deiner Kuscheldecke. Aber wir gehen ja bald zusammen feiern, dann kannst du endlich mal Kerle kennen lernen«. Hoffnungsvoll sah sie mich an und ich lächelte ein wenig. »Na also. Du lachst doch schon wieder. Siehst du? Alles wird gut, mach dir nicht so viele Gedanken«. Anne war eine sehr gute Freundin. Mehr als das. Sie war mehr wie eine Schwester und wusste immer genau, was zu tun war und mit welchen Worten sie mich aufheitern konnte. Niemand kannte mich so gut wie sie und niemand war so toll wie sie. Wäre sie ein Mann, hätte ich sie schon längst geheiratet. Leider stand ich nicht auf Frauen, sonst wäre das kein Problem gewesen.

***

Freitag.

Heute war ein großer Tag. Also für mich zumindest. Ich würde nach sehr langer Zeit mal wieder die Feierszene betreten und hatte totale Angst davor. Den ganzen Tag überlegte ich schon, wie ich vielleicht doch daheimbleiben und mich drücken könnte. Leider fiel mir nichts ein, das bei Anne funktionieren würde - all meine Pläne würde sie mir nicht abkaufen. Plan A wäre schlicht und einfach, Kopfschmerzen vorzutäuschen. Zu meinem Bedauern tat ich das aber oft, wenn ich auf etwas keine Lust hatte. Plan B wäre dann, einfach zu sagen, dass ich nicht weggehen wollte, was ein ziemlich dummer Plan war, da ich den ja bereits vor ein paar Tagen schon versucht habe durchzuführen. Hat nicht geklappt. Plan C war der für mich plausibelste. Ich würde einfach etwas anderes vorschlagen, was wir machen könnten. Zum Beispiel ins Kino gehen oder so. Auch diesen Plan würde Anne durchschauen. Es blieb mir also nichts anderes übrig. Ich musste mit ihr feiern gehen, in einem Laden, den

ich von mir aus niemals betreten würde. Das „Krystalize"
war immer brechend voll und nicht gerade mit Leuten, die
mir gefallen könnten. In solch einem Club traf man meistens genau 5 Arten von Männern an. Die Machos, die sich
an alles ranschmissen, was sie finden konnten und bei der
ein oder anderen auch Erfolg haben. Die Schüchternen, die
sich nicht richtig trauten jemanden anzusprechen und meistens Anhängsel der ersten Art Mann waren. Die Betrunkenen, ich denke, dem gab es nichts hinzuzufügen. Die, die
man nur auf der Tanzfläche antraf und zu guter Letzt die,
die sich überreden ließen und eigentlich gar keine Lust haben. Meist daran zu erkennen, dass sie herumsaßen und
Leute beobachteten. Oft spielten sie auch am Handy oder
taten so, als ob sie etwas Wichtiges per SMS erledigten. Zu
dieser Art würde ich mich wohl heute gesellen müssen.
Direkt nach der Arbeit kam Anne mit zu mir nach Hause.
Sie meinte, wir würden mit meiner Verwandlung etwas Zeit
brauchen. Ich verstand nicht, was mit mir nicht stimmte.
Meine Outfits fand ich immer dem Anlass passend, auch
wenn manche mich für komisch hielten, weil ich nie Hosen
trug. Ich war ja auch eine Frau und eine Frau zog Röcke
und Kleider an, oder nicht? Wahrscheinlich befand ich mich
im für mich unpassenden Jahrhundert. Obwohl, im Mittelal-
ter hätte ich es sicher auch nicht viel besser gehabt, auf-

grund meiner Haarfarbe. Wenigstens habe ich noch Glück gehabt und das schöne dunkle Rot meiner Mutter geerbt. Dieses hellrot würde, insbesondere an mir, überhaupt nicht gut aussehen. Anne meinte immer, durch mein niedliches Auftreten, die Kleider und meinem süßen Gesicht würden alle denken, ich wäre erst 16. Ich konnte dafür aber nichts, ich habe eben ein „kindliches" Gesicht und meine schlanke Statur half da selbstverständlich auch nicht. Annes Meinung, andere Kleidung würde Wunder bewirken, stand ich eher skeptisch gegenüber. Ich hasste Hosen und ich wusste ganz genau, dass sie mich heute in eine stecken wollte. »Das Essen war fabelhaft!«, lobte Anne meinen Kartoffelauflauf, den ich beinahe jede Woche machte. Ich hatte nicht allzu viel Zeit zum Kochen, also hielt ich mich an meine Basis-Gerichte, die ich schon seit Jahren zubereitete. »Danke, freut mich, dass er dir geschmeckt hat«, antwortete ich und sah hinüber zu dem riesigen Kleiderstapel, den sie mitgebracht hatte. Da mir ihre Sachen nicht passten, hatte sie ihre Schwester gefragt und Kleidung von ihr mitgebracht. »Was starrst du denn die ganze Zeit da rüber? Jetzt stell dich mal nicht so an, ich will dich schließlich nicht in ein Affenkostüm stecken, sondern dich scharfmachen«, kommentierte Anne meinen Blick und ich atmete tief ein und wieder aus. »Scharf machen? Na dann. Du kennst aber meine Meinung zum Thema Hosen«.»Ist mir egal, du kannst sie wenigstens anprobieren und wenn du das getan hast, wirst du sie lieben und nie wieder ausziehen wollen«.

Ja, sicher, dachte ich.

Als ich den Tisch abgeräumt hatte, lief ich rüber zur Couch und beschloss es einfach über mich ergehen zu lassen. Meine Meinung würde sie sicher bereits an meiner Mimik erkennen, da brauchte ich nicht viel sagen.»Outfit Nr.1 ist eine hautenge Jeans mit einem Rüschen-Top«, präsentierte Anne und ich starrte die Hose an wie eine giftige Schlange, die vorhatte zuzubeißen.»Jetzt schau nicht so, probiere es doch wenigstens mal an«, bat Anne und ich seufzte. Ich nahm ihr das Outfit ab und zog mich um. Als ich gerade dabei war, mir die Hose anzuziehen, sah Anne mich schockiert an.»Was ist denn?«, fragte ich genervt und sie antwortete»Was zum Henker trägst du da für Oma-Schlüpfer?«. Sie zeigte auf meine Unterwäsche und ich zuckte die Schultern.»Das ist meine ganz normale Alltags-Unterwäsche. Was hast du denn erwartet? String Tangas und sexy Spitzen-BH´s?«. Anne schien mir mit ihrem Blick bestätigen zu wollen, dass sie genau das sehen wollte, was ich eben erwähnt habe.»Wir müssen unbedingt mal Unterwäsche kaufen gehen«, stellte sie fest, holte ihren Notizblock raus und notierte sich ihren Gedanken.»Ich weiß gar nicht was daran so schlimm ist. Das ist stinknormale Baumwollunterwäsche. Bequem und atmungsaktiv«, sagte ich und zwängte mich nun in die Hose. »Papperlapapp atmungsaktiv! So etwas kannst du doch keinem Mann präsentieren!«. Anne musterte mich erneut, dieses Mal trug ich allerdings eine Hose. »Anne, was dachtest du eigentlich wieso ich mitgehe? Ich habe nicht vor jemanden abzuschleppen«. Nun sah sie mich noch verwirrter an, als vorhin. »Das habe ich nie gesagt. Egal. Die Hose steht dir super! Jetzt zieh das Top an«. Ohne Widerrede zog ich das Top über und fühlte mich wie kostümiert. Das war doch nicht ich? Schnell lief ich ins Schlafzimmer, wo mein großer Spiegel stand und musterte skeptisch mein Outfit. »Die Hose ist furchtbar und das Top gefällt mir nicht«, äußerte ich mich und Anne schien überhaupt nicht meiner Meinung zu sein. Trotzdem brachte sie mir Outfit Nr.2. Eine Lederoptik-Leggins mit rotem Spitzen-Oberteil. »Sehr sexy!«, sagte Anne, als ich besagtes Outfit anhatte. »Naja, es geht«, ich zupfte noch ein wenig an mir herum, konnte aber auch diesem Outfit nichts abgewinnen. »Einen Versuch war es ja wert«, murmelte meine beste Freundin und brachte mir Outfit Nr.3. Und zu meiner Überraschung war tatsächlich ein Rock dabei - wenn auch ein ziemlich kurzer. Ich schlüpfte also in den schwarzen Mini-Rock und bekam dazu ein Band T-Shirt gereicht. Um genau zu sein

ein Rolling-Stones-Shirt. Normalerweise überhaupt nicht meine Musikrichtung, aber mein Geschmack war ja heute scheinbar eh nebensächlich. »Das gefällt mir«, sagte ich, als ich in den Spiegel sah. »Nein, damit siehst du aus wie immer. Wir wollten aber ein kleines Umstyling machen. Ich finde, du solltest das zweite Outfit nehmen«, teilte Anne mir mit und ich schaute auf mein Bett, auf dem die anderen beiden Outfits lagen. Vielleicht würde ich der Lederoptik-Leggins mit dem Spitzen-Oberteil doch noch eine Chance geben. »Ja,Ja,Ja! Das ist es!«, rief Anne zufrieden, als ich mich doch noch für Outfit Nr.2 entschied. Erstens hatte ich dann endlich meine Ruhe und zweitens sah es gar nicht sooo schlimm aus. »Perfekt«, lobte sie und schleifte mich nun ins Bad. »Wir machen dir Locken, das wird einen super Kontrast zu dem rattenscharfen Outfit geben«. Ich setzte mich auf meinen Badhocker und ließ mich frisieren. Schminken wollte sie mich auch noch, wahrscheinlich würde ich nach diesem ganzen Umstyling aussehen wie eine rothaarige Barbie. Ich saß inzwischen schon eine ganze Weile auf meinem Hocker im Bad und wartete auf das Ergebnis. Anne hatte den Spiegel mit einer Decke abgedeckt, damit der Überraschung-Effekt erhalten blieb. Ständig murmelte sie etwas von »Wow« oder »Das wird so gut aussehen«. Na hoffentlich behielt sie Recht.

Nach stundenlangem Styling hörte sie endlich auf an mir herum zu fuchteln und rief fröhlich »Tadaaa!«, während sie die Decke abhing. Als der Spiegel freigelegt wurde, bekam ich erst mal einen positiven Schock. Wow! So gut habe ich noch nie ausgesehen! Meine Haare hingen lockig an mir herab und glänzten mit dem Licht hier im Bad um die Wette. Was mich noch viel mehr erstaunte, war, was Anne mit meinem Gesicht angestellt hatte. War das wirklich Ich? Meine Augen hatte sie, passend zu meiner Augenfarbe, grünlich geschminkt. Dann war sie dezent mit dem Rouge-Pinsel über meine Wangen gefahren und zu guter Letzt besaß ich jetzt knallrote Lippen. Alles natürlich nicht zu übertrieben, aber auch nicht zu dezent. Genau richtig, meiner Meinung nach. »Und? Was sagst du? Ist das nicht der Hammer?«, neugierig hüpfte Anne ein paar Mal auf und ab, bis ich schließlich aufstand und sie umarmte. »Ja, es ist der Hammer! So können wir weggehen!«, rief ich aufgeregt.

***

Das „Krystalize" war brechend voll, genau wie ich erwartet hatte. Dennoch sind wir hineingekommen, was gut war, denn sonst wäre die ganze Stylerei total für den Eimer gewesen. »Wollen wir gleich tanzen oder willst du erst mal einen Drink?«, schrie Anne mich an, weil es logischerweise ziemlich laut hier war. Ich wollte mich erst einmal umsehen, also liefen wir durch die Menschenmassen, um die Lage zu checken. In welchem Teil des Clubs lief die beste Musik? Wo befanden sich die meisten, oder aber auch die wenigsten Menschen? Dies waren alles Fragen, die es zu klären galt. »Ich hole mir mal einen Drink«, teilte Anne mir mit, als wir gerade offensichtlich im „Charts-Raum" angekommen waren. Sie lief zur Bar und ich stellte mich irgendwohin, wo gerade Platz war. Die Menge tanzte, redete oder vertrieb sich an der Bar die Zeit. Als ich mich noch weiter umsah, konnte ich auch meine Gruppe Menschen erkennen. Ich sah eine Couch, auf der ein paar Leute herum lungerten, die am Handy saßen. Kurz überlegte ich, ob ich mich zu ihnen gesellen sollte, aber dann würde ich sicher Ärger mit Anne bekommen, also ließ ich es sein. »Ich bin wieder da«, rief sie mir zu und hatte gleich zwei Getränke dabei. Das eine war dann wohl für mich. »Danke, was ist das?«, fragte ich und sie erklärte, dass es sich um einen Martini handelte. Ich nippte kurz daran und verzog angeekelt das Gesicht. Dieses Gesöff war eindeutig nicht mein Favorit. Viel lieber hätte ich einen Mojito oder Margarita gehabt. »Und? Lecker, o-der?«, fragte sie und ich nickte aus reiner Höflichkeit. Relativ schnell trank ich mein Glas aus, damit ich mir einen

Drink holen konnte, der mir auch schmeckte. »Er hat dir nicht geschmeckt, oder?«, Anne hatte mich mal wieder durchschaut. »Nein«, gab ich zu und dann mussten wir beide lachen. »Hast ihn aber tapfer runter gewürgt«, bemerkte sie und ich grinste.

Als nächstes stand nun Tanzen auf dem Plan - wozu waren wir schließlich hier? Bisher war der Abend gar nicht mal so schlecht, fand ich. Anne nahm mich an der Hand, damit wir uns nicht verloren und suchte uns einen geeigneten Platz auf der Tanzfläche. Sie spielten gerade „ältere" Songs und im Augenblick lief „Yeah" von Usher. »Yeah, Yeah, Yeah«, sangen wir und begannen zu tanzen. Diesen Song liebten wir nämlich beide und der Rest hier augenscheinlich auch, denn alle sangen und hüpften herum. Das „Krystalize" bebte. Ich musste zugeben, dass mir das Tanzen richtig Spaß machte und ich überlegte sogar, ab und zu mal mit Anne hierher zu kommen und mich weniger zu Hause zu verkriechen. »Ich wusste, dass du Spaß haben wirst«, sprach Anne, als wir mal eine Pause vom Tanzen machten und uns einen Margarita gönnten. Wir befanden uns gerade in einem „Vorraum", indem man sich hinsetzen und in Ruhe etwas trinken konnte. Perfekt, wenn man mal eine Pause brauchte. »Ja, den habe ich wirklich. Hätte ich echt nicht gedacht«, bestätigte ich und lächelte ihr zu. »Das müssen wir unbe-

dingt öfter machen. Hätte ich gewusst, dass du so ein Tanz-
bär geworden bist, hätte ich dich schon viel früher dazu
gezwungen«, erwiderte Anne und wir lachten. In der Tat
hatte ich mich in dieser Hinsicht verändert. Wir kannten uns
schon sehr lange und waren, glaube ich, nur ein einziges Mal
zusammen in einer Disko gewesen. Ich konnte mich noch
daran erinnern, dass es damals der absolute Reinfall war und
wir seitdem nichts mehr dieser Art gemacht hatten. Meistens saßen wir entweder bei mir oder ihr rum und quatsch-
ten. Was auch sehr schön war, aber jetzt hatten wir auch ein
bisschen Abwechslung, was uns beiden sehr Recht war.
»Lass uns wieder tanzen gehen, wir müssen unsere neuste
gemeinsame Beschäftigung feiern!«, rief meine beste Freundin und ich stimmte ihr zu. Wir liefen also zurück zur Tanzfläche und tanzten, bis unsere Füße wehtaten. Ich tanzte so
ausgelassen, wie schon seit Jahren nicht mehr und ja, ich
hatte total Spaß dabei. Gerade war ich dabei eine Drehung
zu machen, als ich einen Mann entdeckte, der lässig an der
Bar lehnte und an einem Drink schlürfte. Neben ihm saß
noch ein Mann, der wahrscheinlich sein Kumpel war, oder
so. Ich sah nur einen kurzen Moment zu dem brünetten
Mann rüber, als sich unsere Blicke trafen. Ein wahnsinnig
elektrisierendes Gefühl fuhr durch meinen im Tanz erhitz-
ten Körper. Ich fühlte mich für diesen winzig kleinen Mo-

ment unserer Begegnung einfach nur gut. Wir kannten uns gar nicht, doch er gab mir ein wundervolles Gefühl. Er schien irgendwie nicht wieder weg sehen zu wollen, also schenkte ich ihm ein kurzes Lächeln und wurde dann von Anne am Arm gezogen. »Wieso stehst du denn da, wie angewurzelt? Sollen wir eine Pause machen?«, fragte sie und ich schüttelte den Kopf. »Nein, Nein. Ist alles gut, ich dachte nur ich habe... Egal, lass uns weiter tanzen«. Wir tanzten noch viele Stunden, ich habe den Mann nicht noch einmal gesehen, also demnach auch nicht mit ihm gesprochen. Ich habe keine Ahnung wer er war, wie er hieß oder wie er roch. Dennoch hatte ich den Rest des Abends nur ihn im Kopf...

-3-

Begegnungen

Alex

Die Entspannung an meinem wohlverdienten Wochenende blieb aus, als Lev mit ein paar Kumpels in meine Wohnung geschneit kam und unbedingt Party machen wollte. Ich habe ja auch den Gedanken gehegt weg zu gehen, aber zuletzt habe ich dann doch beschlossen, ein gemütliches Wochenende mit mir selbst zu verbringen. Tja, dieser Plan war dann wohl gescheitert. »Es ist Freitagabend und du hockst hier in der Bude rum? Das geht auf keinen Fall klar, Alter!«, sagte Lev entschlossen und sah mich erwartungsvoll an. »Was ist denn?«, fragte ich, weil ich echt nicht wusste was er nun schon wiederhatte, doch dann erklärte sich das, als ich an mir herabsah. Ich hatte meine schönsten Gammel-Klamotten an und war absolut nicht bereit, weg zu gehen. »Zieh dich um und zwar schnell«, befahl er und schob mich in mein Schlafzimmer. »Ist ja gut, Mann! Ich weiß selbst wo mein verdammtes Schlafzimmer ist!«, meckerte ich, doch das schien er völlig zu ignorieren. Er lief wieder zurück zu den anderen in MEIN Wohnzimmer, wo sie MEIN Bier aus MEINEM Kühlschrank plünderten. Das war ja wohl die Höhe! Zuerst überlegte ich, mich einfach in meinem Schlaf-

zimmer einzuschließen und so zu tun, als wäre ich eingeschlafen. Allerdings würde Lev mir das absolut nicht abkaufen, also blieb mir wohl nichts anderes übrig, als mich Party-
tauglich anzuziehen.

»Fertig«, unmotiviert stellte ich mich zu den anderen in die
Runde und Lev drückte mir ein Bier in die Hand. Wie nett
von ihm, dass er mir auch etwas von MEINEM Bier anbot.

»So, wir trinken jetzt aus und dann reißen wir ein paar
Schnecken auf«, rief Lev und die anderen jubelten ihm zu.
Unter den anderen war Luis, der ebenfalls ein Weiberheld
war und dementsprechend gut aussah und wenn ich als
Mann das sagte, stimmte das. Dann war da Martin, der
schon über 30 war und noch nie eine Freundin hatte, was
hauptsächlich daran lag, dass er mit Frauen irgendwie überhaupt nicht umgehen konnte und ein Idiot war und zuletzt
Karsten. Karsten war knapp 1,92 m groß, breit wie ein Türsteher und Metal-Fan. Er war eigentlich fast der normalste
hier in der Runde - ich mochte ihn. Ich ließ mein Bier einfach stehen, während die anderen ihres schnell leerten. Was
soll ich sagen, ich hasste schnelles Trinken.

***

Der Club war übertrieben voll, genauso wie immer, doch heute störte es mich ganz besonders, ich wusste auch genau warum. Normalerweise würde ich jetzt nämlich auf meiner Couch liegen und irgendeinen Müll schauen, der im Fernsehen lief. Leider war ich von meiner Couch kilometerweit getrennt, was mich extrem traurig stimmte. Ich vermisste sie. Vielleicht sollte ich ihr einen Namen geben. Beate? Beate war ein guter Name für eine Couch. Sie hieß also ab jetzt Beate. »Ich geb uns ne Runde aus, Leute«, schrie Lev, um den Lärm hier zu übertönen, was natürlich nicht klappte. Wir tranken erst mal alle so ein Wodka-Gemisch, um lustiger zu werden. Besonders mir sollte das heute dringend helfen, weil ich sonst in den nächsten Minuten wieder verschwinden würde. Total öde heute. So öde, dass meine Gedanken bereits das Wort »öde« benutzten, welches ich sonst niemals benutzte. Die anderen erzählten sich gegenseitig, nein, schrien sich gegenseitig Geschichten zu und lachten, während ich daneben an der Bar saß und keine Lust auf diesen Party-Abend hatte. Hach, Beate.

Ungefähr eine halbe Stunde später teilte sich unsere Gruppe auf. Die einen liefen auf die Tanzfläche, um Mädels anzubaggern und die anderen blieben bei mir an der Bar. »Hey, Al´« stieß Karsten mich in die Hüfte und ich beschwerte mich erst einmal darüber, dass ich es hasste, wenn er mich

„Al" nannte. »Sorry, wusste nicht, dass du da so empfindlich bist«, entschuldigte er sich und ich atmete einmal tief ein und wieder aus. »Egal. Wie läuft´s bei dir so?«, fragte ich und wir beschlossen, unser Gespräch draußen fortzuführen. Er wollte sowieso eine rauchen gehen. »Ich habe dir doch letztens von Lea erzählt, du weißt schon. Die Kleine mit den riesigen Dingern«, fing er an und ich nickte zustimmend. Ich erinnerte mich nur vage an die kleine, nervige, hysterische Frau mit den großen Dingern. »Sie hat letztens angerufen und gefragt, wie es mir geht. Wir sehen uns monatelang nicht und dann ruft sie an und fragt, wie es mir geht? Findest du das nicht ein wenig komisch?«. Frauenlogik. »Ich denke mal, sie fand dich von Anfang an toll, konnte es sich nicht eingestehen und jetzt meldet sie sich, weil sie herausgefunden hat, dass sie dich doch mag«, erklärte ich und Karsten sah mich sichtlich verwirrt an. »Moment Mal. Du denkst, sie mochte mich, wusste aber nicht, dass sie mich mochte und jetzt hat sie herausgefunden, dass sie mich mag und hat angerufen um quasi zu sagen, dass sie mich mag?«. Jetzt lachten wir, da das doch alles sehr kompliziert klang. So wie Beziehungen es nun mal immer waren. »Hast du überhaupt damit gerechnet, dass sie dich nochmal anruft?«, interessiert sah ich ihn an und er schüttelte den Kopf. »Ne, eigentlich nicht. Ich hab sie auch gefragt, wieso sie so plötzlich angerufen hat«. »Und was hat sie gesagt?«, »Naja, ob wir uns mal treffen wollen. Hab ja gesagt und jetzt gehen wir halt morgen essen«. Ich war gespannt auf seine Story nach dem besagten Essen. Karsten hatte nicht gerade viel Glück mit den Frauen. Er war ein echt netter Kerl, aber genau diese Eigenschaft wurde ihm immer wieder zum Verhängnis. Die Frauen nutzten ihn oft aus und bis er das merkte, waren sie meistens schon auf und davon. Dass er bereits 33 war, half ihm auch nicht gerade, da die meisten Frauen in diesem Alter heirateten, schon verheiratet waren oder schon Kinder haben. Hoffentlich würde ihm mal eine Frau begegnen, die es ernst mit ihm meint und am besten noch ungebunden ist.

Nach seiner Raucherpause gingen wir zurück und suchten die anderen. Leider fanden wir sie nicht. »Lass uns einfach noch was trinken«, schlug Karsten schließlich vor und ich hatte nichts dagegen. Die meisten Abende mit Lev und den anderen endeten so, dass Martin total betrunken versuchte eine Frau abzuschleppen und es nicht schaffte. Lev und Luis betranken sich immer gerade so viel, dass sie locker waren, aber noch nicht zu betrunken waren um Sex zu haben. Karsten und ich fand man meistens an der Bar. Entweder wir betranken uns oder verließen schneller als die anderen den Club. Heute würden wir früher gehen. »Ich

46

hatte von Anfang an keinen Bock, hab mich mal wieder von Lev überreden lassen«, teilte Karsten mir mit und ich grinste. »Bei mir seid ihr einfach rein gestürmt und habt meinen romantischen Abend mit Beate gestört«. »Haha, Sorry, tut uns leid. Aber wer ist denn Beate?«. Ich nahm gerade einen Schluck meines Drinks und erstickte beinahe an einem Hustenkrampf, weil ich so derb lachen musste. »Naja. Sie ist meine allerbeste Freundin. Wir haben eine schöne Beziehung, sie ist immer für mich da und deckt mich sogar zu, wenn mir kalt ist«, erzählte ich und hoffte, dass er nun darauf kam, wer sie war. »Ach, so ist das. Beate ist also dein Bett«, »Nein nicht ganz«, »Dein Teppich?«, »Wie zur Hölle kommst du jetzt auf meinen Teppich?«, »Aaaaaah! Jetzt hab ich´s. Sie ist deine Couch!«, erriet er endlich und ich gab ein lautes »Rrrrrrrrrichtiiiig« von mir. Inzwischen spürte ich den Alkohol und mir wurde warm. Bald würde mir sicherlich alles Spaß machen - das hoffte ich zumindest. Während Karsten die nächste Runde bestellte, sah ich mich im Club um. Überall Menschen. Betrunkene, Baggernde, Sabbernde, Nüchterne, Schöne und weniger schöne Menschen. Einer dieser Menschen fiel mir jedoch ganz besonders ins Auge. Eine hübsche, rothaarige Frau, die gar nicht so weit weg war, tanzte zusammen« mit ihrer vermutlich besten Freundin. Meistens war es zumindest so, dass Frauen zusammen mit ihrer besten Freundin feiern gingen. Die beiden sahen glücklich aus und lachten. Bisher betrachtete ich die unbekannte Rothaarige nur von hinten, was mir bereits sehr gut gefiel. Sie trug eine enge, glänzende, schwarze Hose und ein schickes Oberteil. Alles figurbetont, sexy aber nicht billig. Genau richtig, genau mein Geschmack. Natürlich, wie sollte es anders sein, erwischte sie mich beim Starren, als sie sich während dem Tanzen einmal drehte. Unsere Blicke trafen sich und sie blieb wie angewurzelt stehen. Sie sah mich aber überhaupt nicht böse an, weil ich so gestarrt habe. Nein. Sie sah mir einfach direkt in die Augen. Ihre Augen fesselten mich, ich war einfach nicht in der Lage wegzusehen, also gingen wir in eine Art Starr-Wettbewerb über. Diesen beendete sie leider schnell, indem sie mich kurz ziemlich süß anlächelte und sich dann wieder weg drehte. Ich hätte sie noch weitere 10 Minuten so ansehen können, so viel war sicher. »Hey, hier ist dein Getränk«, tippte Karsten mich an und ich kam zurück in der Wirklichkeit an. »Oh, klar. Danke, Mann«, bedankte ich mich und dann ging er wieder raus zum Rauchen und ich begleitete ihn. Eigentlich habe ich mir fest vorgenommen, noch zu der hübschen Frau rüber zu gehen, um ein paar Worte mit ihr zu wechseln und sie vielleicht nach ihrer Telefonnummer zu fragen. Allerdings war sie wie vom Erdboden verschwunden, als wir zurückkamen.

»Sag mal, hast du vorhin zufällig eine kleine, ganz süße, rothaarige Frau gesehen?«, fragte ich schließlich Karsten. Doch er schüttele nur den Kopf. »Ich gehe sie mal suchen«, teilte ich ihm mit und er sagte, dass er an der Bar warten würde. Ich lief also das ganze Krystalize ab, nach einer Frau, die mir völlig fremd war und hatte einfach keinen Erfolg auf meiner Suche. Im Techno-Teil der Disko traf ich dann Lev und Luis an, die gerade dabei waren, zwei Frauen abzuschleppen. Schnell drängte ich mich dazwischen und fragte auch sie, ob sie die Frau gesehen haben. »Alter, ich kann nich mal mehr meine eignen Füße sehn«, erwiderte Luis leicht beschwipst und Lev sagte »Ich kenn die nich, frag mal Martin«. Toll. Wenn die beiden und vor allem Karsten mir nicht helfen konnten, dann wusste der sturzbetrunkene Martin ganz sicher auch nichts. Trotzdem suchte ich ihn und fand ihn schließlich total fertig auf dem Männerklo. »Alter! Was machstn du hier?«, fragte ich und half ihm dabei, aufzustehen. »Du musst unbedingt mit der Sauferei aufhören, sonst bringt es dich irgendwann um«, tadelte ich und Martin lachte. »A´was! Ich überleb alles! Auch n Leben ohne Fraun, die hassn mich eh alle, ich bin ein elenda Loser. Aber egal, ich hab ja noch dich und Lev und Karstn und Luis. Ihr seid die bestn, ich lieb euch. Wenn ich schwul wär würd ich dir jetzt n dickn fettn Kuss gebn«. Martin schwafel-

49

te nur sinnloses Zeug, wie sollte der mir helfen. Vielleicht sollte ich lieber ihm helfen, indem ich ihn nach Hause brachte, bevor er sich doch noch irgendwie weh tat. Letztes Jahr im Winter war er mal fast erfroren, weil er nach einer Party unbedingt heimlaufen wollte und dabei in einen Graben geflogen ist. Keine fünf Minuten später habe ich ihn dann aufgegabelt, was gar nicht so leicht war bei gefühlten 100 Metern Schnee. »Ich bringe dich jetzt heim, kapiert?«, sagte ich und stützte ihn. Er lachte wieder. Wieso machte ich das überhaupt noch mit, war das nicht normalerweise so ein Teenie-Ding? Egal, wenn ich es nicht tat, würde es keiner machen. Okay, vielleicht Karsten, aber wer weiß, ob er ihn gefunden hätte. »Ich weiß, dass es total sinnlos ist dir diese Frage zu stellen, Martin«, fing ich doch noch an. »Aber hast du eine hübsche, rothaarige Frau gesehen?«. »Ja, da war vorhin eine, mit ner etwas dickeren Freundin. Beide sah´n seeeehr schön aus. Sind irgendwie irgendwohin gegangn'«, antwortete Martin und ich war fasziniert davon, dass er tatsächlich die beiden Frauen gesehen hatte und das noch wusste. Er konnte mir nur leider nicht sagen, wohin sie gegangen waren, aber das war klar. Wer weiß wie lange er schon im Klo herum lungerte. Ich lief also mit ihm quer durch den Club zur Bar, an der Karsten noch immer saß. »Hey, wen hast du denn gefunden?«, fragte er und war nicht überrascht, dass Martin total betrunken war. »Ich bringe ihn jetzt nach Hause. Wir könnten uns danach noch einen Film reinziehen, wenn du mitkommst«, sagte ich und Karsten stimmte sofort zu, weil er sowieso gehen wollte. Die Fahrt zu Martin dauerte ewig, weil wir ständig wegen ihm anhalten mussten. Ich glaube, er übergab sich auf dieser kurzen Strecke bestimmt 5 Mal. War so etwas überhaupt gesund? Ihn die Treppen zu seiner Wohnung hoch zu hieven war schwerer, als wir gedacht hatten. Martin kam mir nämlich mindestens 10 Kilo schwerer vor als sonst. »So, geschafft«, ächzten Karsten und ich, als wir ihn endlich in seiner Wohnung mehr oder weniger aufs Bett geworfen haben. »Gud Nachti«, rief dieser uns noch zu, bevor er weg pennte. Wenn diese ganze Situation nicht so armselig gewesen wäre, hätte ich vielleicht gelacht.

Der restliche Abend verlief ruhig und entspannt, genau wie er ursprünglich geplant war. Okay, es war geplant, dass ich den Abend alleine verbrachte, aber mit Karsten war er noch lustiger. Wir schauten Filme, Trash-TV und hauten uns mit Chips und Schokolade voll. Genau so musste es sein.

-4-

Der Fremde und Ich

Ella

»Guten Morgen, Ella«, begrüßte mich Anne, als sie am nächsten Morgen in der Küche auftauchte. »Morgen«, grüßte ich zurück, während ich Pancakes in der Pfanne wendete. »Hmm, wie das duftet«, schwärmte sie und ließ sich kurz darauf am Frühstückstisch nieder. »Hast du gut geschlafen?«, fragte ich sie grinsend, da sie in meinem Bett gelandet war, während ich auf meiner Couch genächtigt hatte. »Ja. Und ich weiß nicht wie du es schaffst, dass dein Bett jedes Mal bequemer wird, wenn ich darin schlafe. Ähm, wieso warst du eigentlich auf der Couch?«. Ich grinste und erklärte ihr, dass ich selbst nicht so genau wusste, warum ich unbedingt auf der Couch schlafen wollte. »Uh, da hatte wohl jemand den ein oder anderen Mojito zu viel, was?«, neckte sie mich und ich streckte ihr die Zunge raus. »Hier, sei leise und iss deine Pancakes«, befahl ich, als ich ihr einen Teller überreichte, auf dem mein absolutes Lieblingsfrühstück duftend darauf wartete von uns verschlungen zu werden. Als wir den ersten Bissen nahmen, kam aus unser beider Münder ein tiefes, langgezogenes »Hmmmmm«. Wenn es jetzt noch Erdbeeren gegeben hätte, wäre das Ganze perfekt geworden. Leider gab es die ja im Herbst nicht mehr. »Die sind einfach jedes Mal der absolute Hammer!«, lobte Anne, die sowieso total auf meine Gerichte abfuhr. »Es freut mich immer wieder Sie bekochen zu dürfen, Frau Dusel«, sprach ich förmlich und sie räusperte sich vornehm. »Ohja, Frau Herbst, Ihr Essen schmeckt wirklich fabelhaft. Obwohl, äußerst delikat trifft es noch besser«. Nun lachten wir beide und ich verschluckte mich an meinem, von Anne benannten, „äußerst delikaten" Essen. Es war jedes Mal ein Spaß, wenn sie bei mir übernachtete und wir zusammen frühstückten. »Sag mal, Ella. Wieso ziehen wir nicht zusammen? Ich meine, wir würden Geld sparen und sehen uns doch sowieso immer. Und wir sind seit Jahren befreundet und mögen uns. Was hältst du davon?«, schlug Anne auf einmal vor und ich war dem nicht abgeneigt. Ich habe schon öfter darüber nachgedacht, eine WG mit ihr zu gründen, allerdings lag mir auch sehr viel an meiner Privatsphäre. »Das ist eine tolle Idee, nur lass mich darüber erst nachdenken, okay?«, antwortete ich schließlich und sie nickte mir zu. »Klar, sag mir dann einfach Bescheid, wie du dich entschieden hast. Ich bin auch nicht sauer, falls du nein sagst, könnte ich auch verstehen«. »Ja, ich weiß«, entgegnete ich und lächelte. Wir genossen unser ausführliches Frühstück sehr, da wir danach zur Arbeit aufbrechen mussten. Zum Glück öffneten wir samstags erst ab 9 und schlossen bereits mittags um 13:30 Uhr. Es war nur ein kurzer Arbeitstag, aber wir hatten meistens viel zu tun. Heute würde allerdings nicht viel anstehen, es war schließlich Herbst und dieser war nicht gerade die Blumenhochsaison. Zumindest nicht bei uns im Laden, vielleicht gab es woanders mehr zu tun. Uns war es aber Recht, dass wir nichts zu tun hatten, denn Anne und ich waren todmüde und dementsprechend unmotiviert.

***

»Ich will zurück ins Bett«, jammerte meine beste Freundin und Arbeitskollegin und ich lächelte sie mitleidig an. »Wir überstehen das schon, ist ja ruhig im Laden«. Wir waren jetzt seit ungefähr 10 Minuten auf der Arbeit und total lustlos - diese paar Stunden würden uns wie eine Ewigkeit vorkommen. »Wieso schließen wir den Laden nicht einfach für heute und gehen wieder nach Hause?«, Anne ließ ihren Kopf auf den Tresen fallen und tat so, als wäre sie eingeschlafen. »Das würde ich gerne tun, wenn wir das dürften. Ist nur leider nicht unser Laden, sondern der von Gloria«, antwortete ich. Gloria war unsere Chefin und gerade im Urlaub. Sie war eine sehr freundliche Person, wir haben noch nie Probleme mit ihr gehabt und wenn sie jetzt da wäre, würde sie uns sichergehen lassen, weil ja nicht viel zu tun war. Nur leider war sie das nicht, deshalb mussten wir bleiben. Eine von uns könnte zwar gehen, aber dann müsste sich die andere zu Tode langweilen und das wäre untragbar. Anne und ich blieben beide. Andauernd starrten wir auf die Uhr, doch deren Zeiger wollte sich einfach nicht weiterbewegen. Stattdessen tickte sie erbarmungslos langsam vor sich hin und machte uns wahnsinnig.

Auf einmal ging die Tür des Ladens auf und Manuel, Annes Freund, spazierte herein. Uh, ich roch Action! Vielleicht würde der Tag doch nicht so langweilig werden, wie gedacht. »Hallo Anne«, sagte dieser und kam auf uns zu. Mich beachtete er bei seiner Begrüßung gar nicht, tzz. Unfreundlicher Kerl! »Hallo, Manuel. Was willst du?«, zischte meine beste Freundin. Plötzlich schien sie zum Eisblock zu gefrieren, je näher er ihr kam. Sie schien mir wohl einige Details ihres Streits verschwiegen zu haben, denn sie sahen sich an, als würden sie gleich aufeinander losgehen. Waren die beiden wirklich ein Paar, oder eher Erzfeinde? Kein Wunder, dass Anne fand, sie sollten sich besser trennen, oder haben sie das vielleicht schon getan? »Ich will mit dir reden«, sagte Manuel knapp und lief ungeduldig im Laden hin und her. Ab und zu streifte er die ein oder andere Blume. »Pass bitte auf die Blumen auf, die können nix dafür«, ermahnte ich ihn, doch das schien ihn gar nicht zu interessieren. »Ich arbeite und will jetzt nicht mir dir reden«, entgegnete Anne ebenfalls knapp und tat so als würde sie etwas tun. »Ich weiß wann du mich anlügst. Du hast gerade Zeit, also komm doch bitte kurz mit mir raus, damit wir reden können«. Der Kerl wurde immer ungeduldiger, irgendwie ein bisschen zu sehr. Na hoffentlich hatte er kein Messer dabei. »Manuel, ich will jetzt nicht mit dir reden«, wiederholte sie und funkelte ihn dabei wütend an. »Ich aber, jetzt komm schon. Gib mir nur fünf Minuten, dann erkläre ich dir alles«, bettelte er und Anne lief kurz darauf in schnellen Schritten nach draußen. »5 Minuten, keine Sekunde länger!«, hörte ich sie noch sagen, bevor die Tür hinter ihnen zufiel. Nun konnte ich durch die Glasscheiben des Ladens erkennen, wie sie sich nicht gerade leise unterhielten. Nein, es klang eher wie ein Wortgefecht. Was war denn zwischen den beiden passiert? Noch vor ein paar Tagen war Anne so traurig und jetzt so furchtbar wütend? Da ist doch sicher noch was vorgefallen, von dem ich noch nichts wusste. Ja, ich bin auch NUR die beste Freundin, mir musste man solche lebenswichtigen Informationen nicht erzählen. Wenn sie zurückkäme, würde ich sie allerdings erst mal in Ruhe lassen, damit sie runterkommen konnte. In diesem Zustand würde ich ohnehin nichts aus ihr herausbekommen. »Hau doch ab!«, schrie Anne plötzlich so laut, dass ich es von drinnen hören konnte. Ja, meine Action habe ich damit auf jeden Fall bekommen. Wutentbrannt riss sie die Tür auf, kam herein, stapfte hinter den Tresen und hockte sich dort einfach auf den Boden. »Dieser Riesenarsch!«, rief sie empört und ich ließ mich neben ihr nieder. Ich beschloss, erst einmal nichts zu sagen. Wenn sie reden wollte, würde sie das tun. Und das tat sie dann auch. Aber zuerst brach sie in Tränen aus und ich legte ihren Kopf auf meinen Schoß. »Shh«, versuchte ich sie zu beruhigen, doch viel Erfolg hatte ich dabei nicht. Sie schluchzte und schluchzte und hörte gar nicht mehr damit auf. »Er...ist...so...ein...Arsch«, ihre sonst eher lautere Stimme klang nun viel mehr wie ein leises Flüstern. Ungefähr 15 Minuten mussten wir bereits so dagesessen haben, bis sie sich endlich beruhigte und ihren Mund zum Sprechen öffnete. »Es gibt da ein paar Sachen...«, fing sie an »...die ich dir noch nicht erzählt hab... Ich weiß auch nicht warum ich es dir noch nicht gesagt hab, aber das will ich ja jetzt machen. Hoffentlich verzeihst du mir«. Wie ein Häufchen Elend sah sie mich an und ich nickte und lächelte ihr aufmunternd zu. »Ist nicht schlimm, du sagst es mir ja jetzt«. »Ich hab dir doch vor ein paar Tagen erzählt, dass ich denke, dass Manuel und ich uns trennen«. Ich nickte. »Naja, weißt du, ich habe dir da nicht alles erzählt, weil es gab einen Grund warum ich so mies drauf war. Ich mein, wir haben zwar schon lange Streit und alles, aber für diesen Auftritt eben gibt es einen Grund. Ich habe sein Handy durchsucht und bevor du mich jetzt gleich anmeckerst, ich weiß, dass man das nicht machen soll. Egal, ich habe es gemacht und da habe ich eben SMS von einer Tanja gefunden und die waren nicht gerade harmlos. Da standen so Sachen drinnen wie „Wann sehen wir uns wieder? Ich vermisse dich", und so was«. Fassungslos schüttelte ich den Kopf, denn so etwas hatte ich von ihm nicht erwartet. Ich meine, ich konnte ihn noch nie leiden, weil er total unsympathisch war und mich immer ignoriert hat, aber das habe ich Anne natürlich nie erzählt. »Und was hast du dann gemacht?«, fragte ich und streichelte leicht ihre Schulter. »Naja, ich wollte ihn erst zur Rede stellen, aber dann war ich so enttäuscht und wütend, dass ich das nicht konnte, also bin ich einfach nach Hause gegangen. Ich habe mein Telefon stumm geschaltet und nicht auf seine Anrufe reagiert. Ich musste erst einen klaren Kopf kriegen, bevor ich ihm sagte, was ich wusste«. Sie machte eine kurze Pause und atmete einmal tief ein und aus, bevor sie fortfuhr.

»Naja, wie du siehst ist er mir zuvorgekommen. Gerade eben wollte er mir draußen verklickern, dass da nichts lief zwischen ihm und dieser Tanja. Natürlich glaube ich ihm das nicht. Solche SMS schreibt man nicht einfach so. Er hat mir einfach ins Gesicht gelogen, verstehst du? Diese verdammten SMS waren EINDEUTIG und er hat mich einfach angelogen! Als wäre ich ein dummes, naives Mädchen, das ihm jeden Mist glaubt. Hab ihm eben gesagt, dass er mich mal kann und dass er verschwinden soll... Vielleicht hätte ich auf der Stelle mit ihm Schluss machen sollen. Für mich ist ja damit klar, dass wir von nun an getrennt sind, aber ob ihm das so klar ist?«. Ich schüttelte erneut ungläubig den Kopf.»Er ist ein absoluter Vollidiot! Nicht nur, weil er dich betrogen hat, sondern auch, weil ihm damit die tollste Frau seines Lebens durch die Lappen gegangen ist!«. Ich umarmte meine beste Freundin und ihr liefen schon wieder die Tränen.»Danke, Ella. Wenn ich dich nicht hätte, würde ich jetzt sein Auto zerkratzen und seine Wohnung verwüsten«.»Hey, wenn, dann machen wir so was aber zusammen!«, entgegnete ich und konnte ihr damit ein Lächeln entlocken. Ich ertrug es einfach nicht, sie so traurig zu sehen und das wegen einem absolut idiotischen Kerl, der sie überhaupt nicht verdient hat.»Vielleicht solltest du nach Hause gehen«, schlug ich vor, doch Anne schüttelte sofort den Kopf.»Nein, auf gar keinen Fall! Daheim heule ich nur, ich will mich lieber ablenken. Mit dir«. Ihr Wunsch sei mir Befehl. Den restlichen Arbeitstag sprachen wir darüber, wie scheiße Männer waren und dass wir am besten lesbisch werden sollten. Wir planten dann noch unsere Hochzeit und lachten anschließend über die betrunkenen Verwandten auf unserer Feier.

***

»Kann ich das Wochenende vielleicht bei dir verbringen? Ich will nicht alleine sein«, gestand Anne, als wir gerade die Ladentür zum Feierabend abschlossen. »Klar, du kannst so lange bleiben wie du möchtest. Wir fahren bei dir vorbei, dann holst du ein paar deiner Sachen und zu Hause koche ich dir was Schönes, okay?«, schlug ich vor und sie nickte eifrig. »Du bist wirklich die allerbeste! Was würde ich nur ohne dich tun?«, »Hast du doch vorhin gesagt. Sein Auto zerkratzen und die Wohnung verwüsten und damit ich dich heute Abend nicht von der Polizeiwache abholen muss, verbarrikadiere ich dich lieber in meiner Wohnung. Das dient also alles deiner Sicherheit«, erklärte ich amüsiert. Der Herbst zeigte sich heute übrigens von seiner nassen Seite. Der Himmel war grau verhangen und es regnete ununterbrochen. Das Wetter schien sich Annes innerer Gefühlswelt anzupassen. Zum Glück kamen wir schon sehr bald bei mir zu Hause an und ich war echt heilfroh darüber, dass Manuel uns nicht mehr in irgendeiner Weise über den Weg gelaufen war. Am besten wäre, sie würden sich überhaupt nicht mehr begegnen. Zu blöd aber auch, dass das nicht möglich war. Irgendwann mussten sie noch einmal miteinander reden, um ihre Beziehung womöglich endgültig zu beenden.

Im Moment stand ich am Herd und kochte Kartoffelsuppe, während Anne vor dem Fernseher saß und ihren Kakao trank, den ich ihr gemacht hatte. Wie ein kleines, hilfloses Mädchen saß sie auf meiner Couch, eingewickelt in eine Decke und versuchte sich abzulenken. Ab und zu schluchzte sie leise - sie tat mir so furchtbar leid. Ich würde gern etwas sagen, hatte aber Angst davor, dass es das Falsche wäre und ich alles schlimmer machen würde. Deswegen hielt ich brav meine Klappe und ließ sie reden, wenn sie reden wollte. Ich war eh mit meiner Suppe beschäftigt.

»Weißt du was ich nicht verstehe?«, fing sie plötzlich an.

»Was denn?«, fragte ich interessiert und dann drehte sie sich zu mir. »Wieso hat er nicht einfach mit mir Schluss gemacht? Er hätte danach vögeln können so viel er will! Warum musste er mich so sehr verletzen? Wenn er mich zuerst verlassen hätte, wäre alles um einiges einfacher geworden«.

»Das verstehe ich auch nicht«, sprach ich und rührte weiter in meiner Suppe herum, obwohl es da gar nicht mehr viel zu rühren gab. »Das Essen ist gleich fertig«, teilte ich Anne mit und sofort stand sie auf, immer noch eingewickelt, und lief zum Küchentisch. »Vielleicht war ich ihm doch zu fett und er hat eine dünnere gebraucht«, seufzte sie irgendwann, während wir aßen und ich konnte gar nicht glauben, was ich da hörte. »Sag so etwas nicht! Zuerst mal bist du nicht fett, nur weil du keine Model-Maße hast und außerdem wärt ihr gar nicht zusammengekommen, wenn er dich nicht attraktiv gefunden hätte. Du bist eine schöne Frau, rede dir nicht so einen Scheiß ein! Es gibt auch noch andere Dinge die zählen«, empört schaufelte ich meine Suppe in mich hinein und Anne sah mich bedrückt an. »Wenn du das sagst... Wahrscheinlich hast du Recht... So weit bin ich also schon, dass ich mich selbst in Frage stelle, weil mein bescheuerter Freund mich betrügt«. Ich hörte wieder auf zu Essen und legte ihr meine linke Hand auf die Schulter. »Du musst dir nur eines merken, Süße. Der Kerl ist ein Arsch! Du kannst nichts dafür, dass er einer ist, er hat sich das selbst ausgesucht«. Anne versuchte ein kleines Lächeln und ich bat sie, ihre Suppe zu Ende zu essen. Langsam kam ich mir ein wenig vor wie ihre Mutter, aber das war in dieser Situation okay. Vor allem, weil ihre Familie sich sowieso nicht um sie kümmerte und irgendwer es ja tun musste. Annes Eltern waren total reich und außerdem total arrogant. Sie wollten immer, dass Anne mal Rechtsanwältin wird, doch darauf hatte sie keine Lust. Ihr Interesse galt von klein auf den Blumen. Ihre Oma fand das immer toll und hat ihr vieles darüber beigebracht, bis sie verstarb. Das war einer der schrecklichsten Tage ihres Lebens, da ihre Oma gleichzeitig ihre beste Freundin und Lehrerin gewesen war. Von ihr wusste sie so viel über die verschiedenen Pflanzenarten - ich war selbst manchmal neidisch auf ihr breit gefächertes Wissen. Anne hatte so viel mehr Ahnung davon als ich, aber hey, sie hat auch von der besten gelernt.

»Wir haben jetzt erst mal genug über mich und diesen Idioten geredet. Was gibt es bei dir so Neues?«, fragte Anne irgendwann und ich zuckte die Schultern. »Ach, nichts Besonderes. Es ist alles wie immer«. »Was war da eigentlich letztens im Krystalize los mit dir?«, fragte sie plötzlich. »Was meinst du?«. »Du warst irgendwann so komisch, hast du vielleicht jemanden entdeckt, den du kanntest?«. Oh, nun wurde mir klar worauf sie hinauswollte. »Nein, ich habe niemanden gekannt. Es war vielmehr ein... Fremder«, erklärte ich und tat geheimnisvoll. »Erzähl mir mehr!«, forderte Anne und dann berichtete ich ihr von meiner kurzen „Begegnung" mit dem Mann, der sich meinem Blick nicht mehr abwenden wollte. »Er stand also mit jemandem an der Bar? War aber keine Frau, oder?«, fragte sie nach. »Nein, es war auf jeden Fall ein Mann. Er hatte zwar längere Haare, aber so groß und breit wie er war, hat es sich ganz sicher um einen Mann gehandelt«, antwortete ich und sie grinste. »Und der Typ hat dir einfach so mitten in die Augen gesehen? Es waren ganz sicher deine Augen und nicht … Nun ja... Andere äußerst ansehnliche Körperteile von dir?«. »Ja, ich bin mir ganz sicher, dass er mir in die Augen gesehen hat und nicht nur kurz. Er konnte, wie gesagt, gar nicht mehr wegschauen«. Anne legte ihren Zeigefinger auf die Lippen und heckte anscheinend wieder irgendetwas aus. Nach einer kurzen Denkpause eröffnete sie mir ihren Plan. »Ich finde, wir sollten noch mal ins Krystalize gehen. Vielleicht ist er der Mann deiner Träume und den solltest du auf gar keinen Fall verpassen, oder gar an eine andere verlieren«, schlug sie vor, doch ich fand diese Idee weniger gut. »Nein, müssen wir nicht. Er ist ja nicht einmal rübergekommen und als ich nach unserer Pause noch einmal geschaut habe, war er weg«. »Vielleicht hat er dich gesucht, weil DU plötzlich verschwunden bist? Ich meine, er konnte ja nicht wissen, dass du eine Pause machen willst. Er dachte bestimmt, du rennst ihm weg«, spekulierte Anne und ich lachten ironisch. »Wieso sollte er denken, dass ich vor ihm weggerannt bin? Und er sucht bestimmt nicht nach einer ihm völlig fremden Frau. Entweder ist er nach Hause gegangen, oder hat sich eben anderweitig seinen Spaß geholt«. Ich dachte ich hätte meine beste Freundin überzeugt, dass ich zwar einen winzig kleinen, schönen Moment mit diesem Mann hatte, aber sonst nichts weiter passieren würde - aber falsch gedacht. Anne ließ nicht locker. »Du bist manchmal so unromantisch. Das war bestimmt Liebe auf den ersten Blick!«. Irgendwie bewunderte ich sie ja dafür, dass sie immer noch so denken konnte, nachdem sie so hintergangen wurde. Aber so war sie eben - ließ sich nicht unterkriegen. »Hmm... Ich denke die Idee von dir, noch einmal ins Krystalize zu gehen, ist doch nicht so bescheuert«, entgegnete ich und Anne quiekte vor Freude. Sie freute sich immer, wenn sie jemanden von etwas überzeugen konnte, außerdem lenkte sie das selbst von ihrer eigenen Katastrophe ab, also warum nicht?

***

»Und, kannst du ihn sehen?«, schrie Anne, als wir abends im Krystalize auf der Tanzfläche standen. »Nein«, antwortete ich. »WAS?«, sie hat mich offensichtlich nicht verstanden, also antwortete ich erneut und dieses Mal eine Spur lauter. »NEEEEIN!«. »Okay, du musst nicht gleich so schreien«, meckerte sie und ich verdrehte die Augen. Ich sah mich überall im Club um, konnte ihn aber nirgendwo entdecken. Wir beschlossen alles abzulaufen und uns überall umzusehen. »Wie sieht der Kerl überhaupt aus? Du hast mir noch gar keine Details gegeben«, teilte mir Anne mit, als wir nach einer Weile im „Pausenraum" saßen und uns einen Cocktail gönnten. Bisher hatten wir den Mann noch nicht gefunden. »Naja. So genau konnte ich noch nicht hinsehen. Ich weiß noch, dass er dunkle Haare hatte und relativ groß war. Viel mehr hatte ich nicht erkannt, wir waren ja nicht unbedingt nah dran und das Licht hier drinnen ist auch nicht das Gelbe vom Ei. Er sieht auf jeden Fall gut aus«, erzählte ich und Anne nickte. Ich musste zugeben, dass ich mir ein bisschen blöd vorkam, weil ich nach einem Mann suchte, den ich überhaupt nicht kannte. Er hatte mich doch sowieso schon vergessen, was ich ihm nicht verübeln konnte, da wir ja nicht einmal ein paar Worte miteinander gewechselt hatten. Diese Suche war sinnlos, er war doch nur irgendein Mann unter vielen anderen.

Oder?

Vergangenheit

Alex

Samstagmorgen. Karsten war irgendwann gegangen, die genaue Uhrzeit hatte ich allerdings nicht mitbekommen. Mein allererster Gedanke direkt nach dem Aufwachen galt komischerweise aber nicht meinem Klo. Nein, auch nicht Beate. Und selbst dem Frühstück nicht. Nicht mal an Sex dachte ich. Ich dachte an eine Person und der Witz an dieser ganzen Aufwach-Gedanken-Geschichte war, dass ich diese Person nicht einmal kannte! Ich dachte nämlich an die schöne, rothaarige Frau, die ich gestern im Krystalize gesichtet hatte. Die mit der besten Freundin. Okay, eigentlich wusste ich gar nicht, ob es sich um ihre beste Freundin handelte. Egal, ich dachte an eine wildfremde Frau. Vielleicht lag das daran, dass mir bisher noch nie etwas so Schönes unter die Augen gekommen war. Dieser Körper, diese Haare! Normalerweise stand ich gar nicht auf Rothaarige und Haare waren mir sonst auch ziemlich schnuppe. Nur lang mussten sie sein, das war mir wichtig. Und so waren ihre. Lang und rot. Was war denn jetzt in mich gefahren? Womöglich hat mir der ein oder andere Drink nicht gutgetan. Das letzte Mal, als mich eine Frau derart geflasht hatte, waren wir letzten Endes sogar beinahe vor den Traualtar getreten. Es handelte sich hierbei um meine Ex-Verlobte. Ihr Name war Yvonne.

Ich weiß noch, wie wir uns kennen lernten. Sie war Barkeeperin in meinem damaligen Lieblingsclub gewesen, in den ich seitdem übrigens keinen Fuß mehr setzte. Ich schrieb meine Telefonnummer auf eine Serviette - Ja, ich weiß, dass das total nach Schnulzenfilm klingt. Ihr hat es aber gefallen, also war die Idee wohl gar nicht so bescheuert. Wir trafen uns dann zum Billard spielen und gingen danach noch was trinken - der Abend war der Hammer. Sie trug eine hautenge Jeans und ein echt heißes Top und ihre langen, blonden Haare waren zu einem Zopf gebunden. Hätte ich gewusst, dass ihr Aussehen alles war, was sie zu bieten hatte, dann wäre ich nach dem ersten Treffen niemals auf die Idee gekommen, sie noch mal anzurufen. Leider tat ich das und es kam noch dicker. Da ich glaubte sie zu kennen, hielt ich nach ungefähr zwei Jahren Beziehung um ihre Hand an. Der wohl größte Fehler meines Lebens, da sich herausstellte, dass sie mich von Anfang an verarscht hatte und die unschuldige, aber dennoch sexy Blondine, nur Fassade gewesen ist. In Wirklichkeit war sie nämlich nur eines davon und dies nutzte sie auch aus - allerdings nicht nur bei mir. Ich erfuhr ungefähr eine Woche vor unserer Hochzeit von

ihrer Affäre. Yvonnes Bruder war gerade aus Holland ange-
reist und hat die ganze Sache mitbekommen. Wie lange er
das alles tatsächlich schon wusste, bekam ich nie heraus.
Nachdem ich die ganze Sache also wusste, wollte ich sie zur
Rede stellen, fragen, ob das, was mir gesagt wurde, wirklich
stimmte. Immerhin dachte ich bis zu diesem Tag, dass sie
niemals in der Lage wäre, mir so etwas anzutun. Im Gegenteil. Die ganze Zeit, in der wir zusammen waren, hatte sie
nie einem Kerl auch nur hinterher geschaut. Sie schien die
Treue in Person zu sein. Außerdem sagte sie mir oft, wie
sehr sie mich liebte und dass sie sich keinen anderen Mann
an ihrer Seite vorstellen konnte. Alles nur leere Aussagen.
Als ich in ihrer Wohnung ankam und mit ihr reden wollte,
war sie schon weg. Ihre ganzen Sachen auch - die Schränke
und Schubladen, leer. Nachdem sie ihren Verlobten betrog,
hatte sie nicht mal die Eierstöcke gehabt, es ihm persönlich
mitzuteilen. Ich wurde darauf zu einem totalen Wrack. Ließ
monatelang niemanden an mich heran, war total kaputt. Ich
versuchte die ganze Zeit zu verstehen, warum die Frau, die
mich heiraten wollte, mir so etwas antun konnte. Niemand
gab mir mehr Informationen. Keiner hatte eine Ahnung, wo
sie war. Ich wusste nur, dass die Frau, die ich abgöttisch
liebte, mich vermutlich wochen-, oder sogar monatelang

betrogen hatte und dann einfach abgehauen war. Ohne Zettel. Ohne Anruf. Ohne Nachricht. Rein gar nichts.

Das Ganze ist jetzt rund zwei Jahre her. Ich habe seitdem nichts mehr von ihr gehört und das würde sich vermutlich auch nicht ändern. Inzwischen war ich darüber hinweg und konnte mich wieder wie ein halbwegs normaler Mensch verhalten. Obwohl ich diesen Teil meines Lebens ganz gut verarbeitet habe, steckt er trotzdem noch tief in mir. Mir ist es bisher nicht mehr gelungen, eine feste Beziehung einzugehen, da ich mich sofort in mein Schneckenhaus verkroch, wenn es mir zu ernst wurde. Ich wollte niemals wieder in meinem Leben so verletzt werden, also musste ich mich schützen. Die Frau aus dem Krystalize würde schon sehr bald meine Gedankenwelt verlassen, also kümmerte ich mich nicht weiter darum. Ich beschloss stattdessen, einfach aufzustehen und an andere Dinge zu denken. Sie war schließlich wie jede andere. Nichts Besonderes. Ich glaubte nicht mehr an „besondere" Begegnungen, vor allem nicht in Diskotheken. Meine Regel seit zwei Jahren lautete daher: »Frauen aus der Disko sind höchstens für einen One-Night-Stand gut«. Alles andere wäre Zeitverschwendung. Das Telefon klingelte. Ich nahm ab. »Klein?«, meldete ich mich und der Mensch am anderen Ende der Leitung lachte laut los. Es handelte sich eindeutig um Martin und ich konnte nicht glauben, dass der schon wieder besoffen war. Wollte allerdings auch nicht wissen wieso. »Haha, du bis doch nich klein«, lallte dieser und ich überlegte, ob ich nicht einfach wieder auflegen sollte. Ich entschied mich aber dagegen. »Was willst du, Martin?«, fragte ich genervt und hoffte, dass diese Unterhaltung bald beendet sein würde. »Ich hab mein Geldbeutel velorn«, eröffnete er. Ich lief zum Kühlschrank und hämmerte zwei Mal mit meinem Kopf gegen ihn. Das war jetzt nicht sein Ernst? Er erklärte, nein, er lallte, dass er gestern Nacht seinen Geldbeutel auf der Toilette verloren hatte und jetzt totalen Ärger von seiner Mami bekam - Ja, er nannte sie wirklich so. Nun wollte er, dass ich mit ihm zusammensuchte. Keine Ahnung wieso er glaubte, dass ich das tun würde, immerhin habe ich mich gestern genug um ihn gekümmert. »Bidde! Ich find den doch net allein«, jammerte er und ich erklärte ihm, dass die Wahrscheinlichkeit, seinen Geldbeutel auf der Toilette einer Diskothek wieder zu finden, extrem gering war. Er glaubte mir nicht, er war davon überzeugt, ihn zu finden. Er meinte, dass ihn sicher jemand abgegeben hatte, schließlich lebten auf der Welt ja so viele ehrliche, nette Menschen. Sicherlich. Ich hatte jedenfalls keinen Bock darauf, heute Abend schon wieder im Krystalize herum zu hängen, nur um meinem bescheuerten Kumpel zu helfen. »Vergiss es, Martin!«, zischte ich schließlich und legte auf. Das Telefon klingelte kurz darauf erneut. Ich drückte ihn weg. Das passierte genau drei Mal, dann zog ich das Telefonkabel und stellte mein Handy auf lautlos. Genau in diesem Moment vibrierte es. »Vergiss es!«, murmelte ich vor mich hin, während ich zum Kühlschrank lief, um mir Müsli zu machen. Mein Handy vibrierte und vibrierte, keine Ahnung wie oft Martin noch anrufen würde. Ich ging jedenfalls nicht mehr dran. Sollte er doch seine Mami fragen, die half ihm bestimmt.

***

Samstagabend.
Ich.
Krystalize.
Schon wieder.
Alles wegen Martin!!!
Ich hatte mich tatsächlich doch noch überreden lassen zu helfen. Das Ganze war aber teuer für Martin, weil er mir so viele Drinks spendieren musste, wie ich wollte. Falls wir seinen scheiß Geldbeutel überhaupt finden würden. Zuerst fragten wir natürlich bei der Jackenabgabe nach, die wussten nichts. Danach heulte Martin die Leute an der Kasse voll, auch die hatten keine Ahnung. Nirgends wurde ein Geld-

beutel abgegeben, die Menschen waren wohl doch nicht so ehrlich und nett, wie Martin gedacht hatte. Nachdem wir also an allen Orten waren, an denen der Geldbeutel abgegeben worden sein konnte, liefen wir weiter Richtung Männerklo. Der Ort, an dem dieser Volltrottel seinen Geldbeutel verloren hatte. »Hier issa nich!!«, jammerte Martin, als wir auch dort keinen einzigen Hinweis oder gar das eigentliche Objekt fanden. Wie schaffte es dieser Typ nur, immer wieder irgendetwas zu verlieren? Meistens war es ja nur er selbst, aber den Geldbeutel aus Dummheit zu verlieren, war selbst für ihn eine reife Leistung. »Ich geb dir einen Rat«, fing ich an. »Hör auf mit der Sauferei!«. Er lachte und legte tatsächlich einen Arm um mich. »Ach Alex. Du bis doch mein allabester Freund. Wenn du nich gewesen wärst, hätt ich...«, »Halt die Klappe«, unterbrach ich ihn und befreite mich aus seinem Griff. Zuerst mal war ich nicht sein allerbester Freund, denn dann müsste ich mich andauernd schämen und könnte mich nicht mehr in der Öffentlichkeit blicken lassen und zweitens wusste ich gar nicht, ob ich ihn überhaupt mochte! Ich half ihm nur, weil er mich nicht mehr in Ruhe gelassen hat und ich meine Ruhe nun mal liebte. Wenn diese allerdings gestört wurde, tat ich eben alles Erdenkliche, um sie wiederherzustellen. »Das hat keinen Zweck«, stellte ich fest und Martin jammerte wieder los, dass er doch unbedingt seinen Geldbeutel brauchte und ich ihm helfen sollte. Jetzt war es allerdings genug, ich wollte nicht mehr. »Hör mir mal gut zu! Ich habe freiwillig meinen halben Abend wegen dir verschwendet, damit du endlich aufhörst mir auf den Keks zu gehen und jetzt habe ich genug! Ich habe dir geholfen, dein Geldbeutel ist weg! Sieh es ein! Ich hau ab«, knurrte ich ihn an und verließ kurz darauf das Männerklo. Schnell drehte ich mich einmal um, um nachzusehen, ob der Kerl mir nicht auch noch folgte, aber das tat er zum Glück nicht. Ich wollte jetzt nur noch nach Hause, mir reichte es. Beate war mein Ziel, sonst gar nichts mehr. Ich lief also in schnellen Schritten dem Ausgang entgegen, als ich eine kleine, rothaarige Person übersah und sie aus Versehen anrempelte. »Oh, Entschuldige«, sagte ich und lief sofort weiter. Moment Mal. War das nicht? Klar war sie das! Es war die Kleine von gestern! Schnell lief ich zurück, doch sie war weg. Hatte sie mich überhaupt gesehen? Ich habe sie angerempelt und mich zwar entschuldigt, aber wir haben uns nicht wirklich angeschaut. Oh, es passiert schon wieder. Ich laufe dieser Frau hinterher! Habe ich denn gar nichts gelernt? Sie kannte mich doch überhaupt nicht und ich sie ebenfalls nicht, was war also in mich gefahren? - Du gehst jetzt nach Hause, sagte ich zu mir selbst und verließ fluchtartig das Krystalize.

-6-

Familienchaos

Ella

Heute kamen meine Eltern, die ich schon seit längerer Zeit nicht mehr gesehen hatte, zu Besuch. Meistens war meine Mutter zu Hause und werkelte an ihren Gemälden, Tonfiguren und was-weiß-ich-noch-allem herum, während mein Vater viel arbeiten ging. Ab und zu rief ich sie an und lud sie bei mir zum Essen ein. Letzte Woche hatte ich das getan und heute war es wieder soweit. Sonntagsessen bei mir. Warum ausgerechnet bei mir? Weil meine Eltern beide die so ziemlich schlechtesten Köche auf diesem Planeten waren und ich mich fragte, wie sie bereits so lange überleben konnten. Deshalb servierte ich ihnen ab und zu ein leckeres, selbstgekochtes Essen, da sie sich sonst sicher nur von Fertiggerichten ernährten oder zum Thailänder gingen. Meine Mutter und ich haben ein sehr enges Verhältnis zueinander, sie war nicht nur meine Mutter, sondern auch eine Freundin. Zu meinem Vater allerdings, habe ich ein eher schwieriges Verhältnis, er ist sehr kühl und unnahbar. Das macht es nicht gerade leicht mit ihm gut klar zu kommen. Überhaupt verstand ich bis heute nicht, wie zwei von Grund auf verschiedene Menschen, wie meine Eltern, überhaupt mal zusammengefunden haben. Mittlerweile waren sie ja schon einige Jahre getrennt. Wenn es mich nicht geben würde, hätten sie sich vermutlich nach spätestens einem Jahr schon getrennt, aber meine Mutter wurde schnell schwanger, also blieben sie noch ein Weilchen zusammen. Der ruhige, kühle, unnahbare Johannes und die aufgeweckte, warme, offene Claire. Zwei Welten prallten aufeinander und hatten sich tatsächlich mal vereint. Argh, den Gedanken sollte ich besser gleich wieder aus meinem Kopf verbannen. Ich war gerade fertig mit dem Aufräumen der Küche, als es auch schon klingelte. Meine Mutter. Zum Glück kam sie immer als erste, ich wüsste ehrlich gesagt nicht, was ich mit meinem Vater reden sollte. »Hallo, mein Schatz!«, begrüßte sie mich und drückte mich einmal fest. »Hallo, Mama. Die Lasagne ist noch nicht fertig«, informierte ich sie. »Ach, ich bin mal wieder zu früh. Egal, dann können wir noch ein bisschen quatschen, bevor der alte Miesepeter kommt«. »Mama!«. Ich hatte zwar kein besonders gutes Verhältnis zu meinem Vater, aber ich konnte es trotzdem nicht leiden, wie sie über ihn herzog, wenn er nicht anwesend war. »Entschuldige, Ellchen. Ich hüte meine Zunge«, versprach sie und hielt sich einen Finger vor den Mund, als Zeichen für ihr Schweigen. Ich vergab ihr und lächelte. Jedes Mal, wenn sie zu Besuch war kam sie wie ein Wirbelwind hineingeschneit und versprühte ihre gute Laune. Ihr flippiges Aussehen machte sie noch sympathischer. Heute trug sie eine Jeans, zusammen mit einem langärmligen Oberteil mit Puffärmeln. Dieses Oberteil wurde offensichtlich in einem Pool voller Farben gebadet, denn es gab kaum eine Farbe, die man darin nicht fand. Ihre dunkelroten Haare, welche ich von ihr geerbt habe, hat sie nach oben gesteckt, es sah ein wenig nach Vogelnest aus, stand ihr aber hervorragend. Dazu trug sie noch große Ohrringe, die ihr Gesicht betonten. Sie kleidete sich zwar unkonventionell, doch so war sie eben. »Gibt es was Neues?«, fragte sie interessiert und ich erstattete ihr Bericht über die Trennung von Anne und Manuel. »Ach, wirklich? So ein Idiot! Na, dann hat er sie gar nicht verdient, sie wird jemand Besseren finden«, sprach Mama und ich stimmte ihr zu. »Wie läuft es mit der Kunst?«, fragte ich sie und sofort begann ein Redeschwall, der so schnell nicht mehr aufhören würde. Sobald man meine Mutter über ihre Kunst ausfragte, war sie vollkommen in ihrem Element und konnte reden, bis der Morgen kam. Ich hörte ihr dann immer gebannt zu, weil ich es toll fand, wie sehr sie ihre Kunst und das Singen liebte. Meine Mutter war eine tolle Sängerin. Ihre Stimme hatte ihr bereits einige Auftritte in verschiedenen Theatern gebracht. Es gab doch nicht Schöneres als Leidenschaft für die Dinge, die man liebte. Sie wusste ganz genau, was sie liebte und was sie liebte, konnte sie auch. Sie war keiner von diesen Menschen, die einen Traum hatten, aber kein Talent! Nein! Sie hatte es drauf, in allen Bereichen, die sie mochte. Als sie gerade dabei war von ihrem letzten Auftritt mit einem Bekannten zu sprechen, klingelte es erneut an der Tür. »Das muss dann wohl der Mie.... dein Vater sein«, sagte Mama und hatte sich gerade noch gerettet. »Hallo Papa«, begrüßte ich ihn und er gab mir nur die Hand. »Hallo, Mariella«, sagte dieser und warf meiner Mutter einen komischen Blick zu. »Guten Tag, Claire«, begrüßte er sie und sie nickte ihm zu. »Hallo, Joe«. Meine Mutter war die einzige Person, die meinen Vater stets „Joe" nannte, er hasste das, aber das war ihr schon immer egal gewesen. »Was gibt es denn zu essen?«, erkundigte er sich und ich teilte ihm mit, dass ich Lasagne kochte. »Hmm, hier duftet es so herrlich!«, schwärmte Mama und ich lächelte ihr zu.

Als wir am Tisch saßen und aßen wurde es still. Niemand sagte irgendetwas, die Stimmung sank rapide. Hauptsächlich weil mein Vater da war, schätzte ich mal. Meine Eltern konnten sich nämlich nicht mehr sonderlich leiden, sie kamen nur mir zuliebe zusammen zum Essen, weil ich das so wollte. Ich würde es blöd finden, immer für jeden einen extra Tag einzulegen. Ich kochte für sie und im Gegenzug mussten sie mir damals versprechen, sich nicht bei mir zu streiten. Bisher haben sie das wunderbar eingehalten, ich fragte mich nur, wie lange man das Fass noch füllen konnte, bis es schließlich überlief. »Wie läuft die Arbeit so, Papa?«, fragte ich, um endlich das Schweigen zu brechen, doch der zuckte nur die Schultern. »Alles wie immer. Alle nerven, ich darf alles machen. Hat sich nix geändert«. Toll. Und so etwas nannte er jetzt Konversation, wie hat Mama das nur so lange ausgehalten? Die beiden waren immerhin 11 Jahre zusammen gewesen! »Und du verkaufst immer noch deinen Kram?«, fragte er plötzlich Mama und sie warf ihm einen finsteren Blick zu. »Das ist kein KRAM, sondern mein Leben! Wann geht das endlich in deinen Dickschädel rein?«. Oh, Oh. Irgendwie begann die Fassade der heilen Familie, die nie heil war, zu bröckeln. »Was verdienst du denn damit?«, fragte er und provozierte Mama offensichtlich extra. Verdammt, bald würde das dämliche Fass überlaufen und ich war mittendrin! Was sollte ich machen, wenn die sich gegenseitig erwürgen würden? Ich stellte mir schon das Gespräch mit der Polizei vor, wenn die hier zwei Menschen vorfinden würden, die sich gegenseitig umgebracht haben. Sie würden mir deren Mord in die Schuhe schieben, das durfte nicht passieren! Ich musste handeln. »RUHE!«, schrie ich schließlich und meine Eltern waren so geschockt von meinem plötzlichen Ausbruch, dass sie tatsächlich ihren Streit unterbrachen und still wurden. »Seid bitte einfach still, alle beide«, fügte ich noch in leiserem Ton hinzu und das Essen ging damit Gott sei Dank ruhig zu Ende. Sollten sie doch streiten, wenn sie meine Wohnung verlassen haben, aber die Einigung bei mir musste unbedingt eingehalten werden.

»Tschüss, mein Kind«, verabschiedete sich meine Mutter irgendwann und gab mir einen Kuss auf die Stirn, von meinem Vater kam nur ein nüchternes »Wiedersehen«. Und schon war eines der Sonntagsessen auch wieder vorbei. Heute war ich sogar froh darüber, so wie die beiden sich den Rest ihres Aufenthalts angeschaut haben. Elende Streithähne!

»War ja ein voller Erfolg, dein Essen«, sagte Anne ironisch, als ich sie nach dem Tisch abräumen anrief. »Total. Ich kann echt nicht glauben, dass die sich nach so langer Zeit immer noch nicht im Griff haben, hört das auch irgendwann mal auf?«, ich ließ mich auf die Couch fallen. »Wohl eher nicht«, meinte Anne. »Jetzt habe ich erst einmal meine Ruhe vor ihnen«, sagte ich erleichtert und meine beste Freundin lachte. »Ja, bis zum Weihnachtsessen sind es ja noch ein paar Monate«.

***

»Vielen Dank, ich hoffe Ihrer Freundin gefallen die Blumen«, sagte ich und lächelte dem Kunden noch freundlich zu, bevor er die Ladentür hinter sich schloss. »Der war ja süß«, entgegnete Anne, die gerade mit einem gebundenen Blumenstrauß ankam. »Ja, finde ich auch. Für wen sind die?«, fragte ich neugierig und Anne schüttelte den Kopf. »Nö, mein Kunde, mein Strauß. Such dir deine eigenen Kunden«. Sie lachte, als ich versuchte das Kärtchen zu lesen, welches am Strauß angebracht war. Wir haben viele Stammkunden, daher wollte ich einfach nur wissen, ob ich denjenigen kannte, der einen so schönen Strauß verschenkte. »Komm, sag es mir. Kenne ich ihn?«, ich blieb hartnäckig. »Nein und jetzt Sht. Ich muss mich konzentrieren beim Kalkulieren«. Gespielt beleidigt ließ ich mich auf einem unserer Hocker, die wir immer unterm Tresen lagerten, nieder und verschränkte meine Arme vor der Brust. »Anne ist voll doof«, sagte ich mit meiner Kinderstimme und sie lachte. »Du bist echt bekloppt, weißt du das?«. In dem Moment ging die Ladentür auf und ich stellte mich schnell wieder hin. »Macht ihr etwa schon wieder Pause?«, fragte eine uns sehr bekannte Stimme. »Gloria!«, riefen Anne und ich gleichzeitig und liefen auf unsere Chefin zu. Wir wurden erst einmal fest umarmt. Gloria sagte immer, herzlich sein wäre mit das Wichtigste in unserer kühlen, hasserfüllten

81

Welt. Und gutes Essen. »Hallo, ihr Schätze! Na? Wie ist es ohne mich so gelaufen?«, erkundigte sie sich und wir teilten ihr freudig mit, dass alles in bester Ordnung war, der Laden sie aber vermisst hat. »Na, dann ist ja gut. Ich wollte euch nur eben besuchen, um euch zu sagen, dass ich wieder da bin. Wir sehen uns geschäftlich aber erst morgen«. »Wie war dein Urlaub?«, wollte Anne wissen und schon ließ Gloria sich auf einem unserer Hocker nieder. Die Erzählstunde begann. »Also, wie ihr wisst, war ich in Portugal und da war es soooo traumhaft. Die Strände waren wundervoll und die Männer erst! Ein Sahnehäubchen nach dem anderen, sage ich euch...«. Ich liebte die Art, wie Gloria Geschichten aus ihrem Leben erzählte, als wäre man selbst dabei gewesen. Ihr konnte man stundenlang zuhören und ich war mehr als froh eine Chefin wie sie zu haben. Sie war locker, herzlich, freundlich und immer fair. Eine Chefin, wie man sie sich in den schönsten Träumen vorstellte. »So, meine Schätze. Jetzt habe ich mich wieder verquatscht. Ich muss dann jetzt wieder los, habe noch einen Maniküre-Termin«, berichtete Gloria, nachdem sie uns das Wichtigste aus ihrem Urlaub in Portugal erzählt hatte. »Natürlich, Chefin. Wir wünschen dir noch einen schönen Resturlaub«, entgegnete ich. Nachdem sie gegangen war, seufzten Anne und ich gemeinsam. »Ich

will auch mal so sein wie sie, wenn ich 61 bin«, sprach sie
und ich grinste. »Wer würde das nicht wollen?«

7

Einmal Wochenende, Bitte!

Alex

Als ich diesen Montag das Büro betrat, hatte ich absolut keine Lust aufs Arbeiten. Das lag hauptsächlich daran, dass ich schon von Weitem das überaus laute Geschnatter und Gekicher meiner drei, oder eher zwei Arbeitskolleginnen hören konnte. Diese Geräusche bereiteten mir Kopfschmerzen. Das Wochenende war ganz okay gewesen, bis auf den Vorfall, der sich Martin nannte. Dazu kam noch, dass ich irgendwie beschissen geschlafen habe, was diesen Tag nicht besser machte. »Hi Alex«, begrüßten mich die zwei Schnattereulen wie aus einem Munde. »Hi«, antwortete ich knapp, setzte mich an meinen Schreibtisch und symbolisierte damit, dass ich nicht gestört werden wollte. Das glaubte ich zumindest, die Message kam aber wohl nicht ganz an, denn keine 5 Minuten später trudelte die erste Frage ein. »Wie war dein Wochenende?«, fragte Blondie was-weiß-ich und ich schaute sie müde an. »Ganz gut«, antwortete ich und fragte mich derweil, seit wann die drei wieder mit mir sprachen? Hatten sie sich nicht vorgenommen, mich irgendwie zu ignorieren? Scheinbar konnten solche Angelegenheiten einfach wieder vergessen werden. Schade.

Es war schön von ihnen ignoriert zu werden, weil sie mir dann wenigstens nicht auf die Nerven gingen. Diese Zeiten waren wohl nun vorbei. »Bist du ausgegangen?«, fragte die nächste Blondine und ich überlegte, wie ich sie am schnellsten wieder ruhig stimmen könnte. »Ja, ich bin in der Tat ausgegangen und es war gut, danke der Nachfrage«, antwortete ich knapp und hoffte, sie damit endlich loszuwerden. Knappe Antworten hießen bei mir nämlich so viel wie „Halt endlich deine Klappe", war das denn so schwer zu verstehen? Lange Sätze und extreme Plauschereien waren sowieso nicht mein Ding, wieso sollte ich dann auf der Arbeit so tun, als wäre das anders? Ich bevorzugte die Stille, meistens jedenfalls. »Ich glaube, er will nicht mit uns sprechen«, warf die Brünette in den Raum und lag goldrichtig! Na wenigstens eine, die ein bisschen Grips im Kopf hatte. Wenn sie nicht mit diesen dümmlichen Tussis abhängen würde, würde ich sie unter Umständen vielleicht sogar ganz süß finden. Gut, ich fand sie auch so süß. Die Blondies widmeten sich nun wieder ihren absoluten Lieblingsthemen. Handtaschen und Schuhen. Die Brünette saß eher abseits und hörte den beiden zu. Als ich aufstand, um mir einen Kaffee zu holen, kam sie nach und stellte sich neben mich an den Automaten. »Alex?«, fragte sie schüchtern. »Ja?«, antwortete ich, während ich mir gerade Milch in den Kaffee kippte. »Ich wollte dich mal was fragen...«, »Ach, hier steckst du. Bist du etwa am Flirten mit unserem neuen Arbeitskollegen?«, kicherte Blondie eins, unterbrach somit die Frage der Brünetten und ich verdrehte die Augen. »Nein, ich wollte nur...«, stammelte sie verlegen und ich sah sie an. »Du musst dich nicht rechtfertigen, ist schon okay«. Damit nahm ich meinen Kaffee und lief zurück zu meinem Platz. Was wollte die Brünette von mir? Und warum konnte ich mir ihren Namen nicht merken? Mein verfluchtes Namensgedächtnis! »Marie! Jetzt sei doch nicht sauer!«, hörte ich plötzlich Blondie, die dazwischen geplatzt war, rufen. So hieß sie! Marie! Als die Beiden unser Büro erreichten, begann ein Zickenkrieg vom Feinsten. »Wie wäre es, wenn du dich ausnahmsweise Mal nicht in mein Gespräch einmischst?«, zischte Marie, ja, endlich wusste ich ihren Namen wieder. »Ich habe mich nicht eingemischt! Ich habe dich gesucht«, versuchte Blondie sich zu verteidigen und scheiterte dabei kläglich. Ich lehnte mich währenddessen zurück und genoss die Show. Die andere Blondine sah schockiert zu mir. Ich zuckte nur die Schultern. »Man fängt nichts mit Kollegen an und das weißt du auch!«, rief Blondie. »Spinnst du? Wir haben doch gar nichts!«, antwortete Marie und musste sich offensichtlich zurückhalten, nicht auf Blondie loszugehen. Mein Kopfkino stellte sich eine Schlammschlacht zwischen den beiden vor.

Marie würde dieser künstlichen Blondine ihre Extensions ausreißen und sie abschminken. Dann würden alle vor Schreck in Ohnmacht fallen. »Wenn ihr vögelt, geht das uns alle was an!«, meckerte Blondie und ich verschluckte mich beinahe an meinem Kaffee. Irgendwie gab dieses ganze Gespräch überhaupt keinen Sinn mehr. »Wir vögeln NICHT!«, schrie Marie. »Noch nicht«, murmelte ich scherzhaft und sie starrte mich kurz darauf an. Das hatte sie jetzt nicht ernsthaft gehört?! Fuck, schon wieder! »Ich brauch jetzt frische Luft!«, sagte sie und verließ den Raum. Zum Glück lag unser Büro etwas abseits von den anderen, sonst hätten das vermutlich alle, dem Chef inklusive, gehört. Ich überlegte, ob ich ihr folgen sollte, doch dann würde wirklich jeder denken, wir hätten was miteinander. Ich beschloss, sie nach Feierabend abzufangen und mich zu entschuldigen. Die Wogen mussten also mal wieder von mir geglättet werden. Seit ich da war, herrschte hier irgendwie ständig dicke Luft, was machte ich falsch? Meine Tollpatschigkeit war wohl daran schuld, aber das war alles keine Absicht. Ich sprach eben oft bevor ich nachdachte. An dem Streit zwischen Marie und Blondie eins war ich aber nicht schuld. Wenigstens etwas.

Nach der Arbeit stand ich also vor Maries Auto, um mich bei ihr zu entschuldigen. Die anderen waren schon gegangen. Ihr Auto hatte ich mir komischerweise merken können. »Was willst du?«, fragte sie, als sie mich entdeckte. »Ich will mich bei dir entschuldigen«, erklärte ich und sie stand nun direkt vor mir. Ihre langen, braunen Haare hingen zerzaust an ihren Schultern herab und ihre braunen Augen sahen mich verständnislos an. »Der Spruch war echt daneben«, stellte sie fest. »Ja, ich weiß. Es tut mir echt leid, ich hau manchmal Sprüche raus und merke erst im Nachhinein, dass es dumm war«. Schuldig schaute ich sie an und setzte meinen Dackelblick auf. »Verzeihst du mir?«. Im nächsten Moment wurde ihr Blick weicher und ein Lächeln breitete sich darauf aus. »Ja, aber bitte lass so was in Zukunft«. Dann runzelte sie die Stirn und sprach »Eine Frage, wieso entschuldigst du dich eigentlich bei mir? Ich meine, bei den anderen hast du dich ja letztens auch nicht entschuldigt, wieso dann bei mir?«. Gute Frage, dachte ich und fuhr mir kurz mit der linken Hand durch die Haare. »Naja. Liegt wohl daran, dass es mir bei dir leidgetan hat und bei den anderen nicht«, antwortete ich und sie lächelte. »Ach so. Naja, ich muss jetzt los, wir sehen uns morgen«. »Warte«, hielt ich sie auf, ich musste unbedingt noch wissen was sie vorhin von mir wollte. »Ach, war nichts Besonderes. Bis Morgen«, sagte sie und ich nahm ihr diese Antwort nicht ab. Egal, wenn sie es mir nicht sagen wollte, war das eben so.

Ich dachte mir nichts weiter dabei, stieg in mein Auto und fuhr laut singend nach Hause. Im Radio lief nämlich mein Lieblingssong und da konnte ich einfach nicht anders.

Den Rest der Woche versuchte ich mich halbwegs normal zu verhalten und in kein Fettnäpfchen zu treten. Ich hielt mich mit meinen Sprüchen zurück und grinste nicht in unangebrachten Momenten. Langsam überkam mich das Gefühl, die zwei Blondies ließen mich endlich in Ruhe. Sie stellten zumindest eher selten dumme Fragen oder kicherten. Wahrscheinlich gewöhnten sie sich nun an mich, den einzigen Mann im Raum. Da ich aber nun mal der einzige Mann war und die drei Frauen hetero waren, zumindest soweit ich das mitbekommen habe, wurde ich auch am meisten angestarrt. Wie drei Katzen, die jederzeit auf ihre Beute losgehen konnten, glotzten sie manchmal. Zwei von ihnen hatten sowieso keine Chance, selbst wenn sie nackt vor mir säßen. Ich stand einfach nicht auf künstliche Frauen. Marie war die einzige von ihnen, die ich nicht von der Bettkante stoßen würde. So extrem schüchtern wie sie allerdings war, würde ein solcher Kontakt wohl eher in die weite Ferne rücken. Wobei man ja auch sagt, stille Wasser sind tief. Wer weiß, vielleicht war sie gar nicht so schüchtern wie sie vorgab zu sein.

***

»Guten Morgen Marie«, begrüßte ich sie am Donnerstag beim üblichen Aufeinandertreffen bei der Kaffeemaschine. »Hi Alex«, antwortete sie, wollte ihre Tasse nehmen und schüttete sie beinahe aus, weil ihre Hand so zittrig war. Marie war irgendwie verdammt süß! Sie wirkte so unschuldig und genau das war es, was mich den nächsten Schritt tun ließ. »Hast du mal Lust, mit mir Kaffee trinken zu gehen? Nicht hier, sondern in einem richtigen Café, versteht sich«, schlug ich also vor und grinste dabei. Sie starrte mich einen Augenblick lang einfach nur an, bis ich eine Augenbraue hochzog. Diese kleine Bewegung rüttelte sie aus ihrer Starre. »Ja. Sehr gern«. Sie grinste mich breit an und tippelte kurz darauf auf ihren Stöckelschuhen zurück ins Büro. In auffällig schnellen Schritten übrigens.

Nachmittag.

Noch am selben Tag beschloss ich mit Marie ins Café zu gehen. Wozu auch warten? Ich wurde ja auch nicht jünger. Ich habe vorgeschlagen, gleich nach der Arbeit zu gehen - sie war einverstanden. Spontan war sie also schon mal, sehr gut! Nun saßen wir uns gegenüber, jeder einen Teller voll mit Super-Hammer-Leckerem Kuchen und jeweils einer Tasse Milchkaffee.

Was konnte jetzt noch schiefgehen?

»Erzähl mal ein bisschen über dich«, fing ich irgendwann, nach einigen Minuten peinlichen Schweigens, an. Ja, ich weiß, noch vor kurzem habe ich behauptet NIEMANDEM diese Frage zu stellen, aber mir fiel nichts Besseres ein. »Naja. Ich heiße Marie und bin 23 Jahre alt. Ähm, ich gehe gern reiten und ich mag Pferde«, sagte sie und lächelte mich schüchtern an. Pferde also. Mit diesem Thema konnte ich leider überhaupt nichts anfangen. »Und gehst du gern aus?«, fragte ich interessiert und sie schüttelte den Kopf. »Ich gehe nie weg, bin lieber daheim«. Nicht allzu schlimm, ich mochte ausgedehnte Couchabende auch sehr gern. Weiter im Text. »Wie stehst du zum Thema Sex beim ersten Date?«, fragte ich und blieb dabei völlig ernst. Damit wollte ich ihren Humor checken, ich schlauer Fuchs. »Wie bitte?«, fragte sie und sah mich entgeistert an. Ich grinste, um ihr zu symbolisieren, dass dies ein Scherz war, aber irgendwie verstand sie mich nicht. Stattdessen verschränkte sie die Arme vor der Brust und sah mich ziemlich sauer an. »Das ist jetzt nicht dein Ernst, oder? Besitzt du überhaupt kein Schamgefühl? So etwas fragt man doch nicht!«. Ihre Stimme wurde lauter, wie peinlich. Dabei sollte das ein kleiner Scherz sein, um die verklemmte Stimmung aufzulockern. »Das war doch nur ein Witz«, entgegnete ich und war fast schockiert, wie streng sie das nahm. »Ja, klar. Und das soll ich dir jetzt glauben?«. Ich sah sie fragend an und meinte nur »Ähm, ja?«. Sie schnaubte und von der schüchternen, unschuldigen Frau war auf einmal nichts mehr übrig. »Ich dachte, wir könnten uns gut verstehen, du warst immer so nett zu mir«, sagte sie und ich hatte Angst, sie würde bald in Tränen ausbrechen. Wie würde das denn bitteschön aussehen? Ich habe ihr doch gar nichts getan! »Ich bin immer noch nett zu dir, das war wirklich nur ein Scherz«. Langsam wurde es mir zu blöd. Wenn sie nicht mal ein bisschen Spaß verstand, war sie ohnehin nichts für mich. Sie passte wohl doch hervorragend zu den zwei anderen Frauen im Büro, da sie genauso theatralisch und zickig war. Ich fand meinen Scherz lustig und eine Frau mit Humor hätte das genauso gesehen. Nur nicht Marie, die anstatt sich zu beruhigen, immer wütender zu werden schien. Sind denn alle Frauen wahnsinnig geworden? »Ziemlich blöder Scherz, findest du nicht auch? Das Thema unangebrachte Sprüche hatten wir doch schon mal, erinnerst du dich?«. Mittlerweile wollte ich nur noch verschwinden, aber mein Kuchen schmeckte so gut. Lieber wäre es mir, wenn sie verschwand und ich in Ruhe zu Ende essen könnte. »Hast du dazu gar nichts zu sagen?!« fragte sie und ihre Stimme überschlug sich fast. Meine Güte. Überreaktion des Jahrtausends. Und nein, ich hatte nichts dazu zu sagen, sollte sie doch verschwinden. Wobei. Wir arbeiteten zusammen, ich musste die Harmonie wiederherstellen. »Es tut mir leid, der Scherz war unangebracht«, sagte ich also und ihre Miene veränderte sich. Puh! Gerade noch gerettet. »Okay, ich verzeihe dir. Schon wieder«, antwortete sie und betonte extra das „schon wieder", damit ich mich schlecht fühlte oder so. Was ich allerdings nicht tat. Ich fand meinen Scherz weiterhin lustig. Den Rest des „Dates" saßen wir uns nur schweigend gegenüber und aßen Kuchen. Ich konnte die Frau nicht mehr leiden, die hatte ja wohl nicht mehr alle Tassen im Schrank. Einmal fiel dem Kellner eine Tasse runter und ich erschrak, weil ich plötzlich sehr geräuschempfindlich war. Woran das wohl lag?

18.35 Uhr.

Die Teller leer, die Tassen ebenfalls. Keine weiteren Dates in Aussicht, auch kein Abenteuer. Ich fand sie zwar äußerlich immer noch anziehend, aber wenn die jetzt schon so verrückt war, wollte ich nicht wissen, wie sie im Bett drauf war. Vielleicht war sie eine von den Frauen die gern Männer schlug und demütigte und auf so was stand ich mal überhaupt nicht. Mein Gehirn stellte sich Marie in Lederklamotten vor, mit Peitsche in der Hand. »Auf den Boden, du erbärmliche Ratte!«, schrie sie. Ich kniete auf dem Boden und Marie stellte ihren linken Fuß, den sie in einen riesigen, hochhackigen Lackstiefel gesteckt hatte, auf meinen Rücken. »Und jetzt bell!«, befahl sie und da wachte ich wieder aus meiner Vorstellung auf. Mein Körper schüttelte sich und dann bemerkte ich, dass ich fragend angeschaut wurde. »Hallo? Hast du mir zugehört?«, fragte Marie und ich nickte. »Und? Willst du jetzt mit mir nach Hause, oder nicht?«. Bitte, was hatte sie da eben gesagt? Ob ich mit ihr nach Hause wollte? Hat sie ein anderes Date gehabt als ich? Ich war nämlich der Meinung, dass das echt beschissen gelaufen ist und man fragt beschissen gelaufene Dates nicht, ob sie mal eben mit einem ins Bett springen! Wäre sie nicht so wahnsinnig, hätte ich vermutlich trotzdem ja gesagt, aber unter DIESEN Umständen? »Nein«, antwortete ich trocken und sie konnte offensichtlich nicht glauben, was sie hörte. »Nein?«, fragte sie ungläubig und ich bestärkte meine Antwort noch einmal mit einem Kopfschütteln. »Wow... ich biete dir das was du wolltest an und du gibst mir einen Korb«, murmelte sie und ich atmete einmal tief ein und wieder aus. »Zum tausendsten Mal. Das war ein Scherz und ich werde mich jetzt nicht mehr auf eine Diskussion mit dir einlassen«. Damit stand ich auf, legte 10 Euro auf den Tisch, schnappte mir meine Jacke und verließ so schnell mich meine Füße tragen konnten das Café. Ich konnte noch hören, wie sie mir »Du kannst mich doch jetzt nicht einfach so hier sitzen lassen«, hinterherrief, aber ich dachte mir nur. Oh doch! Und wie ich das kann!

***

»Laber keinen Scheiß!«, ungläubig sah mein bester Kumpel Lev mich an, der abends spontan bei mir vorbeigekommen war. Ich hatte ihm eben die Geschichte mit Marie erzählt. »Du hast es echt nicht so mit der Damenwelt im Moment, hm?«, fügte er noch hinzu und schenkte mir einen mitleidigen Blick. »Ne, irgendwie nicht. Ich weiß echt nicht wieso ich in letzter Zeit nur auf Verrückte treffe«, klagte ich. »Also, es tut mir leid, dass ich dir das jetzt so sagen muss, aber es gibt leider nur noch genau zwei Möglichkeiten für dich. Die eine ist, dir endlich von einem Profi wie mir helfen zu lassen, oder... Du wirst schwul und versuchst dein Glück in der Männerwelt«, sprach Lev und ich verdrehte die Augen. »Ich werde ganz sicher nicht schwul und auf dein sogenanntes Profi-Programm habe ich auch keine Lust. Vielleicht lasse ich es einfach mal für eine Weile mit den Frauen«. Lev schaute mich nun an, als hätte ich völlig den Verstand verloren. »Du willst also auf Sex verzichten?«, fragte er und konnte selbst nicht glauben, was er da fragte. »Wenn du es so ausdrücken willst, ja. Ich will einfach mal meine Ruhe haben«, antwortete ich. »Nein, das kannst du nicht machen. Du bist jung! Du musst die Frauen glücklich machen und ich zeige dir wie. Vertrau mir doch bitte mal. Mit meiner Hilfe liegen dir bald alle Frauen zu Füßen«, versuchte mich Lev zu überreden. »Jetzt tu mal nicht so als wäre ich völlig unfähig. Ich hatte es mal echt drauf, erinnerst du dich nicht mehr?«, sagte ich und dachte darüber nach, wie ich vor einigen Jahren war. Bevor Yvonne mich zu einem beziehungsunfähigen und sogar abschleppunfähigen Idioten degradierte. Lev und ich gingen damals jedes Wochenende aus und schleppten reihenweise Frauen mit nach Hause, ich hatte nie Probleme damit, einer Frau zu gefallen. Bis der blonde Teufel aufgetaucht war. Seitdem bekam ich irgendwie nix mehr gebacken. Ab und zu funktionierte es und ich bekam eine ins Bett, aber der Sex war einfach nicht mehr erfüllend. Für den Moment war es natürlich gut und machte Spaß, aber sobald die Frauen meine Wohnung verließen, fühlte ich mich genauso wie immer.

Allein und immer noch Ahnungslos.

»Hey, Kumpel. Wir wissen beide woran es liegt, dass dein Sex-Pensum so krass abgenommen hat. Aber du musst irgendwann nach vorn blicken, ich meine, das Ganze ist jetzt über zwei Jahre her. Du musst sie endlich vergessen«, sagte Lev. »Ist klar«, antwortete ich knapp und hatte keine Lust mehr über dieses ganze Thema zu sprechen, hat ja sowieso keinen Zweck. Stattdessen beließ ich es einfach bei meinem Entschluss, erst mal auf Frauen zu verzichten.

So schlimm konnte das doch nicht werden, oder?

8

Lieblingsorte

Ella

»Du solltest mitkommen, macht echt Spaß!«, versuchte ich Anne vom Trainieren im Fitnessstudio zu überzeugen. »Da gibt es auch Kurse, die wir besuchen können. Letztens war ich im Pilates-Kurs, der war richtig cool! Glaub mir, so schlimm ist das nicht«. Es wäre cool, nicht immer allein hingehen zu müssen, daher versuchte ich, Anne auf meine Seite zu ziehen. Die sportliche Seite. Leider musste die wohl erst geweckt werden. »Anne, du jammerst mich andauernd voll, dass du abnehmen willst, zufällig ist Sport dabei sehr hilfreich«, tadelte ich und blickte sie fragend an. Wir saßen gerade in meinem Lieblingscafé, in dem es den besten Kuchen auf der ganzen Welt gab. Es war Freitag und wir läuteten hier zusammen das Wochenende ein. Anne und ich kamen öfter hierher, um uns ein wenig zu entspannen und uns etwas zu gönnen. Ich würde das Café, welches übrigens „Sahnetörtchen" hieß, schon fast als einen meiner Lieblingsorte bezeichnen. Leckerer Kuchen und schöne Atmosphäre, was gab es Besseres? »Ich will aber nicht andauernd von Kerlen angestarrt werden«, sagte Anne. »Du wirst doch gar nicht angestarrt, die sind eh alle mit sich selbst beschäftigt, glaub mir«, erklärte ich. »Pass auf, du kommst einmal mit zum Probetraining und kannst dann entscheiden, ob du weiterhin trainieren möchtest, oder nicht. Deal?«, fügte ich noch hinzu und hob ihr meine Hand hin. Anne zögerte. »Deal?«, wiederholte ich und sie gab mir ihre Hand. Yes! Ich habe es geschafft, wurde auch mal Zeit. »Mal ein anderes Thema...«, fing ich an. »...Hast du eigentlich schon mit Manuel gesprochen, seit... Du weißt schon?«. Anne schüttelte den Kopf. »Bisher konnte ich einfach noch nicht, ich schaffe es ja kaum, an ihn zu denken, ohne ihn erwürgen zu wollen«. »Aber du musst irgendwann mit ihm sprechen, ihr müsst das endlich richtig beenden«, betonte ich und Anne nickte. »Ja, ich weiß. Aber das ist nicht so leicht, weißt du? Er hat mir sehr weh getan und ich bin einfach noch nicht so weit mit ihm zu reden«. Ich verstand sie. Keine Ahnung was ich machen würde, wenn mir so etwas passieren würde. Ausrasten? Weinen? Schreien? Ihn erwürgen? Ich wusste es nicht. »Lass dir so viel Zeit wie du brauchst, aber warte nicht zu lange«, riet ich ihr und dann war das Thema auch schon erledigt, sie wollte nicht lange über ihn reden. Verständlich. »Jetzt habe ich eine Frage. Hast du dir das mit uns als WG schon überlegt? Würdest du gern oder möchtest du lieber für dich bleiben?«, fragte Anne nun voller Neugier. Ich habe zwar noch nicht wirklich nachgedacht, aber was soll´s. »Ich würde sagen, lass es uns tun«, antwortete ich und war selbst überrascht von meiner Antwort. Allerdings freute ich mich auch darüber. »Wow, das finde ich super! Dann können wir ja jetzt nach einer größeren Wohnung suchen, meine und auch deine jetzige wären ja zu klein«, stellte Anne fest und dann planten wir unser WG-Leben. Es sollte jede Woche einen gemeinsamen Kochtag geben und wir würden uns immer mit dem Putzen und Spülen abwechseln. Außerdem wären regelmäßige Couchabende mit Pizza angesagt. Wir saßen jetzt schon über zwei Stunden im Café und ich freute mich immer mehr auf das Zusammenleben mit meiner besten Freundin, die wie eine Schwester für mich war. Als wir gerade dabei waren, über Männerbesuche in der WG zu sprechen, ging die Tür auf und der Mann aus dem Krystalize kam herein. Der, der mich so lange angesehen hatte. Schon wieder fing ich an, ihn wie hypnotisiert anzustarren. »Das ist er«, unterbrach ich Annes Redeschwall und sie drehte sich sofort um und schaute. »Wo? Und wen meinst du?«. »Er ist gerade reingekommen. Der Kerl aus dem Krystalize«, antwortete ich und mahnte Anne, sich nicht so komisch zu benehmen. Wie eine Irre schwirrte ihr Kopf hin und her, auf der Suche nach „dem Mann meiner Träume", wie sie ihn mal genannt hatte. Dabei flogen ihr ihre schulterlangen Haare um die Ohren, so schnell drehte sie sich. Irgendwann entdeckte auch sie ihn schließlich, er war gerade dabei sich hinzusetzen. Er saß so, dass wir sein Gesicht sehen konnten, leider weniger gut, wenn man Anne dabeihatte. »Uh, der ist ja schnucklig«, sagte sie und beobachtete ihn. Er saß ungefähr 3 Tische von uns entfernt, was überhaupt nicht viel war. »Du weißt schon, dass er dich sehen kann?«, fragte ich und Anne nickte. »Irgendwie muss ich ihn ja dazu bringen, zu uns zu kommen«. »Moment mal, was?«. Diese Frau hatte aber auch immer irgendwelche Pläne. Das machte mich wahnsinnig. Natürlich dauerte es nicht lange, bis er realisierte, dass er beobachtet wurde. Er grinste Anne an und als er mich erblickte, veränderte sich sein Gesichtsausdruck. Da war wieder dieser Blick. Er sah mir genau in die Augen. Dieses Mal war es aber anders, denn ich konnte ihn richtig sehen. Das Licht im Café war nämlich hell und so sah ich, dass seine Augen auf jeden Fall nicht komplett dunkel waren. Ich würde auf ein grün-braun tippen, was ich allerdings nicht perfekt erkannte, er saß ja immerhin noch ein paar Tische weiter. Seine Haare waren hellbraun und er trug einen dunkelroten Kapuzenpullover. Außerdem eine Brille, schlicht und schwarz, die ihn einerseits intelligent, andererseits ziemlich sexy aussehen ließ. Überhaupt war dieser Mann äußerst attraktiv. Nein nicht nur äußerst. Verdammt attraktiv. Super heiß! Okay, hoffentlich bemerkte er mein offensichtliches Gesabber nicht. Sein Blick verließ nun meine Augen und wanderte an mir herab. Beinahe, als würde er mich scannen. Anne hat sich inzwischen wieder umgedreht. »Erde an Ella«, sagte sie, schnipste vor meinem Gesicht herum und erlöste mich somit aus meiner Starre. »Äh, ja?«, fragte ich verwirrt und sie kicherte. »Ich wollte dir nur sagen, dass du ihn vergessen solltest, wenn er später nicht wenigstens kurz zu dir rüberkommt. Nach diesem Blickfick-Wettkampf ist er dir das schuldig«. »Anne, wir haben nicht... Okay vielleicht, aber das zwingt ihn nicht hier rüber zu kommen«, erklärte ich und rührte in meiner leeren Kaffeetasse herum. »Doch, definitiv!«, bestärkte Anne ihre Aussage. Dann begann sie ihre Jacke anzuziehen und ich wollte es ihr gleichtun, doch ... »Du bleibst schön hier!«, befahl sie. Sie holte ihren Geldbeutel raus, legte das Geld für Kaffee und Kuchen auf den Tisch und machte Anstalten zu gehen. »Du gehst doch jetzt nicht einfach«, motzte ich, doch das war ihr egal. So wie es ihr immer egal war, wenn ich etwas gegen ihre Pläne hatte. »Ich muss ganz dringend los, wir sehen uns Morgen bei der Arbeit«, verabschiedete sie sich und sprach so laut, dass der Kerl 3 Tische vor uns, es auch hören konnte. Oh, Anne! Sie gab mir noch einen Kuss auf die Wange, wünschte mir viel Glück und verschwand dann aus dem Café. Na toll! Wenn

er jetzt nicht rüberkam, saß ich hier wie eine totale Idiotin. Damit ich nicht völlig sinnlos herumsaß, bestellte ich mir noch einen Kaffee. Immer wieder sah ich zu ihm rüber, doch er schaute nur aus dem Fenster. »Hier ist ihr Kaffee, Bitteschön«, sagte die Kellnerin, doch ich nahm sie kaum wahr. Im Augenblick interessierte ich mich nur für den schönen Mann, der 3 Tische weiter saß. »Er kommt übrigens immer allein her, ich denke er ist noch zu haben«, flüsterte mir die Kellnerin auf einmal zu und das hörte ich wiederum. »Ach, wirklich? Ähm, woher wissen Sie, dass ich...?«, fragte ich und sie lächelte. »Ich mache diesen Job hier schon ein paar Jahre, mir fällt so etwas gleich auf« und damit ging sie wieder weiter an den nächsten Tisch. Er kam also immer allein her? Das hieß, er war öfters hier. Wieso war ich ihm dann noch nie begegnet? Ich war doch andauernd hier. Fragen über Fragen. Ständig legte ich mir Sätze zurecht, falls er rüberkommen würde, doch das geschah nicht. Er sah mich nicht mal mehr an, keinen einzigen Blick schenkte er mir. Kein Lächeln, nichts. Aus dem Fenster zu starren, schien wohl extrem spannend zu sein. Pff!
Nach einer Weile, es musste wohl eher eine halbe Stunde gewesen sein, beschloss ich zu zahlen. Ich wartete auch nicht ewig. »Bis zum nächsten Mal«, sagte die Kellnerin und lächelte mir zu. Ich lächelte zurück, griff nach meinem Man-

tel und zog ihn an. Danach schnappte ich mir meine Handtasche und ging los. Natürlich musste ich an ihm vorbei. Als ich gerade an seinem Tisch vorbei war zögerte ich und ging kurz darauf ein paar Schritte zurück. Ich nahm all meinen Mut zusammen und setzte mich zu ihm. Um genau zu sein, gegenüber von ihm. Normalerweise tat ich so etwas nicht, da ich eher schüchtern war, aber irgendwann musste man ja mal über seinen Schatten springen. Dieser Tag war für mich heute. Es fühlte sich richtig an. Seine Aufmerksamkeit richtete sich sofort zu mir und er grinste leicht. Ich atmete tief ein und wieder aus. Er schaute mich fragend an. »Hallo«, sagte ich und von ihm kam ebenfalls ein »Hallo«. Gut, der Anfang war schon mal getan. Weiter im Text, irgendetwas musste ich noch sagen. »Wieso sind Sie nicht rübergekommen?«, fiel ich direkt mal mit der Tür ins Haus. Verdammt! Was habe ich eben gesagt? So sollte dieses Gespräch eigentlich nicht anfangen. Er war ebenfalls sichtlich überrascht von dieser ersten Frage, doch beantwortete sie trotzdem. »Ich wollte euch nicht stören«. »Aber dann war ich alleine und Sie sind trotzdem nicht gekommen, was sollte diese ganze Blick...dingsbumserei dann?«. Meine Direktheit ging mir gerade ziemlich gegen den Strich und ich würde mich am liebsten selbst ohrfeigen, doch scheinbar hatte er kein Problem damit. Im Gegenteil, er sah mich offensichtlich belustigt an. »Blickdingsbumserei?«m fragte er und grinste, ich verdrehte die Augen und grinste ebenfalls. »Mal abgesehen davon, sind wir uns hier nicht das erste Mal begegnet, ich habe Sie schon mal gesehen, vor ca. zwei Wochen im Krystalize. Da haben Sie das selbe getan«, fing ich an. »Was habe ich getan?«, fragte er, als ob er es nicht schon wüsste und ich antwortete »Na, mich geblickdingsbumst«. Nun lachte er erneut und sein Lachen klang wie Musik in meinen Ohren. »Ich korrigiere Sie. Wir sind uns bereits zwei Mal begegnet, ich habe Sie aus Versehen angerempelt«, sprach er und ich runzelte die Stirn. Daran konnte ich mich gar nicht erinnern.

Weniger Cocktails, Ella!

»Noch ein Grund mehr, mich anzusprechen, finden Sie nicht?«. Okay, langsam wurde ich etwas vorlaut. Wenn man aber ewig darauf wartete, angesprochen zu werden, durfte man das auch mal sein. »Naja. Vielleicht bin ich schüchtern?«, teilte er mir mit und ich schüttelte ungläubig den Kopf. »Nein, das glaube ich nicht«. »Wieso nicht? Haben Sie eine Ahnung davon, wie schwer es ist, eine so schöne Frau wie Sie anzusprechen?«, er lehnte sich bewusst etwas weiter nach vorn und ich tat es ihm nach, sodass unsere Nasen sich fast berührten. Ich konnte beinahe seinen Atem spüren, was mir Gänsehaut verpasste. Er durfte auf keinen Fall merken, wie aufgeregt ich im Innern war, vor allem nach dem Satz, den er gesagt hatte. »Sie sind clever«, sprach ich und lehnte mich wieder zurück in meine Ursprungsposition. Ich war gerade sehr stolz darauf, dass meine letzten Worte ganz selbstbewusst aus mir raus gesprudelt kamen. »Danke«, antwortete er und grinste schief. »Sie haben einfach gewartet, bis ich vor Ungeduld platze, damit Sie sich daran erfreuen können, wie ich mich hier zum Affen mache, richtig?«, ich hatte ihn durchschaut. Für einen kurzen Augenblick zögerte er und antwortete schließlich. »Sie sind clever«. Ich grinste. Nun fand ich den Mann noch anziehender. »Ich heiße Ella«, verriet ich und hielt ihm meine Hand hin. »Alex«, sagte er, erwiderte dabei meinen Händedruck und dann saßen wir ein Weilchen da und plauderten über Dies und Das. Mir fiel auf, wie angenehm seine Stimme war, so warm und samten. Sie war nicht extrem tief, aber auch nicht ungewöhnlich hoch, einfach schön. Gäbe es Hörbücher von ihm, würde ich sie mir ganz sicher kaufen. Das Beste allerdings war, dass es zu seinem tollen Gesicht jetzt auch einen Namen gab. Alex.

-9-

Holla, die Waldfee!

Alex

Endlich wieder Wochenende! Ich hatte erst mal genug von der Frau, die sich Marie nannte. Sie hatte mich nämlich den Rest der Woche angesehen, als hätte ich ihre Katze überfahren. Doch es waren nicht nur ihre Blicke, die mir das Bild von mir mit einem Messer im Bauch einjagten, nein. Auch ihr Verhalten mir gegenüber war mehr als nicht okay. Einen Tag nachdem wir im Café waren, hatte sie absichtlich meine Kaffeetasse verschwinden lassen. Normalerweise verhielten die Frauen sich erst so, nachdem man mit ihnen im Bett war und sich nicht mehr meldete. Bei uns war es aber gar nicht so weit gekommen und trotzdem behandelte sie mich wie einen Riesenarsch. Von wegen Ehrlich währt am längsten! Ich hätte mit ihr ins Bett gehen sollen, egal wie verrückt sie war. Leider waren meine Chancen jetzt verspielt und sie würde mich vermutlich ewig so behandeln. Egal, jetzt war erst mal Freitag, ich habe also ein ganzes Wochenende meine Ruhe vor dieser Wahnsinnigen. So schnell konnten sich die Dinge also ändern. Die Frau, von der ich dachte, sie wäre die einzig Normale in diesem Raum, hatte sich als das genaue Gegenteil entpuppt, während die anderen mich

107

größtenteils in Ruhe ließen. Ab und zu bekam ich sogar einen mitleidigen Blick von einer der zwei Blondies. Nach dieser ereignisreichen Woche beschloss ich, mich in meinem Lieblingscafé zurückzuziehen. Hier konnte ich mich ausruhen und den besten Kuchen der Welt genießen. Was gab es Besseres? Oh, noch sehr viel, wie sich herausstellen würde...

Ich kam gerade im Café an und blickte mich nach einem freien Tisch um, meistens war es hier freitags ziemlich voll. Ich setzte mich an einen Tisch, der direkt am Fenster war, so konnte ich die Leute draußen beobachten. Bei der netten Kellnerin bestellte ich dann erst mal einen Espresso, zusammen mit einem Stück Pfirsichkuchen. Bereits jetzt stellte ich mir den Geschmack des Kuchens vor. Hmm! Als ich mich etwas umsah, bemerkte ich, wie ich beobachtet wurde. Zwei Frauen, die 3 Tische weiter saßen, schienen mich regelrecht anzustarren. Die eine schenkte mir ein breites Grinsen, ich lächelte ihr zu. Moment mal. Irgendwoher kannte ich sie. Als ich in das andere Gesicht blickte wurde es mir schlagartig klar. Die rothaarige Schönheit aus dem Krystalize, zusammen mit ihrer besten Freundin! Ja, ich wusste immer noch nicht, ob es sich tatsächlich um ihre beste Freundin handelte, aber die beiden hingen ja scheinbar öfter zusammen herum, also hatte ich bestimmt Recht. Dieses ständige Aufeinandertreffen, konnte doch nicht normal sein! So klein war diese Stadt nun auch wieder nicht, wir schienen wohl die selben Dinge zu mögen. Nein, Alex! Du hast selbst gesagt KEINE FRAUEN im Moment. Du musst das mal einhalten. Wenn du dich jetzt an sie ranmachst, wird das zu nichts führen, du weißt wie du bist! Halt dich gefälligst zurück! Schrie mein Unterbewusstsein und ich wusste genau, dass es Recht hatte. Trotzdem sah ich sie wieder an. Ihre Augen faszinierten mich. Von hier aus würde ich sagen, sie sind grün. Ja, sie mussten grün sein! Wahnsinns-Kombi. Rote Haare und grüne Augen. »NEE-EEEIN!!!«, schrie mein Unterbewusstsein erneut, als mein Hirn einen Plan ausheckte. Bei dieser Wahnsinns-Frau durfte ich es auf keinen Fall mit meiner Schusseligkeit versauen. Daher der Plan. Mal sehen, ob sie darauf ansprang. Ich würde sie jetzt nach unserem Blickkontakt mal schön ignorieren, keines Blickes mehr würdigen. Falls sie wirklich Interesse an mir hatte, würde sie wahnsinnig davon werden und irgendwann zu mir kommen. »ALEEEEEX!!!«, schrie ES wieder, doch ich schenkte meiner Inneren Stimme, die wollte, dass ich meinen Frauenentzug einhielt, keinerlei Beachtung mehr. Stattdessen genoss ich meinen Kuchen, der inzwischen angekommen war und sah aus dem Fenster. Ich musste zugeben, dass diese ganze Ignorier-Sache gar nicht so einfach war, ständig wollte ich wieder hinsehen. Aber ich blieb hart. Mein Blick schweifte nicht ein einziges Mal ab, ich starrte stur aus dem Fenster. Mal sehen, ob der Plan funktionierte. Irgendwann konnte ich aus den Augenwinkeln beobachten, wie die Freundin der Schönheit an mir vorbeiging. Sie lief also nach Hause. Jetzt war ich gespannt. Würde sie auf mich zu gehen? Oder einfach das Café verlassen? Oder mir ihren Kaffee über den Pulli schütten?. Ja, nach einigen Begegnungen mit Verrückten, zog ich das tatsächlich schon in Betracht. Unglaublich.

Langsam wurde ich ungeduldig, wie lange saß ich schon hier? Mehr als eine halbe Stunde dürfte es gewesen sein. Sollte ich doch rübergehen? Nein! Hart bleiben, sagte ich zu mir selbst. Dieses Spiel musste jetzt zu Ende gespielt werden. Draußen war es sehr ruhig, es liefen nur ein paar Menschen durch die Straßen. Einmal sah ich ein schreiendes Kind, welches von seiner Mutter aus dem Spielzeuggeschäft geschliffen wurde. Ein ganz normaler Freitag, draußen gab es nichts Spannendes zum Beobachten. Ganz im Gegenteil zu hier drinnen, denn hier gab es etwas, was ich jetzt zu gern beobachten würde, aber wegen meinem blöden Plan nicht konnte. Meine Hoffnung, sie würde noch zu mir kommen, schwand langsam, vor allem als ich sie letztendlich aus den Augenwinkeln heraus, an mir vorbeigehen sah. Mist! Sie ging jetzt nach Hause und mein Plan hatte somit nicht geklappt! Ihr hinterher würde auch nicht gehen, was sollte ich ihr auch sagen? Verflucht noch mal! Doch plötzlich wendete sich das Blatt, als sie zurückkam und sich direkt zu mir an den Tisch setzte. »Hallo«, sagte sie und klang dabei etwas verärgert. Da ich nun etwas verwirrt war, weil ich nicht glauben konnte, dass sie tatsächlich bei mir saß, sagte ich ebenfalls nur »Hallo«. Ihr Blick veränderte sich nicht, sie sah immer noch verärgert aus. Nun konnte ich endlich ihre Augen von nahem betrachten und sie waren tatsächlich grün! Ihr Gesicht war aus der Nähe noch viel schöner als von Weitem. Helle Haut, leichte, ziemlich süße Sommersprossen. Geschwungene Lippen, zierliche Nase. Was für eine Schönheit! Ich war ganz baff, durfte aber auf keinen Fall die Fassung verlieren. Nicht jetzt! Nicht bei ihr. »Wieso sind Sie nicht rübergekommen?«, fragte sie und ich konnte nicht anders als zu grinsen. Als ich ihr mitteilte, dass ich sie und ihre Freundin nicht stören wollte, meinte sie nur, ich hätte ja jetzt rüberkommen können, wo sie allein war. Was hieß das? Das hieß, mein Plan hatte doch funktioniert! YES YES YES! Der Master-Preis geht an … Trommelwirbel … Alex! Das pushte mein Ego enorm, jetzt konnte ich es nicht mehr versauen. Unser erstes Gespräch verlief tatsächlich ohne jegliche Zwischenfälle, wir lachten sogar viel. Das Wort „Blickdingsbumserei" musste ich mir außerdem unbedingt notieren. Die Kleine war nicht nur witzig, sondern auch äußerst schlagfertig. Außerdem kam sie hinter meinen genialen Plan, intelligent war sie also auch! Verdammt, jetzt musste ich sie kennen lernen. »Ich heiße Ella«, stellte sie sich schließlich vor und hielt mir ihre Hand hin. Ich stellte mich ihr ebenfalls vor, allerdings klang meine Stimme dabei nicht mal halb so melodisch wie ihre. Man stelle sich einmal eine wunderbare Frauenstimme vor. Sie hatte so eine. Klar, weich und nicht zu hoch, denn es gab kaum etwas Schlimmeres als sehr hohe Frauenstimmen.

Ella. Sehr schöner Name und noch schöner, dass ich ihn jetzt wusste. Irgendwie war ich mir dieses Mal sicher, dass ich mir ihren Namen sofort merken konnte.

-10-

Alles steht Kopf

Ella

»Du musst mir alles erzählen! Jetzt gleich!«, forderte Anne, als sie am nächsten Morgen unerwartet vor meiner Tür stand. Verschlafen rieb ich mir die Augen. »Hättest du damit nicht bis heute Mittag warten können?«, murrte ich und sie meinte nur, dass sie gleich arbeiten gehen müsste. Stimmt! Ich hatte ja heute frei! Also musste Anne arbeiten. »Aber Anne! Es ist erst 8 Uhr und ich hätte echt gern ausgeschlafen an meinem freien Tag«, beschwerte ich mich, doch gegen den Tornado, der sich Anne nannte, konnte ich mal wieder überhaupt nichts ausrichten. »Jetzt stell dich nicht so an, schlafen kannste wenn du tot bist«. Oh Mann. Ich ließ mich auf meine Couch fallen und Anne setzte sich mit erwartungsvollem Blick neben mich. »Und nun erzähl schon, ich habe nicht ewig Zeit!«. Diese Frau machte mich noch wahnsinnig. »Na gut, aber nur, weil ich jetzt sowieso nicht mehr einschlafen kann«, sagte ich. Anne verdrehte nur die Augen und ich fing an ihr alles zu erzählen. Von der ewigen Warterei, bis hin zu meinem mutigen Schritt, mich zu ihm zu setzen. »Und wie seid ihr verblieben? Hast du jetzt wenigstens seine Nummer?«, fragte Anne neugierig und ich schüttelte den Kopf. »Nein, ich habe ihm meine gegeben und gesagt, „Ich habe den ersten Schritt gemacht, jetzt gehen Sie den Zweiten". »Ich bin stolz auf dich, Ella. Na, hoffentlich meldet er sich auch«, meinte Anne und ich seufzte. »Wäre schön, mir hat unsere erste Begegnung nämlich gut gefallen«. Verträumt dachte ich an den Abend zurück. An sein schönes Lächeln, die grün-braunen Augen und die frechen Sprüche. Ein Mann mit Humor, genauso wie ich es mochte. »Ich sage es mal so, wenn er sich nicht meldet, ist er ein Idiot«, verkündete Anne und ich grinste. Müde gähnte ich und stand auf, um mir einen Kaffee zu machen. »Willst du auch einen Kaffee?«, fragte ich meinen hereingeschneiten Gast, doch Anne schüttelte den Kopf. »Ne du. Ich muss ja gleich ins Geschäft, Gloria erwartet mich«. Damit lief sie zu mir rüber, gab mir einen Kuss auf die Wange und war kurz darauf auch schon wieder verschwunden. Genau wie ein Tornado. Anne, der Tornado. Ich fand meinen Einfall lustig und grinste leise vor mich hin. Mit meinem Kaffee setzte ich mich dann zurück auf die Couch und schaltete den Fernseher ein. Es lief nur Mist, wie immer. Letztendlich schaute ich mir eine Dokumentation über das Leben in Uruguay an. Sehr spannend. Nicht. Ab und zu schweiften meine Gedanken ab, zu Alex. Was er wohl gerade tat? Saß er ebenfalls auf der Couch? Aß er? Duschte er gerade? Die

Vorstellung von Alex in der Dusche musste ich mir schnell wieder aus dem Kopf schlagen. Ich durfte nicht daran denken, wie er nackt und nass unter der Dusche stand und ihm das Wasser über den Körper perlte. Verdammt! Ich sabberte ja beinahe. Mein Kopfkino hatte verdammt gutes Programm, das musste man ihm lassen. Ich saß also auf der Couch und dachte über Alex nach. Dann darüber, was ich mit diesem freien Tag anstellen würde, ich habe noch gar keine Pläne. Zuerst würde ich ins Fitnessstudio gehen, so viel stand schon mal fest. Ich war schon viel zu lang nicht mehr dort. Danach könnte ich meine Mutter anrufen und mich mit ihr auf einen Kaffee in der Stadt treffen, immerhin musste ich ihr von allem Bericht erstatten. Wobei. Vielleicht sollte ich es lieber lassen, ich wusste ja gar nicht, ob Alex und ich uns überhaupt wiedersehen würden. Es reichte erst einmal, dass Anne davon wusste. Zu oft war es nämlich schon vorgekommen, dass ich mich mit einem Typen getroffen habe, den ich nett fand, sich danach aber nie wieder bei mir gemeldet hatte. Deshalb hielt ich lieber meine Klappe, mal sehen, was meine Mutter so zu erzählen hatte. Sie traf sich im Moment nämlich mit einem Architekten, der eine ziemlich große Nummer in der Branche zu sein schien. Nein, meine Mutter war nicht auf der Suche nach einem reichen Mann, der ihr Leben finanzierte, sie haben sich zufällig auf einer Kunstmesse kennen gelernt. Sie war ihm sofort aufgefallen und dann haben sie sich zwei Tage später zum Brunch getroffen. Mehr Informationen habe ich noch nicht. Außerdem musste ich Anne unbedingt noch ins Fitnessstudio schleppen und sie fragen, ob inzwischen alles geklärt war, zwischen Manuel und ihr. Ich tippte mal auf „Nein", denn sonst hätte sie es mir vermutlich schon erzählt und wir hätten in einer Bar auf ihr Single-Dasein angestoßen.

***

Das Fitnessstudio war natürlich total voll, Samstag-Vormittag war immer die Hölle los. Wieso tat ich mir das überhaupt an? Warum kam ich nicht einfach später? Typisch Ella, erst machen, dann nachdenken. Da ich aber jetzt schon mal da war, trainierte ich halt. Ich beschloss, mich erst einmal etwas aufzuwärmen und legte meine Yoga-Matte im hinteren Bereich des Studios aus. Ich begann, auf der Stelle zu rennen. Das machte ich immer als erstes, um warm zu werden. Danach mobilisierte ich meine Gelenke, indem ich Arme und Hände kreisen ließ. Dann bewegte ich meinen Hals vorsichtig in halbmondförmigen Bewegungen von links nach rechts. Meine Füße kreiste ich im Anschluss und stellte mich dann zu einer Art Grätsche auf. Nun waren die Beine dran. Während meiner Aufwärmübungen beschloss ich, mich danach zum Yoga-Kurs zu begeben, der in 10 Minuten anfing. Hier war es mir heute eh zu laut und beim Yoga lief immer so schöne, ruhige Musik. Total entspannend und Stress abbauend. Als ich gerade dabei war, an der Wand einen Kopfstand zu versuchen, entdeckte ich ein bekanntes Gesicht. Alex! Oh Nein! Bitte nicht beim Sport! Ich betete, dass er mich nicht sehen würde und machte einfach weiter. Als mir irgendwann das Blut so dermaßen in den Kopf schoss, begab ich mich wieder in eine bequemere, sitzende Position. Mein Kopfstand war vermutlich noch nicht so gut. Ich wollte ihn aber unbedingt mal schaffen, ich trainierte ihn schon seit Ewigkeiten. Das konnte doch nicht so schwer sein. Alex war inzwischen aus meinem Sichtfeld verschwunden, Puh! Er hatte mich nicht entdeckt, na Gott sei Dank! Inzwischen blieben mir noch 5 Minuten bis zum Yoga-Kurs, das reichte mir, um den Kopfstand erneut zu wagen. Ich begab mich in Position und mit einem kleinen, natürlich sehr vorsichtigen Ruck, sah ich die Welt wieder anders herum. Meine Arme zitterten, doch ich gab nicht auf, ehrgeizig hielt ich die Position, auch wenn sie schon wieder im Kopf weh tat. »Deine Beine sind nicht richtig ausgestreckt«. Ach du meine Güte! Alex! Ich erschrak so sehr, dass ich regelrecht aus dem Kopfstand plumpste und direkt vor seinen Füßen landete. »Ups. Ich wollte dich nicht erschrecken«, sprach er und grinste mich an. Er hielt mir seine Hand hin und mit seiner Hilfe stand ich auf. »Du kannst doch nicht einfach so mir nichts dir nichts hinter mir auftauchen«, beschwerte ich mich und musste kurz darauf aber lachen, weil er mich nur fragend ansah. »Ich habe echt einen Schrecken gekriegt«, teilte ich ihm mit. »Ja, das habe ich gemerkt. Tut mir leid, ich wollte dir nur mitteilen, dass deine Beine nicht richtig ausgestreckt waren«. »Ich weiß, ich arbeite daran«, antwortete ich und scannte Alex nun erst einmal. Hier im Studio konnte ich schließlich wesentlich mehr von ihm sehen, als gestern im Café. Er sah aus wie in meiner Duschfantasie. Durch sein Shirt konnte man die Bauchmuskeln sehen und seine Arme waren ebenfalls trainiert. Allerdings noch in dem Rahmen, in dem es mir gefiel. Also nicht so krass aufgepumpt wie bei so manch anderem hier drinnen. Einfach seeeehr sexy. Ich begann zu schwitzen, nicht nur weil ich gerade Sport machte. »Hast du Lust, nachher was mit mir Essen zu gehen?«, fragte er plötzlich und damit habe ich nun überhaupt nicht gerechnet! »Ja«, antwortete ich schnell und er grinste. Man konnte meine Nervosität sicher raus hören. Ich dachte, irgendwann würde das vorbeigehen, aber selbst mit 24 benahm ich mich wie ein Teenager, wenn es um Dates ging. »Ich würde mich aber vorher gern umziehen«, fügte ich noch hinzu und Alex lachte. »Natürlich darfst du das. Ich hole dich dann um halb 8 ab, wenn das okay ist?«. Ich nickte zustimmend. »Gut, dann will ich dich nicht weiter stören, viel Erfolg beim Kopfstand«, sagte er und damit ging er auch schon wieder. Zur Hantel-Bank. Zu gern würde ich ihm dabei zusehen, aber der Yoga-Kurs hatte schon angefangen und zur Stalkerin mutieren, wollte ich nun auch nicht.

***

Samstagabend.
Ich.
Aufgeregt wie ein Eichhörnchen!!!
Meinen restlichen Tag habe ich damit verbracht, total aufgeregt zu sein und jeden um mich herum damit zu nerven. Insbesondere meine Mutter, ja ich konnte einfach nicht anders, also hab ich ihr einfach beim Kaffee von ihm erzählt. Sie hat sich natürlich total gefreut und mir einen schönen Abend gewünscht. Anne war am Abend zur Unterstützung gekommen, um mir bei der Kleiderwahl zu helfen. Nicht nur damit. Sie gab mir Tipps, damit ich mich nicht total vor Alex blamierte. »Regel Nummer 1. Du musst ihm

IMMER antworten, klar? Nicht in Gedanken abschweifen«, tadelte Anne und ich nickte brav, während sie mir das erste Outfit reichte, das passend für dieses Essen sein könnte. »Ich weiß leider gar nicht, in was für eine Art Restaurant wir gehen«, sagte ich und kaute nervös auf meiner Unterlippe herum. »Egal! Wir suchen einfach ein Outfit aus, das zu ALLEM passt... Wo hast du nur deine Hosen?«. Sie wühlte in meinem Schrank herum. Die Frage mit den Hosen stellte Anne andauernd, obwohl sie als meine beste Freundin wissen müsste, dass ich keine besaß. Ich zog nun mal nur Kleider und Röcke an, keine Ahnung wieso das nicht in ihren sturen Kopf gehen wollte. »Ah, hier«, sagte Anne und reichte mir schließlich ein schlichtes, dunkelrotes Kleid mit Rollkragen. »Ein Rollkragen-Kleid? Bist du sicher?«, fragte ich unsicher, doch sie warf mir schon wieder diesen zwing-mich-nicht-zu-diskutieren-Blick zu. Also zog ich es an. »Perfekt!«, meinte Anne schließlich und betrachtete mich wie ein Auto auf einer Ausstellung. Dazu reichte sie mir noch schwarze Stiefeletten und meinen farblich dazu passenden Mantel. »Damit wirst du ihn umhauen! Oh, es ist ja gleich halb 8, ich verschwinde mal in dein Zimmer«. Anne schlich auf Zehenspitzen in mein Schlafzimmer und ich verdrehte die Augen. Schnell lief ich noch einmal ins Bad, um mein

Make-Up und die Haare zu checken. Sitzt alles! Gut. Alex konnte kommen, ich war bereit.

Fünf Minuten nach halb 8.

Er war noch nicht da und ich saß ungeduldig auf der Couch. Egal, waren ja erst 5 Minuten, die konnte ich locker verkraften.

Zehn Minuten nach halb 8.

Ich wunderte mich langsam, wo er blieb. Hatte er mich versetzt und würde gar nicht auftauchen? Stand er im Stau? Nein, im Stau konnte er um diese Uhrzeit unmöglich stehen. »Ella?«, rief Anne irgendwann und kam zurück ins Wohnzimmer. »Du bist ja noch da, ist Alex etwa noch nicht aufgetaucht?«, fragte sie und setzte sich neben mich auf die Couch. Ich schüttelte den Kopf und seufzte. »Männer sind doch alle gleich«, schnaubte meine beste Freundin und strich mir über den Kopf. »Vielleicht kommt er ja noch«, ich wollte die Hoffnung noch nicht aufgeben, auch wenn inzwischen schon 15 Minuten verstrichen waren. »Er kann doch nicht zu eurem ersten Date 15 Minuten zu spät kommen!«, sagte Anne empört. »Falls er noch kommt, wird es sicher einen guten Grund für seine Verspätung geben«, entgegnete ich und starrte wie gebannt auf meine Eingangstür. »Du hast ihm schon mitgeteilt wo du wohnst, oder?«, fragte Anne und ich lachte. »Ist das dein Ernst? Klar, ich hab es ihm per SMS geschrieben, nachdem er mir noch mal die Uhrzeit gesagt hat«. Und dann saßen meine beste Freundin und ich auf meiner Couch und schwiegen um die Wette. Kein Klingeln, kein an der Tür klopfen, auch kein Räuspern. Gar nichts. Langsam aber sicher wurde ich wütend. Ich war ja wirklich ein geduldiger Mensch und die letzte Person, die sich bei einer kleinen Verspätung aufregte, aber musste so etwas denn beim ersten Date sein? Gab man sich da nicht normalerweise so viel Mühe, dass man eher zu früh als zu spät auftauchte? Alex war wohl kein solcher Mensch. Keine Ahnung zu welcher Sorte Mensch er überhaupt gehörte, ich kannte ihn ja nicht. Genau deswegen wollte ich mich ja mit ihm treffen. Sollte ich das noch bereuen?

Nach einer geschlagenen halben Stunde, klingelte es END-LICH an der Tür. »Oh, der Herr hat es auch mal geschafft, wir sehen uns später, Süße«, sagte Anne und fügte noch hinzu, dass ich ihn in den Wind schießen solle, falls er keine stichfeste Erklärung für seine Verspätung hatte. Ich öffnete also und da stand Alex in einer schwarzen Jeans und Boots. Außerdem trug er eine dicke Winterjacke, die sehr flauschig aussah, sofort wollte ich mich an ihn kuscheln. »Ella! Du bist sauer, schon vergessen?!«, schrie mein Inneres und ich gab mich vorerst einmal kalt. Ich lächelte ihn nicht an. Zumindest jetzt nicht. Mein Lächeln musste er sich erst verdienen. »Guten Abend, Ella. Ich weiß, ich bin zu spät und es tut mir furchtbar leid. Ich würde es dir gern erklären, aber ich weiß nicht, ob du das wissen willst...«. »Ich will es wissen«, unterbrach ich ihn. Auf seine Erklärung war ich echt gespannt. »Aber erst im Restaurant«, fügte ich noch hinzu und schloss die Tür hinter mir. Wir stiegen dann in seinen Wagen ein und fuhren los.

»Darf ich es dir bitte jetzt erklären? Ich will nicht, dass unser Date so beschissen anfängt«, sagte Alex, als wir gerade losfuhren. »Na schön«, gestattete ich, weil ich unbedingt wissen wollte, was der Grund für seine Verspätung war. »Im Vornherein möchte ich dich bitten, mir zu glauben. Ich habe mir diese Geschichte wirklich nicht ausgedacht«, fing er an und ich zog eine Augenbraue nach oben. »Okay? Ich denke, ich entscheide, wenn du erzählt hast«. »Also gut«, er legte eine kurze Pause ein und atmete tief durch. »Ich habe einen Kumpel, er heißt Martin...«

***

Alex

Eines stand nun fest. Ich musste Martin umbringen!!!

Zuerst einmal zurück zum Anfang meines Samstags. Der fing nämlich wahnsinnig gut an. Ich stand spät auf, zog mir meine Lieblingsserie rein und trank dabei literweise Kaffee. Dazu aß ich einen Pfannkuchen (den ich nicht selbst gemacht habe, Fertigmischung sei Dank!). Perfekter Morgen also. Um dann noch etwas Produktivität in meinen Tag zu integrieren, beschloss ich am Vormittag ins Fitnessstudio zu gehen. Fataler Fehler! Samstag-Vormittag fühlt man sich dort nämlich wie in einer Konservendose. Eingeengt! Übertrieben voll ist fast noch untertrieben. Fast wäre ich umgedreht und wieder gegangen, doch als mein Blick auf niemand anderen als die kleine Ella fiel, beschloss ich noch ein wenig zu bleiben. Sie übte gerade den Kopfstand und sah dabei unfassbar niedlich aus. Man konnte ihre Anstrengung dabei bis nach vorn zu mir spüren. Sollte ich zu ihr gehen? Nein, sie wollte sicher nicht beim Sport gestört werden. Da gerade kein Trainingsgerät frei war, machte ich ein paar Liegestütz und Bauchübungen. Zuerst habe ich überlegt, meine Übungen bei Ella zu machen, doch es war viel zu spannend, sie von weitem zu beobachten. Ihre langen Haare hat sie zu einem Zopf gebunden, ihren Oberkörper zierte nur ein enger Sport-BH und ihre Jogginghose hing ihr locker auf den Hüften. Niedlich und sexy zugleich. Auf einmal kam mir ein Gedanke. Schnell trank ich einen Schluck Wasser und lief in schnellen, aber leisen Schritten zu Ella. Natürlich schlich ich mich von hinten an und als sie gerade wieder im Kopfstand verweilte, sprach ich sie an. Sie erschrak und fiel mir einfach vor die Füße, verdammt, wie süß sie doch war! Dann sprach ich irgendwann meinen Gedanken aus und fragte sie, ob sie mit mir essen gehen wollte. Ohne groß nachzudenken sagte sie zu und ich freute mich. Habe ich schon erwähnt, wie niedlich sie beim Sport aussieht?

Ich freute mich nun also wie ein Schneekönig darauf, mit dieser schönen Frau essen zu gehen. Keine Ahnung, wann ich mich das letzte Mal so sehr auf ein Date gefreut habe. Oh doch. Ich wusste leider noch genau, wann dieses letzte Mal stattgefunden hatte. Egal, daran durfte ich jetzt auf keinen Fall denken, sonst könnte ich gleich zu Hause bleiben und Ella absagen. Ich war also gerade dabei, mich schick zu machen, als es an der Tür klingelte. Hä? Wer war das denn jetzt? Zuerst überlegte ich, gar nicht zu öffnen, was im Nachhinein eindeutig die bessere Entscheidung gewesen wäre. Vor der Tür stand nämlich Martin und schaute mich mit weit aufgerissenen Augen an. »Ich hab Scheiße gebaut«, jammerte dieser nur und ich sah ihn verständnislos an. »Und in wie fern betrifft das jetzt mich?«, fragte ich gelangweilt. »Komm und sieh´s dir selbst an«. Irgendwie überkam mich gerade ein echt mieses Gefühl, was hatte dieser Hirnamputierte Idiot jetzt schon wieder angestellt?! Draußen bekam ich meine Antwort.

Da lag nämlich meine Schwester.

Auf der Straße.

BLUTEND!

»Was zur Hölle?!«, rief ich und mir fiel dabei die Kinnlade runter. Schnell rannte ich zu ihr, ich musste unbedingt herausfinden wie schlimm ihre Verletzungen waren. »Was ist hier eigentlich los?«, fragte ich und sah dabei den völlig aufgelösten Martin an, der nervös hin und her lief. »Ich bin schuld, ich habe sie übersehen. Ich wollte doch nur an meine M&M´s kommen, die sind halt runtergefallen und genau in dem Moment ist deine Schwester über die Straße gelaufen«, gestand er. »Du fährst Nora über den Haufen, wegen beschissenen M&M´s?! Ist das dein scheiß Ernst?«, schrie ich ihn an und er zuckte zusammen. Um ihn würde ich mich später kümmern, erst einmal war Nora dran. Sie war zum Glück bei Bewusstsein und stand wohl etwas unter Schock, da sie erst mal nicht mit mir sprach. »Nora? Nora? Komm, antworte mir«, redete ich auf sie ein und hob sie dabei mit einem Ruck auf meine Arme. Gott sei Dank war sie leicht. »Verdammte Scheiße, kann deine Dummheit nicht mal einen Tag Pause machen?!«, meinte ich noch zu Martin. Ich stellte Nora auf die Beine und bat Martin sie zu halten, damit ich meine Autoschlüssel holen konnte. Sie musste erst einmal im Krankenhaus durchgecheckt werden. Wegen diesem Idioten kam ich jetzt sicher zu spät zu meiner Verabredung! Das wird ihn mehr als nur ein paar Drinks kosten! Mist! Mist! Mist!

Über Nora musste ich mir zum Glück keine ernsthaften Sorgen machen, sie sah einigermaßen unverletzt aus. Auf den ersten Blick hat das um einiges schlimmer ausgesehen. Als ich gerade mit meinem Autoschlüssel zurückkam, sah ich meine Schwester an der Hauswand lehnen. Wo war Martin??? »Du kommst mit!«, schnauzte ich ihn an, als ich ihn dabei entdeckte, wie er sich gerade aus dem Staub machen wollte, während ich meiner Schwester ins Auto half. Ohne Widerrede stieg er dann ein und wir fuhren so schnell die Straßen es zu ließen, ins Krankenhaus. Nora sah zwar unverletzt aus, aber diese Schockstarre machte mir ein wenig Angst. »W-was ist passiert?«, meldete sie sich schließlich endlich zu Wort, als wir gerade vorm Krankenhaus anhielten. »Zum Glück redest du wieder«, erleichtert sah ich sie an. Martin erklärte ihr, was passiert war und entschuldigte sich mindestens 20 Mal. Er hatte ein schlechtes Gewissen, zu Recht, denn er hatte MEINE SCHWESTER angefahren! WEGEN M&M´s!!! »Du gehst jetzt erst mal da rein und lässt dich durchchecken, okay?«, fragte ich mitfühlend und Nora nickte. Wir liefen zur Notfallstation und meldeten sie an. Sie kam sofort dran, weil einer seinen Termin kurzfristig abgesagt hatte, na wenigstens etwas! Wäre sie nicht gleich dran gewesen, hätte ich mein Date mit Ella absagen müssen. So habe ich noch etwas Puffer und würde allerhöchstens 30 Minuten zu spät kommen. Ab und zu warf ich Martin böse Blicke zu, ich war stinksauer auf ihn! Weil er so ein schlechtes Gewissen hatte, redete er wenigstens nicht, was mich etwas beruhigte. Ein dummer Spruch von ihm und er hätte sich womöglich noch eine gefangen!

Nach einer gefühlten Ewigkeit kam Nora zurückgehumpelt und ich stand sofort auf. »Und? Ist alles okay?«, fragte ich besorgt und sie nickte. »Jain, also der Arzt meinte, oberflächlich konnte er jetzt nichts Bedenkliches feststellen. Ich habe halt Schürfwunden und ein paar leichte Prellungen. Ich soll aber trotzdem eine Nacht zur Beobachtung hierbleiben, weil innere Blutungen manchmal erst später auftauchen und ich dann unbedingt behandelt werden müssen«. Ich nickte. »Du kannst ruhig gehen, die Ärzte und Schwestern kümmern sich ja jetzt um mich«, meinte Nora. »Nein, ich kann doch nicht einfach gehen, du hattest einen Unfall!«, entgegnete ich, doch sie sah mich streng an und meinte, »Hör mal, auch wenn ich deine kleine Schwester bin, bin ich schon groß. Außerdem geht es mir ganz gut, du kannst ruhig gehen«. Zögernd sah ich sie an. »Jetzt hau schon ab«. Ich umarmte sie ganz leicht, um ihr nicht weh zu tun und um mich zu vergewissern, dass ich sie auch wirklich allein lassen konnte. Danach zog ich Martin am Ärmel mit nach draußen. »Hey, nicht so grob!«, beschwerte er sich und ich musste mich wirklich beherrschen, ihm nicht hier und jetzt eine zu knallen. »Heul nicht rum, du hast gerade meine Schwester angefahren, du Idiot!«, schnaubte ich. »Wenn ich Zeit hätte, würde ich dir jetzt meine Meinung ins Gesicht knallen, aber ich bin extrem spät dran, du hast noch mal Glück gehabt!«. Wütend lief ich zu meinem Auto und fuhr einfach ohne Martin davon. Sollte er selbst schauen, wie er nach Hause zu seiner Mama kam!

***

Ella war sauer, so viel stand fest. Sie hat mich nämlich nicht angelächelt, als sie mir die Tür aufgemacht hat. Im Gegenteil, eher habe ich einen Blick des Todes zugeworfen bekommen. Gerade saßen wir im Auto, auf dem Weg zum Italiener, zu dem ich sie heute ausführen wollte. Ich war gerade dabei, ihr den Grund meiner Verspätung mitzuteilen und hoffte, dass sie mir auch glauben würde. Ich schielte ab und an zu ihr, doch ich konnte keine Gefühlsregung erkennen. Sie hörte mir einfach nur zu. Na ja, besser als nichts. »...Und nachdem ich meine Schwester ins Krankenhaus gebracht habe, bin ich sofort zu dir gefahren. Es tut mir wirklich leid«, beendete ich gerade meine Beschreibung des heutigen Abends und fuhr auf einen freien Parkplatz, da wir beim Restaurant angekommen waren. Ich machte den Motor aus und zog die Handbremse an, dann sah ich zu Ella rüber. »Ich glaube dir«, sagte sie schließlich und sah mich nun ebenfalls an. »Dieser Martin ist wirklich bescheuert«, fügte sie noch hinzu und ich lachte ironisch. »Definitiv. Also verzeihst du mir?«, fragte ich und Ella nickte. »Natürlich, du hattest immerhin einen triftigen Grund, zu spät zu kommen. Jetzt lass uns da reingehen, ich bin am Verhungern«. Puh! Es war noch mal alles gut gegangen, Ella war offensichtlich keine von diesen wahnsinnigen Frauen, die ich in letzter Zeit treffen musste. Wobei, wollen wir mal nicht zu voreilig sein, Marie war am Anfang auch lieb und süß...

***

Ella

Zum Glück war jetzt alles geklärt und wir konnten den Abend einläuten. Alex und ich stiegen aus dem Auto und ich betrachtete das Restaurant von außen. Hier war ich noch gar nicht! Nicht mal mit Anne und das hieß was, da wir sonst alle Restaurants in der Nähe kannten. Jetzt war ich gespannt auf die Qualität des Essens, normalerweise hatte ich meinen Stammitaliener, zu dem ich immer ging und andere Italiener kamen für mich nicht in Frage. Heute habe ich allerdings eine Verabredung und die wollte hier essen, also aßen wir hier. »Ich habe reserviert, auf Klein«, teilte Alex einem Kellner mit, der uns dann zu unserem Tisch führte. Von außen sah das Restaurant ja ganz okay aus, aber von innen! Wow! Total nobel! War das nicht sicher schweineteuer? Die Tische waren alle mit einer feinen roten Tischdecke überzogen, auf ihnen standen Kerzen und rote Rosen. An den Wänden hingen regelrechte Kunstwerke und ein großer Kronleuchter schmückte die Mitte des Restaurants. Der Kellner benahm sich äußerst vornehm und ich fühlte mich etwas unwohl. Zuerst einmal konnte ich mir das hier bestimmt nicht leisten und falls er mich einlud, wäre mir das unangenehm, weil er so viel Geld ausgeben müsste. »Hey, keine Sorge. Ich kenne den Inhaber«, erklärte Alex auf einmal, als er mich eine Weile gemustert hat. Er musste wohl mein Unwohlsein bemerkt haben. Wow, ein Mann, der aufmerksam war. So jemand war heute eine Seltenheit, der letzte Kerl mit dem ich aus war hat nur sein Handy im Kopf gehabt und ständig darauf herumgetippt. »Oh, dann ist ja gut«, sagte ich und lächelte erleichtert. Eine große Last fiel von meinen Schultern und schon ging es mir besser. Inzwischen haben wir die Karten bekommen und ich studierte diese erst einmal gründlich. Es gab einige Dinge, die mich total ansprachen und so fiel es mir schwer, mich zu entscheiden. »Ich kann dir die Spaghetti mit der Trüffelsoße empfehlen, danach leckst du dir die Finger«, empfahl Alex und ich entschied mich schließlich dafür, seinem Geschmack zu vertrauen. Mal sehen, ob er Recht behielt. »Eine Cola und ein Wasser zum Trinken. Zu Essen bekommt sie die Nr. 45 und ich nehme die 38. Sagen Sie Salva, dass sein Freund Alex da ist, er weiß dann Bescheid«, gab er die Bestellung auf und der Kellner nickte freundlich. »Danke sehr, ich werde es Herrn Dolores ausrichten«. »Woher kennst du denn den Inhaber?«, fragte ich aus Neugierde und dann erzählte Alex mir, dass sie sich bereits seit der Grundschule kannten und Salva schon damals gesagt hat, dass er mal ein Restaurant haben will. »Er hat in der Grundschule schon gewusst, was er mal werden will?«, fragte ich ungläubig und Alex nickte. »Ja, im Pläne schmieden und die auch durchziehen, war er schon immer gut. Ganz im Gegensatz zu mir«. »Wieso?«, wollte ich nun wissen und er grinste. »Na gut. Weil du einen netten Eindruck machst, sage ich es dir«. »Ich mache einen netten Eindruck? Soll ich das jetzt als Kompliment nehmen, oder als langweilig?«, ich kicherte. »Natürlich als Kompliment!«, sagte er darauf sofort und ich war beruhigt. »Also, Salva ist der Pläneschmieder. Ich lasse mehr so alles auf mich zukommen, ich weiß zum Beispiel nicht, was ich in 5 Jahren mache. Vielleicht bin ich hier, aber vielleicht bin ich auch auf Barbados, schenke Cocktails aus und genieße die Sonne«. Ich lächelte, denn mir gefiel seine Einstellung. Ich selbst konnte es nämlich auch nicht leiden, alles zu planen - meistens gingen Pläne bei mir sowieso schief. Die schönsten Situationen entstanden doch meistens aus völlig unerwarteten, spontanen Einfällen. »Wie stehst du zum Thema Pläne?«, fragte Alex und sah mich aufmerksam an. »Ich schmiede auch eher selten Pläne. Am liebsten sind mir Spontanität und gute Einfälle, je verrückter, desto besser«, antwortete ich und er lächelte. »Deine Einstellung gefällt mir«. Nun kam der Kellner und brachte uns schon mal die Getränke. »Bitte Sehr. Ich habe mich mit Herrn Dolores in Verbindung gesetzt, er hat gesagt, dass er in ein paar Minuten zu Ihnen kommt. Er hat eine wichtige Nachricht für Sie«, sprach der Kellner und Alex nickte.

»Danke für Ihre Mühen«. »Ich freue mich schon auf's Essen, mein Hunger bringt mich gleich um«, verriet ich und mein Gegenüber sah mich gespielt schockiert an. »Na, hoffentlich fällt die Dame nicht vom Fleisch«. »Das wird sie sicher nicht, die Dame isst sowieso viel zu viel«, antwortete ich und lachte.

»Alex! Amigo!«, rief auf einmal jemand, der gerade hineingekommen war. »Salva!«, antwortete Alex, stand auf und die beiden umarmten sich erst mal. Danach setzten sich beide an unseren Tisch, wobei Salva falsch herum auf seinem Stuhl saß. »Schön, dass du da bist und wie ich sehe, hast du eine reizende junge Frau dabei. Hallo, schöne Frau. Ich bin Salva«, stellte er sich vor, nahm meine Hand und hauchte einen Kuss darauf. Hoffentlich wurde ich jetzt nicht rot. »Ella«, stellte ich mich ebenfalls vor und Salva lächelte. »Ella, fantastischer Name«. »Du alter Schleimbeutel«, unterbrach Alex ihn schließlich, worüber ich ganz froh war. »Schön, dass du mal wieder in meiner bescheidenen Hütte auftauchst, Alex«, fing Salva an. Ich schielte zu ihm rüber. Er hatte dunkelbraunes, kurz geschnittenes Haar und passend dazu dunkelbraune Augen. Seine Haut besaß einen südländischen Touch, schön olivbraun. Salva war ein attraktiver Mann, jedoch nicht mein Typ. Zum Glück spielte das auch keine Rolle, da ich ohnehin mit Alex hier war. Alex.

Diesem wunderschönen, sexy Mann, dem ich leider schon recht verfallen war. Vielleicht lag das aber auch an dieser unsichtbaren Anziehungskraft, die uns immer wieder zueinander geführt hatte. Für meinen Teil glaubte ich seit neustem an Schicksal und wenn es das wirklich gab, wollte es wohl mehr für uns beide. Vermutlich hatte auch Anne hier die Finger im Spiel gehabt und mein Hirn und damit meine Denkweisen schon total verdreht. Während die beiden sich unterhielten, starrte ich Alex die ganze Zeit an und nahm jedes Detail von ihm in mich auf. Das tiefe grün-braun seiner Augen, seine Grübchen beim Lachen, die schönen Lippen. Die haben es mir besonders angetan, die ganze Zeit dachte ich daran, sie zu küssen. Wie fühlten sie sich wohl an? Wie schmeckten sie? Okay, Ella. Genug gesabbert, am Ende sabberst du wirklich noch und er sieht das dann. Schnell kam ich also zu mir zurück und lauschte den Neuigkeiten von Salva. »Olivia und ich werden heiraten«, verkündete er und Alex und ich gratulierten ihm. »Du willst dich also für immer an eine Frau ketten, na hoffentlich bereust du das nicht«, meinte mein Date sarkastisch und Salva stieß ihm scherzhaft in die Seite. »Wart´s nur ab. Irgendwann kommt der Tag, an dem DU mir mitteilst, dass du heiratest, mein Freund. Glaube mir, ich irre mich nie«. »Wenn du meinst«, antwortete Alex schulterzuckend und Salva erhob sich wieder vom Stuhl. »Naja. Ich gehe dann mal wieder, ich will euch ja nicht euren schönen Abend verderben«. Bevor er ging, beugte er sich zu mir hinunter und flüsterte mir ins Ohr. »Er scheint dich zu mögen«. Dann zwinkerte er mir zu, gab Alex die Hand, verabschiedete sich und zog von Dannen. Wegen seiner letzten Worte musste ich lächeln und Alex wollte unbedingt wissen, was er zu mir gesagt hat. Diese Worte würde ich allerdings für mich behalten. Die nächsten Minuten, saßen wir uns schweigend gegenüber, sahen uns ab und zu an und lächelten. Ich hoffte, dass bald das Essen kam, ich war erstens am Verhungern und zweitens kamen wir beim Essen vielleicht besser ins Gespräch. Kaum habe ich diesen Gedanken zu Ende gedacht, kamen zwei Teller mit Deckel. Keine Ahnung, wie man so etwas nannte. Der Kellner stellte die noch abgedeckten Teller vor uns ab und hob die Deckel hoch. Vor mir stand ein dampfender, herrlich duftender Spaghetti-Trüffel-Berg, der nur darauf wartete, von mir gegessen zu werden. »buon appetito«, sprach der Kellner und wir bedankten uns. »Das sieht richtig lecker aus«, sagte ich und mir lief das Wasser im Munde zusammen. »Oh ja«, antwortete Alex, der einen Teller Spaghetti Bolognese vor sich hatte. »Na dann. Guten Appetit«, meinte ich und Alex erwiderte dies. Ich nahm den ersten Bissen meines Gerichts und sofort öffneten sich meine Geschmacksknospen voller Hingabe. Wow! So etwas Leckeres habe ich schon ewig, nein, NOCH NIE gegessen! Die Spaghetti waren schön al dente und die Soße, zusammen mit den Pilzen, ein absolutes Gedicht. Keine Ahnung, was genau da alles drinnen war, fest stand nur, dass der Koch definitiv wusste, was er tat. »Und, schmeckt´s?«, fragte Alex, obwohl er sicher schon mitbekommen hat, wie lecker ich dieses Essen fand. »Der Wahnsinn! Ich habe noch nie so was Leckeres gegessen«. Alex grinste und freute sich augenscheinlich darüber, dass es mir so gut schmeckte. Selbst, wenn dieses Date furchtbar wäre - was es definitiv nicht war, würde dieses Essen alles wieder gut machen.

Nach der Hauptspeise unterhielten wir uns ein wenig über Dies und Das und dann fragte Alex mich, ob ich eine Nachspeise wollte. Mein Bauch war zwar nun zum Brechen voll, aber wenn die Hauptspeise schon der Hammer war, musste ich unbedingt ein Dessert probieren. Ich nickte eifrig. »Dir hat es ja echt geschmeckt«, stellte er fest und grinste. »Ja, auf jeden Fall«, bestätigte ich und dann kam auch schon der Kellner. »Zweimal Tiramisu, bitte«, bestellte Alex und sah mich fragend an. »Du magst doch Tiramisu, oder?«. Wieder nickte ich eifrig, der Kellner nahm die Bestellung auf und ging. »Ich bin wirklich begeistert«, strahlte ich und kam tatsächlich nicht aus meinem Glücksgefühl heraus. »Du bist süß«, meinte Alex.

Das Dessert, welches dann folgte, schmeckte genauso gut wie meine Hauptspeise. Meine Geschmacksknospen fuhren Achterbahn. »Ich freue mich, dass du so mit dem Essen zufrieden bist«, schmunzelte Alex. »Ja, aber jetzt lass uns doch nicht die ganze Zeit über das Essen reden, welches einfach... Boah! Aber egal, es gibt ja noch andere Themen«, sprach ich und kam mir langsam blöd vor. Hoffentlich kam es nicht so rüber, als würde ich mich mehr für das Essen, als für Alex und unser Date interessieren. »Über welches Thema willst du denn sprechen?«, fragte Alex und sah mich an. Na toll. Natürlich fiel mir jetzt keins ein, war mal wieder typisch!

»Wollen wir spazieren gehen?«, schlug ich schließlich, kurz nachdem wir unser Tiramisu gegessen hatten, vor, weil ich unbedingt mit ihm allein sein wollte. »Klar«, antwortete er. Kurz darauf stand ich auf und teilte ihm mit, dass ich eben mal auf die Toilette müsse, was zwar nicht stimmte, er aber nicht wissen musste. Ich war auf einmal total aufgeregt, den ganzen Abend konnte ich es unterdrücken, aber jetzt wo ich wusste, dass wir gleich allein sein würden, flippte ich aus. Selbstverständlich nur innerlich. Würde auch etwas komisch aussehen, wenn mein Inneres nach außen sichtbar wäre.

Vermutlich würde man mich sofort einweisen lassen. Ich lief also in schnellen, gerade noch damenhaften Schritten auf die Toilette und sah in den Spiegel. Alles saß noch. Gut, wenigstens etwas. Ich tippte Annes Nummer ein, sie wusste bestimmt was zu tun war. »Ella? Bist du nicht verab...?«, wollte sie sagen, doch ich unterbrach sie. »Ja ja. Ich brauche deinen Rat. Kurzfassung. Das Essen war toll, das Date läuft bisher ziemlich gut und jetzt gehen wir spazieren«. Ich legte eine kurze Pause ein. »Ja? Das klingt doch alles super, was ist denn dein Problem?«, fragte Anne und ich rollte mit den Augen. »Na, wir gehen spazieren! Wir beide. Allein! Ich breche gerade in Panik aus, es hat mich schon gewundert, wieso ich das ganze Date über so ruhig war, jetzt kommt alles raus, was sich die letzten Stunden angestaut hat, ich werde noch wahnsinnig. Was soll ich denn jetzt tun? Was ist, wenn mir kein Gesprächsthema einfällt, oder ich hinfalle, oder spontan kotzen muss? Was ist, wenn...«, »RUHIG!«, unterbrach mich Anne schließlich. »Jetzt hol doch mal Luft! Du steigerst dich gerade etwas rein, es ist doch alles gut!«. Ich atmete ein paar Mal tief ein und wieder aus, dann wurde ich ruhiger. »Okay, ja. Du hast ja Recht. Ich spinne total, tut mir leid, dass ich dich gestört habe. Danke fürs Zuhören, Tschüssi!« sprach ich und legte, ohne dass Anne etwas erwidern konnte, wieder auf. Ich strich mir eine Strähne aus dem Gesicht und zog meinen Lippenstift nach. Dann lief ich, erhobenen Hauptes, zurück zum Tisch. »Können wir?«, fragte Alex erwartungsvoll und ich nickte. Ich zog meinen Mantel an, legte mir meinen Schal um den Hals und folgte ihm nach draußen.

»Ich habe durch dieses ganze Martin-Chaos ganz vergessen, dir zu sagen, dass du heute Abend sehr gut aussiehst«, sagte Alex, als wir gerade vorm Restaurant standen. »Danke, du aber auch«, erwiderte ich und er lächelte. Dann spazierten wir einfach drauf los, einen Weg entlang, der in einen Park führte. Erst mal lief es ähnlich wie im Restaurant ab, wir schwiegen. Ich sah mir den Park an. Links und rechts von mir ragten schöne, dünne Bäume in die Höhe, die sanft im Wind wiegten. Die Luft war relativ kühl, was kein Wunder war, immerhin war es schon Mitte Oktober. »Ich bin nicht so gut im Reden«, gestand Alex nach einer Weile und lächelte mich an. »Ich gerade auch nicht«, meinte ich und überlegte fieberhaft, worüber wir sprechen könnten. Was war denn heute mit mir los? Sonst redete ich ohne Unterbrechungen! Aber heute war das anders. Ich bekam kaum einen ganzen Satz heraus. Vielleicht lag das auch daran, dass der Mann neben mir mich absolut nervös machte und meine Nervosität mich umbrachte. »Du machst mich nervös«, sprach ich aus und Alex lachte. Es war ein schönes, ehrliches, männliches Lachen, was mir eine Gänsehaut über den Rücken jagte. »Tue ich das?«, fragte er gezielt provokant und blieb stehen. Ich sah zurück. Er ging ein paar Schritte vor, bis er genau vor mir stand und ich meinen Kopf nach oben neigen musste, weil er gut 20 Zentimeter größer war, als ich. »Tue ich das?«, wiederholte er und jagte mir den nächsten Schauer über den Rücken, ich nickte. Er grinste triumphierend. Machte ihm das Spaß? »Wie wäre es, wenn wir uns da drüben auf die Bank setzen«, schlug er vor und ich fand, dass das eine gute Idee war. Wenn wir nebeneinandersaßen, fielen uns vielleicht wieder Gesprächsthemen ein. »Ich wollte dich erst ins Kino einladen, aber erstes Date und Kino? Zu klischeehaft«, verriet Alex und ich grinste leicht. Aus den Augenwinkeln konnte ich sehen, dass er mich beobachtete. Ich spürte seine Blicke auf mir. »Was machst du so, also beruflich?«, fragte ich, endlich war mir etwas eingefallen! »Ich arbeite bei der Zeitung und du?«. »Ich arbeite im Blumenladen, bin Floristin«, antwortete ich und nun sahen wir uns wieder an. In meiner Herzgegend kribbelte es und elektrische Blitze schossen immer wieder durch meinen Körper. War das magnetische Anziehungskraft? Der Mann machte mich so wahnsinnig, wie noch kein anderer vor ihm. Nicht mal mein Ex-Freund hatte mich derart umgehauen, was wohl aber auch daran lag, dass er ein kompletter Volltrottel war und ich es von Anfang an hätte merken sollen. »Floristin«, wiederholte er. »Ist ein schöner Beruf, nicht?«, fragte er schließlich und ich nickte. »Ja, ich liebe die Arbeit dort. Ich habe da auch meine beste Freundin kennen gelernt, du kennst sie ja schon ein wenig. Hast sie zumindest schon gesehen«. Er grinste selbstsicher. »Hab ich es doch gewusst«, murmelte er und ich schaute ihn fragend an. »Oh. Äh. Ich habe schon geahnt, dass sie deine beste Freundin ist«, verriet er und fuhr sich mit einer Hand durchs Haar. »Achso?«, fragte ich und er lachte. »Ja, ihr hängt immer zusammen rum, da dachte ich, muss es sich um deine beste Freundin handeln«. Ich lachte ebenfalls und wollte wissen, wie ihm seine Arbeit gefiel. Er meinte darauf nur, dass es um einiges besser wäre, wenn er nicht 3 Tussis im Büro hätte. »Ich weiß zwar nicht, ob ich es dir erzählen soll, aber ich mache es einfach mal. Ich war mit einer aus dem Büro aus, zum Kaffee trinken. Sie hat sich dann als total hysterische, Wahnsinnige entpuppt«. Fragend sah ich ihn an und er erzählte mir, warum diese Marie so ausgeflippt war. Nach der Geschichte konnte ich nicht anders und lachte laut los. Das Ganze war einfach zu lustig! »Ja ja. Für dich mag das amüsant klingen, aber für mich war es die reinste Qual. Jetzt hasst sie mich und spricht nicht mal mehr mit mir. Ich habe Angst, dass sie mir eines Tages nach der Arbeit auflauert

142

und mich absticht«, sagte Alex, doch ich musste nur noch mehr lachen. Irgendwann bekam ich mich wieder ein und wir sahen uns einfach nur an. Seine grün-braunen Augen, schienen in meine Seele blicken zu können, so fühlte es sich zumindest an. Ich weiß nicht, wann ich überhaupt schon einmal so wahnsinnig faszinierende Augen gesehen habe. Wie unter Hypnose, musste ich ihn ansehen. Ich konnte gar nicht anders und ihm schien es ebenso zu gehen. »Ich weiß, das klingt jetzt total nach billiger Anmache...«, fing er an. »...Aber deine Augen sind der absolute Wahnsinn«. Mein Hals wurde plötzlich ganz trocken, ich musste schlucken. »Deine auch«, antwortete ich schwach und schaffte es schließlich, meinen Blick von seinen Augen zu lösen. Ich warf danach einen kurzen Blick auf die Uhr an meinem Handgelenk. Schon fast halb 12. »Es ist schon ganz schön spät«, sagte ich und Alex stimmte mir zu.

»Ich denke, ich sollte jetzt nach Hause gehen«.

Wir liefen zurück zum Parkplatz und er fuhr mich nach Hause. Vor meiner Wohnung fuhr er rechts ran und stieg mit mir aus. »Das war ein sehr schöner Abend«, sagte Alex sanft, als wir uns wieder gegenüberstanden. Durch einen kleinen Windzug war mir eine Strähne ins Gesicht gefallen, ich wollte sie gerade wegstreichen, doch... Alex hob seine Hand und legte die Strähne hinter mein Ohr. Seine Berührung löste ein warmes Gefühl in meinem gesamten Körper aus, mein Herz pochte lautstark in meiner Brust. »Auf Wiedersehen, Ella«, verabschiedete er sich und ich tat es ihm gleich. »Wiedersehen, Alex«. Ich lief zur Eingangstür und drehte mich kurz davor noch einmal um. Alex saß bereits im Auto, bemerkte, dass ich ihn ansah und winkte mir lächelnd zu. Ich winkte nur sehr schwach zurück. Wow. Was war denn heute mit mir los gewesen? Sonst war ich die Quasselstrippe schlechthin, aber an diesem Tag war meine Stimme wie weggefegt. Als hätte ich verlernt in ganzen Sätzen zu sprechen. Hoffentlich dachte er jetzt nicht, dass ich eine schüchterne, graue Maus war. So war ich nämlich nicht. Normalerweise zumindest. Ich drehte den Schlüssel im Schloss um und spazierte fröhlich in meine Wohnung. Meinen Mantel hing ich auf und die Stiefelletten zog ich aus, dann bemerkte ich, dass ich nicht allein war. Auf der Couch lag, schlafend, meine beste Freundin Anne. Sie hat tatsächlich hier auf mich gewartet, wie lieb von ihr. Ich setzte mich vorsichtig zu ihr und streichelte über ihren Kopf. Ab nächster Woche ging endlich die Wohnungssuche los, wir waren schon total aufgeregt. Anne und ich würden zusammenziehen. Eine große Veränderung würde es nicht werden, sie war ja ohnehin andauernd hier bei mir. Ich beobachtete sie ein wenig beim Schlafen, wie ihre Brust sich langsam hob und wieder senkte. Wecken wollte ich sie nicht, dazu sah sie einfach zu friedlich aus, außerdem hatte sie sich eine ordentliche Mütze Schlaf verdient. Seit mit Manuel alles so schlecht gelaufen war, sah sie nicht gerade ausgeschlafen aus. Augenringe bis nach Australien und ein müder Blick sagten mir alles, was ich wissen musste. Wenn sie nicht bald mit ihm richtig Schluss machte, konnte sie nie anfangen, ihn zu vergessen. Dieses Schwein von Manuel hatte sie ohnehin nicht verdient, ich konnte ihn ja noch nie leiden. Arroganter Sack!

***

»Und? Und? Und? Wie war´s? Du musst mir unbedingt ALLES erzählen!«, weckte mich am Morgen Annes Stimme. Sie hüpfte vor meinem Bett herum und ich grummelte erst einmal verschlafen vor mich hin. »Wach auf, ich hab Frühstück gemacht. Du kannst mir dann alles erzählen, ich warte in der Küche«, singsangte meine beste Freundin und ich zog mir die Decke weit über den Kopf. Wie viel Uhr war es denn? Nach einem Blick auf meinen Wecker konnte ich sehen, dass es 8:00 war. Wie lange war ich gestern noch auf? Ach ja, da lief um 12 noch ein Film, den ich mir unbedingt ansehen musste. Egal, es hatte sich gelohnt. »Ella«, rief Anne fröhlich und ich versuchte, sie zu ignorieren. Manchmal war ich ein richtiger Morgenmuffel. Langsam schob ich mich aus dem Bett und schlüpfte in meinen Bademantel und die Hunde-Pantoffeln. »Ella«, rief sie erneut und ich grummelte ein »Ich komme ja schon«, zurück. Verschlafen rieb ich mir die Augen und gähnte. Dann ließ ich mich in der Küche auf einem meiner Stühle nieder und reckte und streckte mich ausgiebig. »Hier ist deine erste Waffel und ein Glas frisch gepresster Orangensaft«. Anne hatte sich richtig Mühe gegeben, das Frühstück sah verdammt lecker aus. »Und jetzt musst du mir alles erzählen«, fing sie schon wieder an und nervte mich damit extrem. »Darf ich erst mal wach werden und essen und trinken? Danke«, meckerte ich und dann wurde sie still. Anne stand kurz auf und schaltete das Radio an, um die Stille zu unterbrechen, danach kam sie zurück und aß brav ihre Waffel. Sie saß da, wie ein trotziges kleines Kind, welches das letzte Pingui nicht bekommen hatte. Ich musste grinsen. »Ha! Jetzt grinst du! Das heißt, du bist wach. Kannst du jetzt bitte?«, flehte Anne ungeduldig und ich verdrehte die Augen. »Na gut, also...«. Und so erzählte ich ihr alle Details von meinem ersten Date mit Alex. Vom Essen im sündhaft teuren Restaurant, welches dann doch nicht so teuer gewesen war, weil er den Inhaber kannte, bis hin zu unserem Spaziergang. Prompt dachte ich wieder an seine Augen. Sie haben mich gefesselt und sofort in ihren Bann gezogen, schon damals, als wir uns das allererste Mal gesehen haben. Er hat einfach etwas an sich, ich kann gar nicht genau sagen, was es ist. Jedenfalls macht es mich total an und ich bin ihm bereits jetzt verfallen. Vielleicht sind das aber auch diese typischen Gefühle, die man bei einem ersten Date durchlebt? Dieses Kribbeln im Bauch, Herzklopfen und die fehlenden Worte. Diese ganze Gefühlsduselei würde sich sicher bald wieder legen, ich brauchte dringend meinen klaren Kopf zurück, vorher konnte ich Alex und mich nicht einschätzen. In welcher Schublade würden wir wohl landen? In der Beziehungsschublade? Oder doch eher in der er-war-mal-so-ein-Kerl-mit-dem-ich-Essen-war-Schublade? Das alles konnte ich bis jetzt nicht sagen, was klar war, immerhin waren wir erst EIN MAL zusammen aus! Mein Hirn machte sich schon wieder viel zu viele Gedanken, ich kannte ihn doch gar nicht! Wie konnte ich da schon jetzt über die »Schubladen-Theorie«, von Anne nachdenken? Was machte dieser Mann nur mit mir, es war mir unerklärlich. Ich habe mich nicht mehr so gefühlt, seit ich das erste Mal verknallt war. Sein Name war Jonas und ich war damals in der fünften Klasse. Er hat mich nach einem Kuli gefragt und sofort war es um mich geschehen, keinen vernünftigen Satz konnte ich in seiner Nähe formulieren, geschweige denn überhaupt mit ihm sprechen. Schlimm war das. Ganz ähnlich wie jetzt mit Alex, bloß mit dem Unterschied, dass ich jetzt nicht mehr 10 Jahre alt war, sondern 24!

Na, hoffentlich ging der Tag nicht so verwirrend weiter, wie er angefangen hatte.

-11-

Survivor

Alex

Gerade habe ich Ella daheim abgesetzt und war nun auf dem Weg nach Hause. Die ganze Fahrt lang trällerte ich die Lieder im Radio mit und meine äußerst gute Laune machte mir dabei ein wenig Angst. Wann war ich überhaupt das letzte Mal so gut drauf gewesen? Am besten nicht nachdenken, ich wusste genau, wohin das führen würde. Als dann mein Handy klingelte, fuhr ich rechts ran. Ja! Ich war ein verdammt vorsichtiger Autofahrer und hatte keine Lust jemanden aus purer Blödheit zu überfahren. Mein Name war immerhin nicht Martin! Apropos Martin! Mit dem habe ich noch ein ordentliches Hühnchen zu rupfen, außerdem musste ich mich dringend nach dem Befinden meiner Schwester erkundigen. Zuerst ging ich mal an mein Handy. »Hallo?«, meldete ich mich und bekam erst einmal keine Antwort. »Hallo?!«, wiederholte ich. »Wenn das jetzt so ein beschissener Telefonstreich sein soll, dann werd' ich...!«, wollte ich los meckern, doch dann meldete sich endlich jemand am anderen Ende der Leitung. »Hey, Mann! Ich bin's«. Es war Lev. »Wieso sagst du das nicht gleich, ich dachte du wärst so ein Kind ohne Hobbys!«, beschwerte ich mich, doch Lev klang irgendwie gar nicht, als wäre er zu Scherzen aufgelegt. »Sorry«, entschuldigte er sich nur leise und meine gute Laune verwandelte sich in Besorgnis. »Hey, was ist denn los? Du klingst so komisch«. »Kannst du vielleicht vorbeikommen? Ich bräuchte jetzt ganz dringend jemanden zum Reden«. Seine Stimme brach, heulte er etwa?! Moment mal! Lev heulte NIE! Irgendetwas Schlimmes musste vorgefallen sein. Ich dachte nicht lange nach und sagte ihm, dass ich so schnell wie möglich bei ihm sein würde. Was war denn nur passiert?

Vor seiner Haustür angekommen, drückte ich wie ein Verrückter auf die Klingel und Lev machte mir sofort auf. »Komm rein«, murmelte er nur und hatte tatsächlich geheult, seine Augen waren knallrot! »Was ist denn los?«, fragte ich besorgt und setzte mich, zusammen mit ihm, auf seine Couch. »Meine Mutter hat eben angerufen... Sie war mit meinem Vater in seinem Lieblingsrestaurant essen und da... ist er...«, er zögerte, war den Tränen nahe. »...einfach umgefallen«, beendete er seinen Satz und ich war schockiert, weil ich bereits ahnte, worauf seine Erzählung hinauslief. Nun brachte Lev unter rauer, gebrochener Stimme die letzten Worte raus, die mir einen Hieb in die Herzgegend versetzten. »Er...ist...tot«. Nein. Das konnte ich nicht glauben. Bruno, der von allen liebevoll »Bob« genannt wurde, lebte nicht mehr? Mich trafen diese Worte so stark wie ein Hurrikan, der gerade unschuldigen Menschen die Dächer von den Köpfen riss. Bob war für mich wie ein Vater gewesen, seitdem das mit meinen Eltern passiert war. Ich hatte jetzt natürlich nicht mehr so häufig Kontakt zu ihm, wie früher, als ich ein Kind war. Trotzdem fühlte sich diese Nachricht an, als würde man mir schon wieder einen Elternteil wegnehmen. Mein Herz brach in 1000 Teile. Schon wieder. »Scheiße«, kam nur aus mir heraus und dann tat ich etwas, dass ich noch niemals bei Lev gemacht habe. Ich rückte näher zu ihm und umarmte ihn ganz fest. Ich schätze er brauchte das jetzt. Während dieser Umarmung brach alles aus ihm heraus, er schluchzte und weinte und ich musste mich beherrschen, nicht auch noch zu weinen. Mein Gefühlszustand war nach dieser Nachricht nämlich alles andere als stabil. Ich beschloss, einfach meine Klappe zu halten und ihn wortlos zu trösten, denn etwas Falsches zu sagen wäre jetzt wirklich schlecht. Nach einer Weile löste Lev sich aus der Umarmung und kramte ein Taschentuch aus seiner Hosentasche. Er schnäuzte kräftig und wischte sich die Tränen weg, dann sagte er nur. »Wenn du das hier jemandem erzählst, reiß' ich dir den Kopf ab!«. Da war er wieder, Lev, wie er leibt und lebte. Männlichkeit war für ihn stets das Wichtigste und sich beim besten Freund auszuheulen, gehörte definitiv nicht dazu. »Ich halt meine Klappe«, versicherte ich ihm und er nickte nur schwach. »Ich hasse heulen«, sagte er und schnäuzte noch einmal kräftig in sein Taschentuch. »Was ich dich noch fragen wollte...«, fing er an. »... Könntest du mich zu meiner Mutter fahren? Sie ist ganz alleine, weil Oma und Opa erst in zwei Tagen da sein können und ich habe ein ungutes Gefühl dabei, wenn sie so lange allein ist«. Selbstverständlich nickte ich, denn eine andere Antwort stand außer Frage. Sein Auto war seit einer halben Ewigkeit in der Werkstatt und mit dem Bus würde er Stunden brauchen. Außerdem wusste ich nicht, ob man in seinem Zustand Auto fahren sollte. »Danke, Mann«, meinte Lev und klopfte mir auf die Schulter. »Ist doch selbstverständlich«, antwortete ich nur und fragte, ob ich sonst noch etwas für ihn tun könnte. Er schüttelte nur den Kopf, stand auf und zog sich Jacke und Schuhe an. Die ganze Zeit riss ich mich zusammen, um nicht auch in Tränen auszubrechen. Ich wollte für Lev stark sein. Stärke lenkte ab, ich wusste das. Ablenkung hat selbst mir damals geholfen.

***

Vor der Haustür seiner Mutter hielt ich an und ließ Lev aussteigen. »Danke für Alles«, waren seine letzten Worte an mich, bevor er zur Tür lief und klingelte. Ich wollte gerade losfahren, doch dann sah ich Levs völlig aufgelöste Mutter. Ihre Augen waren verquollen und sie trug ein rotes Abendkleid. Vermutlich noch das selbe Kleid, dass sie getragen hatte, als sie vorhin mit Bob Essen war. Ihre sonst immer gestylten, blonden Haare hingen zottelig an ihr herab und das Make-Up war über ihrem ganzen Gesicht in dunkeln Flecken verteilt. Der Gedanke daran, wie sie mit Bob im Restaurant war, mit ihm lachte und zusammen aß und er dann plötzlich umfiel, versetzte mir erneut einen Hieb in die Herzgegend. Lev und sie fielen sich in die Arme und in dem Moment beschloss ich, wieder loszufahren. Ich wollte hier nicht wie ein Spanner auf der Lauer liegen. Während der Fahrt zurück, überkamen dann auch mich die ersten Tränen. Im Radio lief gerade einer von Bob's Lieblingssongs „Boat on the river" und prompt musste ich an einen bestimmten Tag denken. Lev und ich waren damals 11 Jahre alt...

»Levin, Alex! Geht nicht mehr zu lange raus, es wird bald dunkel«, rief Bob und Lev grinste. »Der soll sich nicht so anstellen, Dunkelheit ist doch voll cool«. Ich nickte zustimmend und schon liefen wir nach draußen zum kleinen Waldabschnitt am Spielplatz. »Gehen wir wieder zum Fluss?«, fragte ich abenteuerlustig und Lev meinte nur lässig »Na klar. Was denkst du denn?«. Wir durften eigentlich nicht zum

Fluss, Bob sagte immer, wenn man als kleiner Junge da reinfiel, hätte man kaum eine Chance wieder raus zu kommen. Lev hielt das natürlich für Blödsinn, er meinte, der Fluss wäre gar nicht besonders tief. Jedenfalls rannten wir zusammen um die Wette, bis wir am Fluss ankamen. Ich habe gewonnen, da ich durch mein selbst erfundenes „Bootcamp-Training" auf dem Spielplatz, schon eine Menge Ausdauer und Schnelligkeit dazu gewonnen hatte. »Tja, würdest du auch mal mit zum Bootcamp, wärst du sicher schon so schnell wie ich«, neckte ich Lev, als er schließlich auch ankam. Er streckte mir die Zunge raus. »Wollen wir reingehen?«, fragte er und ich nickte. »Wie immer nur bis zu den Füßen«. Wir zogen unsere Schuhe und Socken aus und wateten vorsichtig durchs Wasser. Das kalte Wasser umspielte meine Knöchel und im ersten Moment durchfuhr mich ein Zittern. »Ganz schön kalt heute«, stellte Lev fest und ich nickte. »Du bist heute der Pirat und ich bin der Ritter, okay?«, fragte ich und mein bester Freund fand meinen Vorschlag gut. Also spielten wir im Wasser Pirat und Ritter, was uns immer furchtbar viel Spaß machte. Wir schwangen unsere Schwerter, die aus Ästen bestanden und lieferten uns ein Duell, das sich gewaschen hatte. Am Ende waren wir beide ziemlich nass und aus der Puste. »Mist, es ist ja fast dunkel. Meine Mutter wartet sicher schon mit dem Abendessen«, fiel mir irgendwann auf, als wir Socken und Schuhe wieder angezogen hatten. »Meine sicher auch. Wir sind aber noch nass«. Blöd. Wir konnten auf keinen Fall nass zurückkommen, sonst wüssten meine und Levs Eltern sofort

Bescheid und wir würden Ärger kriegen. Also saßen wir noch eine Weile am Fluss und warfen Steine hinein, unsere Kleidung wollte aber nicht trocknen. Langsam wurde uns kalt. »Wir müssen jetzt echt nach Hause gehen, mir ist voll kalt«, sagte ich und zitterte etwas. Es war zwar noch relativ warm draußen, aber mit nasser Kleidung merkte man davon nicht viel, vor allem wenn der Wind ging. Wir beschlossen also endlich nach Hause zu gehen, auch wenn wir noch ziemlich nass waren. Vom Hunger und Frösteln getragen, beeilten wir uns nach Hause in die warme Stube zu kommen. Daheim angekommen bekamen wir natürlich beide Ärger, zuerst einmal wegen der Verspätung und dann natürlich wegen des Flusses. Wenigstens wurden wir anschließend nicht krank, also hat sich der erneute Ausflug zum Fluss doch gelohnt.

Bob war immer ein sehr fürsorglicher Mensch gewesen, er passte auf Lev und mich gut auf. Meine Eltern mussten sich demnach nie Sorgen machen, wenn ich mal zu spät von Lev nach Hause kam, es sei denn wir waren wieder am Fluss. Aber das hatte ja nichts mit Bob zu tun.

Nachdem meine Eltern bei dem Unfall ums Leben gekommen waren, kämpfte Bob für das Sorgerecht um mich und Nora, bekam es aber nicht. Bis heute bin ich ihm aber äußerst dankbar, dass er es überhaupt versucht hatte. Statt zu Bob mussten wir zu unserem nächsten Verwandten ziehen, unserem Onkel. Wir hatten Glück, dass er nur ein Dorf weiter wohnte, was hieß, dass Lev und ich uns weiterhin fast jeden Tag sehen konnten. Es war zwar nicht mehr ganz das Gleiche, aber so war es auch okay für uns. Onkel Klaus war ein komischer Kauz. Nora und ich konnten einfach keinen richtigen Bezug zu ihm finden, weil er immer sehr in sich gekehrt schien. Er kümmerte sich zwar um unser Wohl, kochte uns Essen, brachte uns zum Arzt, wenn wir krank waren, erfüllte eigentlich alle Aufgaben, die ein Elternteil so zu tun hatte. Doch irgendwie spürten wir darin keine Liebe, keine Geborgenheit, kein Mitgefühl. Wie ein Uhrwerk schien er einfach für uns zu funktionieren, mehr aber auch nicht. Irgendwann akzeptierten Nora und ich diese Umstände - es hätte uns schließlich weitaus schlimmer treffen können. Außerdem hingen wir sowieso die meiste Zeit bei Lev rum. Nora spielte immer mit Levs Schwester Larissa, die nur ein Jahr jünger war, als sie selbst. Heute hat Nora nicht mehr viel mit ihr zu tun. Larissa ist vor zwei Jahren mit ihrem Freund weiter weggezogen und so ist der Kontakt dann abgebrochen. Inzwischen war ich wieder zu Hause und checkte mein Handy nach neuen Nachrichten. Nichts. Oh! Ich wollte noch meine Schwester anrufen, es war zwar schon Nacht, aber da es um Nora ging, war mir das herzlich egal. Sie ging gleich beim ersten Klingeln ran. »Hallo?«, ihre Stimme klang kratzig, hatte sie schon geschlafen? »Hallo, Nora. Es tut mir leid, falls ich dich geweckt habe, aber ich muss wissen, wie es dir geht. Geht es dir gut?«, platzte es aus mir heraus und ich konnte sie schon mit den Augen rollen sehen, als sie antwortete. »Ja, großer Bruder, alles ist okay. Darf ich jetzt weiterschlafen?«. »Oh, das freut mich zu hören, ähm, klar. Ciao!«, meinte ich noch und dann legte sie auf. Zum Glück ging es ihr gut. Nun konnte ich ungestört um Bob trauern.

-12-

Status: Beschäftigt!

Ella

Dienstag.

Diese Woche gab es einiges zu tun, dazu gehörte die Wohnungssuche. Anne hatte viel zu viele Termine vereinbart und so hetzten wir heute sogar in der Mittagspause zu einer Besichtigung. »Hat Alex sich schon bei dir gemeldet?«, fragte Anne, als wir gerade auf dem Weg zu einer Wohnungsbesichtigung in der neuen Siedlung waren. »Nein, noch nicht«, antwortete ich und dabei fiel mir auf, dass es schon drei Tage her war, seit wir unsere erste Verabredung hatten. »Er achtet bestimmt auf die 3-Tage-Regel«, spekulierte Anne und ich zeigte ihr daraufhin den Vogel. »Darauf achtet doch kein Mensch. Vielleicht hat er einfach viel zu tun«. »Viel zu tun, Papperlapapp! Er hätte ja wenigstens eine kleine SMS schreiben können, findest du nicht?«. Anne war mal wieder voll im beste Freundin Modus und musste alle Möglichkeiten ausdiskutieren, bis irgendetwas in ihr Bild passte. »Anne, er wird sich schon noch melden, es ist drei Tage her, nicht Monate!«, sagte ich und warf ihr einen mahnenden Blick zu. Natürlich fand ich es blöd, dass Alex sich noch nicht gemeldet hatte. Und natürlich musste ich andauernd an ihn denken! Allerdings würde es nichts bringen, mir den Kopf darüber zu zerbrechen, warum er sich noch nicht gemeldet hatte. Er würde schon noch anrufen, hoffte ich zumindest.

***

»Also, die hat mir gar nicht gefallen, viel zu klein«, plapperte Anne, als wir nach der Wohnungsbesichtigung wieder im Blumenladen standen. »Und? Habt ihr schon etwas Passendes gefunden?«, fragte Gloria, die natürlich schon über unsere Pläne Bescheid wusste. »Nein, leider noch nicht«, seufzte Anne. »Aber es gibt ja noch einiges anzuschauen«. „Einiges" war noch untertrieben. Ich fing langsam an mich zu fragen, ob zwischen den 100 Terminen noch Platz für ein Nickerchen war. Es klingelte nun und jemand betrat den Laden. Manuel. Dieses Mal kam er aber nicht komplett rein, sondern deutete Anne, mit ihm vor die Tür zu gehen. Zuerst zögerte sie, ging aber dann zu ihm nach draußen. Na, wenigstens kein Aufstand hier drinnen, so wie letztes Mal. »Habe ich was verpasst? Die beiden schauen sich ja an, wie die zwei schlimmsten Feinde«, sagte Gloria. »Du hast ja keine Ahnung, bei denen brennt's gerade gewaltig«, erklärte ich und meine Chefin seufzte. Sie machte sich nun wieder an ihre Arbeit und ich spickte ab und zu durchs Schaufenster. Anne und Manuel gestikulierten wild herum und schrien sich mal wieder an. Machte sie jetzt bitte endlich Schluss mit dem Penner?!

Nach einer Viertelstunde kam Anne schließlich zurück in den Laden. »Und?«, kam von mir und Gloria gleichzeitig. Wir standen inzwischen beide an der Kasse und waren neugierig darauf, zu erfahren, was da draußen vor sich gegangen war. »Ich habe es getan«, verkündete Anne mit trauriger Miene und ich führte innerlich einen Freudentanz auf. »Das war auch dringend nötig und das weißt du auch, Süße«, sagte ich und sah sie mitfühlend an. »Ja... Ich erzähle dir später die Details, Ella. Ich möchte jetzt ganz gern wieder arbeiten, ich wurde genug davon abgehalten«. Völlig geknickt fing sie an, die Blumen zu gießen und war den Tränen nahe, das konnte ich genau sehen. Arme Anne. Allerdings wusste ich, dass sie stark war und sie würde schnell über ihn hinwegkommen, da war ich mir sicher. Ich habe nämlich schon einen Ablenkungs-Plan. Zuerst einmal würde ich sie ins Fitnessstudio schleifen, wie ich es schon seit Längerem vorhatte. Dann würde ich am Wochenende mit ihr weggehen. Widerrede zwecklos! Ich musste mich auch immer ihrem Willen beugen, dann konnte sie das zur Abwechslung auch einmal tun. Teuflisch grinsend lief ich also den Rest des Tages im Laden herum und dachte darüber nach, wohin wir am Wochenende gehen könnten. Vielleicht ins Kino? Oder wieder Tanzen? In eine Bar? Bar klang nicht schlecht, mal sehen wofür mein geniales Gehirn sich am Ende entschied.

***

»Ich will aber keinen Sport machen, ich hasse Sport«, jammerte Anne, als ich noch am gleichen Tag beschloss, sie endlich ins Fitnessstudio zu schleifen. »Halt die Klappe. Du hast gesagt, dass du abnehmen willst. Also gehen wir jetzt Sport machen!«, sagte ich fest, sie konnte sich jetzt nicht mehr weigern. Wir standen schließlich schon davor und jetzt jammerte sie wie ein kleines Kind, das nicht zum Zahnarzt gehen möchte. »Wir gehen da jetzt rein! Schluss! Aus! Basta!«. Ich zog sie am Arm mit mir und das wirkte. »Jaja, ich kann alleine laufen«, beschwerte sie sich und lief nun hinter mir her. »Das wird Spaß machen, glaub mir«, versuchte ich sie zu ermutigen, doch sie sah nicht gerade so aus, als würde sie mir glauben. »Und die Hölle ist nur eine Sauna, was?«, motzte sie, doch ich ignorierte ihren Spruch. In der Umkleidekabine angekommen, ging Annes Jammerei in die zweite Runde. Jetzt wollte sie sich vorm Umziehen drücken, weil dann jeder ihre Oberschenkel sehen würde. »Du gehst mir richtig auf die Nerven, weißt du das?«, ge-

161

nervt zog ich gerade meine Sporthose an und warf Anne einen verständnislosen Blick zu. »Hätte ich so eine Figur wie du sie hast, würde ich mich auch nicht beschweren. Du hast perfekte Oberschenkel, einen schönen flachen Bauch und überhaupt eine Hammer Figur!«, sagte Anne und musterte mich dabei. »Danke, aber auch ich habe meine Problemzonen«, meinte ich nur und zog mir mein Shirt über den Kopf. Inzwischen hat auch Anne angefangen, sich umzuziehen. »Was denn für Problemzonen?«, stirnrunzelnd betrachtete sie mich von oben bis unten und suchte förmlich nach meinen Problemen. »Zum Beispiel, bin ich total neidisch auf deine Taille. Die ist so schön geformt und kurvig«, gab ich zu und Anne lachte ironisch. »Du meinst schön geformt vom Speck? Dankeschön, aber mir gefällt die gar nicht«. »Kannst du nicht einmal ein Kompliment annehmen?«. Anne brachte mich manchmal zur Weißglut. Da sagte ich ihr, wie schön ich ihre Taille fand und als Antwort darauf bekam ich nur noch mehr Jammerei. »Danke«, sagte sie leise und ich schmunzelte. Anne war eine wunderschöne Frau mit Kurven und keineswegs „fett", wie sie sich immer bezeichnete. Und gegen ihren „Schwabbel", wie sie ihn immer nannte, konnten wir ganz einfach etwas tun. Nämlich trainieren! Damit konnte sie z.B. ihre Oberschenkel straffen und gezielt das wegtrainieren, was ihr an sich nicht gefiel.

»Wichtig ist nur, wie du dich selbst fühlst und wenn du dir nicht gefällst, weil du dir an irgendwelchen Stellen zu dick bist, trainieren wir die weg und schon fühlst du dich besser«, ermutigte ich Anne und sie versuchte ein Lächeln. »Das wäre toll, dann werde ich endlich schön«. »Du bist schön! Egal, wie viel du wiegst«, sagte ich und fügte noch hinzu, dass sie das Ganze wirklich nur für sich machen sollte, nicht für andere Menschen oder gar irgendwelche Kerle.

»Wow, hier ist ja gar nicht so viel los«, erleichtert atmete Anne aus, als sie sah, dass heute nur wenige Menschen hier waren. Perfekt für ein erstes Training, wie ich fand. So würde sie sich nicht auf die anderen konzentrieren, sondern hoffentlich nur auf sich selbst. Ich sprach gleich mal meinen Lieblingstrainer an, ihr Starthilfe zu geben. Sein Name war Andi und er hatte mir damals geholfen, endlich sportlich zu werden. Ich kam vor ungefähr drei Jahren das erste Mal her und hatte überhaupt keine Ahnung von gar nichts. Weder von gesunder Ernährung, noch vom richtigen Training. Ohne Andi hätte ich vermutlich nach einer Woche wieder aufgegeben. Er war nämlich nicht nur sehr nett, sondern konnte auch ordentlich einheizen. Nach so manchem Training hatte ich am nächsten Tag Muskelkater des Grauens. Und das so lange, bis mir endlich ein paar Muskeln gewachsen waren. Vermutlich würde dies auch Anne erwarten. Er erklärte ihr nun, dass das Allerwichtigste beim Training wäre, sich erst einmal nicht zu viel vorzunehmen und sich langsam heran zu tasten. Dann kam er auf den Punkt Ernährung zurück, der besonders wichtig beim Abnehmen war. Natürlich sollte jeder sich ausgewogen ernähren und nicht nur Fast Food in sich rein schaufeln, doch zum Abnehmen galt es, bestimmte Regeln zu beachten. Während Anne mit dem Trainer beschäftigt war, fing ich schon einmal an, mich auf dem Laufband warm zu laufen. Das machte ich meistens so lange, bis ich mich richtig aufgewärmt fühlte. Während ich so lief schaute ich aus dem Fenster. Dieses befand sich nämlich direkt vor mir. Training mit Panorama! Naja, wenn man den Blick auf ein paar Häuserdächer und Tauben so nennen konnte. Trotzdem schaute ich, während dem Training, immer gern raus. Irgendwie war das entspannend, auch wenn es nicht besonders viel zu sehen gab. Nachdem einige Minuten vergangen waren, verließ ich das Laufband und schaute mal nach, was meine beste Freundin so trieb. Im Moment machte sie Hampelmänner zum Aufwärmen. Typisch Andi. Bereits jetzt brachte er sie zum Schwitzen und immer, wenn sie Pause machen wollte, rief er ihr zu, dass sie noch ein paar schaffte. »Boah«, keuchte sie, nachdem sie mit Andis Aufwärmprogramm fertig war. »Das hast du gut gemacht, ich denke, jetzt kann Ella dir weiterhelfen«, lobte Andi, klopfte Anne auf die Schulter und zwinkerte mir zu. »Okay, komm erst mal wieder zu Atem, dann gehen wir zum ersten Gerät«, sprach ich und nahm einen Schluck Wasser.

***

»Du hast dich wacker geschlagen«, lobte ich Anne, als wir gerade das Studio verließen. Sie hatte tatsächlich das komplette Training durchgezogen und würde nun öfters herkommen. Das hatte sie mir in der Umkleidekabine hoch und heilig versprochen. Während des Trainings hatte sie auch nur ein paar Mal geflucht und gejammert, dass sie nicht mehr konnte, doch sich immer wieder aufgerappelt und bis zum Schluss weitergemacht. Endlich fitter und schlanker sein, das war ihr Ziel. Nun lief sie, ziemlich K.O, neben mir her zum Auto. »Ach ja, ich wollte dir noch sagen, dass ich echt stolz auf dich bin, auch wegen Manuel. Glaub mir, du hast das Richtige getan«, sagte ich, doch dann weinte sie plötzlich los. Mitten auf dem Parkplatz. Oh oh. Habe ich was Falsches gesagt? »Er hat mich wirklich betrogen, er hat es mir heute gebeichtet. Sie ist verheiratet! Zwei Kinder hat sie sogar! Sie ist viel älter als ich, wenn sie schon zwei Kinder hat! Wieso wirft Manuel mich weg für eine blöde, verheiratete Kuh«. Anne war total fertig. Den ganzen Tag hat sie sich zusammengerissen und versucht sich abzulenken, doch jetzt kam alles heraus, wie eine riesige Welle. »Was? Verheiratet? Kinder?«, ich konnte gar nicht glauben, was ich da hörte. Was zum Teufel war nur in diesen Kerl gefahren?! »Ja! Er hat mich einfach so verarscht mit dieser Schlampe!«, rief Anne und wurde richtig wütend. Traurig und wütend ist bekanntlich keine gute Mischung, ich sollte sie schnell der Öffentlichkeit entziehen, bevor sie noch anfing, Dummheiten zu machen. »Weißt du, was das Schlimmste ist?!«, fing Anne an, als wir gerade ins Auto stiegen. Dort kramte sie in ihrer Handtasche herum und zog einen Schokoriegel heraus. Bevor ich ihn ihr wegnehmen konnte, hatte sie ihn schon ausgepackt und wütend hineingebissen. »Das Schlimmste ist...«, sie kaute. »...Er hat mich die ganze Zeit angelogen, er hat gesagt, dass mit ihr nichts gelaufen ist! Dabei hat er sie die ganze Zeit schon gevögelt!«. Ich startete den Motor und fuhr los. »Er ist ein absoluter Volltrottel, Anne! Du solltest ihn vergessen und ihm keine Träne nachweinen. Er hat keine deiner Tränen verdient«, meinte ich nur säuerlich. Anne schüttelte den Kopf und nahm einen weiteren Bissen von ihrem Riegel. Vor ihrer Tür setzte ich sie ab und teilte ihr mit, dass ich mich auf die weiteren Wohnungsbesichtigungen freute. Sie versuchte ein Lächeln und dann war sie auch schon weg. Die arme Anne. Blöder Idiot! Während ich so über Anne und den Deppen Manuel nachdachte, kam mir plötzlich Alex in den Sinn. Er hatte sich immer noch nicht bei mir gemeldet. Vielleicht sollte ich ihm mal schreiben? Nein! Ich wollte ihm nicht hinterherlaufen, so etwas kam gar nicht gut an. Allerdings sind auch schon ein paar Tage vergangen, da kann ich doch eine kleine SMS schreiben, oder? Noch in meinem Auto holte ich mein Handy raus und tippte eine Nachricht ein.

Hi, ich dachte ich melde mich mal bei dir.

Wie geht es dir denn so?

Das klang doch völlig okay, oder? Kurz entschlossen schickte ich die Nachricht ab und hoffte auf eine baldige Antwort. Schade, dass mir nicht ein paar bessere Worte eingefallen waren, aber zu viel schreiben wollte ich auch nicht. Egal, erst mal Abendessen jetzt. Als ich in meiner Wohnung ankam, fiel mir ein, dass ich noch einen Rest Nudeln mit Soße übrighatte. Ja! Ja! Ja! Es gab kaum ein besseres Gefühl, als nach Hause zu kommen und nichts machen zu müssen, außer das Essen in die Mikrowelle zu stellen. Hungrig stand ich also, ein paar Minuten später, vor der Mikrowelle und starrte auf mein Handy.

Nichts.

Pieeeep, machte die Mikrowelle und ich holte den viel zu heißen Teller heraus. Ich steckte einen Finger in mein Essen, um festzustellen, ob auch etwas anderes als der Teller warm geworden war. Ich hatte Glück! Heute schien meine Mikrowelle einen guten Tag zu haben. Zufrieden schmiss ich mich mit meinem Essen auf die Couch und schaltete den Fernseher ein. Ich zappte herum und blieb mal wieder bei einer Doku hängen, dieses Mal über Wildkatzen. Ich liebte diesen Sender! Ich schaute mir sehr gern Dokumentationen an, aber nur, wenn sie mich auch halbwegs interessierten, ansonsten schlief ich innerhalb von Minuten ein. *Bling!* Machte mein Handy neben mir und ich entsperrte aufgeregt den Bildschirm, vielleicht hatte Alex mir endlich geantwortet!

Hallo, Schätzchen.

Wollte mal fragen, wie es dir so geht und wie dein Date war.

Du hast mir noch gar nichts erzählt, bist du sehr beschäftigt?

Schreib mir einfach, wenn du Zeit hast.

Eine Nachricht von Mama. Normalerweise freute ich mich, wenn sie mir schrieb, doch heute war ich enttäuscht. Immer noch nichts von Alex. Langsam aber sicher bekam ich so ein Gefühl, dass er in die er-war-mal-so-ein-Kerl-mit-dem-ich-Essen-war- Schublade fallen würde. Hoffentlich bewahrheitete sich mein Gefühl nicht, ich mochte Alex und

würde ihn gern noch einmal treffen. Jetzt beschloss ich aber
erst einmal, Mama zu antworten.

Hallo, Mama.

*Alles ist okay. Das Date lief sehr gut, ich rufe dich gleich an und
erzähle dir alles.*

Ich lief also rüber zum Telefon und wählte Mamas Nummer. Bereits nach dem ersten Tuten nahm sie ab. »Hallo,
Ellchen! Endlich höre ich mal was von dir, du musst mich
auf den neusten Stand bringen«, sprach sie freudig. »Hallo,
Mama. Entschuldige, aber diese Woche war die Hölle los.
Anne und ich fangen doch jetzt mit der Wohnungssuche an
und da bin ich noch gar nicht dazu gekommen, dich anzurufen. Aber jetzt erzähle ich dir ja alles«, erklärte ich und
dann berichtete ich Mama von Alex und meinem ersten
Date und dass er sich bisher noch nicht gemeldet hatte.
»Er wird sich schon noch melden, vielleicht ist ihm etwas
Wichtiges dazwischengekommen. Mach dir da mal keine
Sorgen. Wenn euer Date wirklich so gut gelaufen ist, wie du
mir erzählt hast, wird er sich sicher noch bei dir melden«,
meinte Mama und ich glaubte ihr mal, schließlich war sie die
erfahrenere von uns beiden und außerdem haben Mamas
sowieso immer Recht. Naja. Fast immer.

-13-

Schmerzen

Alex

Die ganze nächste Woche verbrachte ich damit, mich absolut beschissen zu fühlen. An manchen Tagen wollte ich gar nicht zur Arbeit gehen, aber irgendwoher musste die Kohle ja kommen. Hin und wieder dachte ich, zwischen meinen traurigen Gedanken, an Ella. An ihre schönen, roten Haare und diese smaragdgrünen Augen. An ihr Lächeln und diese niedliche, schüchterne Art. Das Beste an ihr war, dass sie offensichtlich keine Wahnsinnige war, was mich sehr zufrieden stellte. Allerdings gab es nicht nur diesen einen Teil in mir, der sich sehr von ihr angezogen fühlte und am liebsten gleich zu ihr fahren würde. Nein. Da gab es noch den anderen Teil, der permanent jegliche Art von Anziehung, die nicht rein körperlicher Natur war, verweigerte. Dieser Teil in mir sagte, dass das nicht gut gehen könnte und sie auch nur eine Frau war. Auch sie könnte mich letztendlich im Stich lassen, ich hatte keine Garantie dafür! Niemals hätte ich damals für möglich gehalten, dass Yvonne einfach so die Fliege machen würde, warum also nicht auch eine andere Frau? Ich habe Yvonne vertraut, zu 100 Prozent! Ich habe ihr alles von mir erzählt, von meiner Vergangenheit, meinen Gefühlen, von ALLEM! Mein Herz habe ich ihr ausgeschüttet und was bekam ich dafür? Einen Abgang von ihr, der Beschissener nicht hätte sein können und ein gebrochenes Herz gratis dazu. Ich habe diese Frau abgöttisch geliebt, ich hätte ALLES für sie getan! Ich stand immer hinter ihr, habe sie bei allen Entscheidungen unterstützt, selbst, wenn ich mal nicht ganz ihrer Meinung war. Sogar in kitschige Liebesfilme bin ich mit ihr gegangen! Rosenblätter habe ich auf dem Bett verteilt, nur für sie! Nur für sie habe ich aufgehört zu rauchen! Wie könnte ich jemals wieder jemandem vertrauen, wenn ich doch auf eine so schlimme Art und Weise verletzt wurde? Und genau diese Gedanken waren es auch, die mich davon abhielten, Ella zu schreiben. Wahrscheinlich dachte sie ohnehin schon, dass ich ein Idiot war, immerhin ist es fast schon eine Woche her, dass wir uns gesehen haben. Nicht meine Trauer war es also, die mich abhielt, sondern der verletzte Teil in mir. Der Teil, der von dieser blonden Schlange zerstört wurde. Am Dienstag hat Ella mir sogar eine Nachricht geschrieben, aber ich konnte einfach nicht antworten. Ich wollte ihr keine Hoffnungen machen, mit mir gab es für sie keine Zukunft. Ohne Vertrauen, keine Beziehung. Und da ich sie jetzt schon ein wenig kannte, ein winzig kleines Bisschen zumindest, glaubte ich nicht, dass sie auf eine Sex-Beziehung aus war. Allerdings würde diese Art von Beziehung die Einzige sein, die ich ihr geben konnte. Sollte ich ihr also genau das schreiben? Die Wahrheit? Würde sie die überhaupt wissen wollen? Wahrscheinlich nicht, es war also besser ihr nicht zu schreiben. Dann vergaß sie mich irgendwann und ich würde in der Zukunft nur ein Kerl für sie sein, mit dem sie mal Essen war. *Nein!* schrie jedoch der andere Teil in mir. *Du musst ihr antworten!! Oder willst du etwa so sein wie Yvonne?* »Halt die Klappe!«, schrie ich mir selbst zu und haute einfach in die Tasten - ich befand mich nämlich gerade auf der Arbeit. Vermutlich hat es etwas komisch ausgesehen, wie ich eben einfach nur dagesessen war und minutenlang nichts gemacht habe. Egal. Die Weiber hier drinnen waren mir allesamt egal! Besonders Marie! Diese Verrückte konnte mir für den Rest meines jetzigen Lebens schön gestohlen bleiben. Ich brauchte jetzt erst einmal einen sehr starken Kaffee, also stand ich auf und lief zu meinem Lieblingsplatz hier in der Firma. Ich stellte meine Tasse in den Automaten und wartete auf meine Dosis Koffein. Hinter mir hörte ich es klackern. *Klack! Klack! Klack!* Irgendeine von den Tratschtanten musste hier sein, denn die trugen meistens Schuhe mit Absätzen. »Hallo?«, fragte ich und drehte mich um. Es war Blondie 1 oder Blondie 2. Die beiden würde ich niemals auseinanderhalten können. »Hi Alex. Geht es dir gut, du siehst so blass aus?«, fragte sie und machte einen auf besorgt. »Ja, mir geht es gut. Ich warte nur auf meinen Kaffee«, antwortete ich knapp und hoffte, dass dieses Gespräch damit zu Ende war. Doch da hatte ich meine Rechnung ohne Blondie gemacht. »Weißt du, wenn es mir schlecht geht, höre ich immer schöne Musik, die heitert mich dann wieder auf. Eine Tasse Tee hilft auch gut. Ist vielleicht auch besser als Kaffee, solltest du mal ausprobieren und dann...«, »Danke für deine Hilfe«, unterbrach ich schließlich ihren Redeschwall, schnappte mir meine Tasse und verließ fluchtartig den Raum. Bitte kein Mitleid! Ich hasste Mitleid! Das meiste Mitleid, das man bekam, bekam man sowieso nur aus Höflichkeit, damit man von sich selbst behaupten konnte, dass man ja ein soooo guter Mensch war, weil man jemandem mit seinen Ratschlägen auf die Nerven gegangen ist. Am liebsten würde ich den ganzen Tag mit einem Schild um den Hals herumlaufen, auf dem stünde: „Bitte einfach in Ruhe lassen!". Dann würde wahrscheinlich keiner mehr kommen und mich mit dämlichen Ratschlägen nerven, die ich eh schon seit Jahrzehnten kannte. Ich lief nun also zurück zu meinem Platz und konnte das Getuschel von den drei Weibern schon fast riechen. Wahrscheinlich laberten sie wieder über ihre Schuhsammlungen oder Klamotten. Zum Glück war heute wieder Freitag, bald hatte ich wieder ein ganzes Wochenende meine Ruhe vor den Hühnern. Gestern Abend habe ich mit Lev telefoniert, um mich zu erkundigen, ob alles halbwegs okay war. Auf die absolut dämliche Frage wie es ihm ging, hatte ich getrost verzichtet. Wie sollte es ihm schon gehen, er hatte gerade seinen Vater verloren! Nach Party machen war ihm also sicher nicht zumute. »Als du mich zu ihr gebracht hast, waren ihre Gefühle kaum auszuhalten, sie hat die ganze Nacht geweint und mir ihr Herz ausgeschüttet, doch jetzt... hat sie komplett dichtgemacht«, hat er mir berichtet und dann noch gesagt, dass seine Mutter ihm schon Angst machte. Sie verhielt sich scheinbar total apathisch und verzog nicht mal mehr ihr Gesicht. Keine Tränen, keine Wut, überhaupt nichts mehr. Dieser Zustand war viel schlimmer, als der, indem sie so viel geweint hat, meinte Lev. Ich konnte ihn gut verstehen, mich würde ihr Verhalten auch beunruhigen. »Manchmal stellt sie sich ans Fenster, guckt raus und fängt an zu summen. Boat on the river. Das war´s aber auch an Geräuschen die von ihr ausgehen. Sie redet nicht, sie weint nicht, sie macht gar nichts! Als wäre meine Mutter weg und hätte nur noch eine Hülle dagelassen«. Lev war verzweifelt und ich konnte ihm nicht einmal helfen. Ich schlug einen Psychiater vor. Er teilte mir mit, dass er schon ein paar Mal versucht hat, ihr einen Psychiater vorzuschlagen, doch auch darauf kam keinerlei Reaktion. Ich fragte ihn, wieso er sie nicht einfach ins Auto packte und dorthin schliff, doch auch das hat er schon versucht. Sie kommt partout nicht mit, rennt zurück ins Haus und schließt sich dann im Badezimmer ein. Levs Großeltern haben bisher genauso wenig erreichen können, wie er. Auch mit ihnen redete sie kein Wort. Wenn sie weder mit ihren Kindern noch mit ihren Eltern sprach, mit wem würde sie dann sprechen? Darüber zerbrach ich mir nun seit gestern den Kopf, doch ich kam auf keine Lösung für dieses Problem. Mir lag Silvia sehr am Herzen und ich würde ihr so gern helfen, doch was könnte ich schon ausrichten? Mit mir würde sie wohl kaum reden. »Alex? Alex? Hallooo?«, störte auf einmal eine nervige Stimme meine Gedanken. »Ja, was ist denn?«, zischte ich, lauter als ich es wollte und bemerkte, dass Marie vor mir stand. Naja. Dann war das ja nicht so schlimm, diesen Ton hatte sie verdient. »Ich frage dich schon seit fünf Minuten, ob du mir mal helfen kannst. Ich habe ein Problem mit meinem Computer«, sagte sie schließlich, doch ich meinte nur lässig: »Dann ruf einen Techniker«. »Der ist heute nicht da, deshalb frage ich dich ja. Glaubst du ich rede zum Spaß mit dir? Ganz bestimmt nicht, bilde dir mal nicht so viel auf dich ein, so toll bist du nicht«, zickte sie und ich musste grinsen. »Hör mal zu, Kleines«, fing ich gespielt lieblich an.

»Ich kenne mich nicht mit Computern aus, dafür gibt es den Techniker. Wenn der nicht da ist, hast du leider Pech gehabt, da hilft dir deine freundliche Bitte an mich auch nicht weiter«. Zufrieden lehnte ich mich in meinem Stuhl zurück und konnte beobachten, wie Marie, die Psychopathin, innerlich kochte. Leise und kaum hörbar, aber extrem zickig, zischte sie »Na gut!«, und lief zurück zu ihrem Platz. Die anderen beiden Frauen kicherten. »Was gibt's denn da zu lachen?! Der Typ ist nicht witzig und ihr beide seid es auch nicht. Klappe halten und weiterarbeiten«, fuhr sie die beiden an und augenblicklich verstummte deren Lachen. »Also, ich würde mich nicht so behandeln lassen«, sagte ich zu den Beiden Blondies und Marie warf mir einen giftigen Blick zu. »Er hat Recht, du kannst so nicht mit uns reden!«, meldete sich Blondie 1 zu Wort und die andere stimmte mit einem Nicken zu. »Und wie ich das kann«, giftete Marie und ich überlegte die Klapse anzurufen, sicher war da noch ein Platz für sie frei. »Du hast sie doch nicht mehr alle«, kommentierte Blondie 2 und dann begann ein Zickenkrieg vom Feinsten. Es ging so weit, dass die drei draußen weitermachen mussten, weil es sonst vermutlich die ganze Firma mitbekommen hätte. Würden die sich jetzt da draußen prügeln? In fünf Minuten war Feierabend, dann könnte ich nachsehen.

Besagte fünf Minuten später schlenderte ich also aus dem Büro, mit gespielt gelassener Miene, um Marie aufzuregen. Draußen hörte ich sie schon und... Sie lagen sich tatsächlich in den Haaren. Marie hatte sich auf Blondie 1 gestürzt und zog ihr nun an den Extensions. »Machen Damen denn so etwas?«, fragte ich amüsiert und beide drehten sich zu mir um. Marie ließ von ihr ab und stellte sich vor mir auf. Naja. Das versuchte sie zumindest. Sie war aber eine halbe Portion, die mir kaum bis zu den Schultern reichte. »Ich mache dich fertig!«, knurrte sie und zeigte dabei mit dem Finger auf meine Brust. Im gleichen Moment erklang eine unbeteiligte, fünfte Stimme. »Sie werden hier niemanden fertigmachen, Frau Möller«. Unser Chef spazierte geradewegs aus dem Büro und Marie wurde plötzlich wieder ganz lieb. »Aber Herr Rudolf, das war doch nur so ein blöder Spruch unter Kollegen«, sagte sie und grinste. Falsche Schlange. »Das ist nicht wahr, sie hat mich einfach zu Boden gestoßen!«, meldete sich Blondie 1 zu Wort. »Ja, ich habe das beobachtet, von meinem Büro aus. Außerdem waren Sie nicht zu überhören. Was ist eigentlich mit Ihnen los, Frau Möller?«. Oh, Oh! Hoffentlich schmiss er sie jetzt raus! »Aber Herr Rudolf, das war alles nicht so schlimm, wie Sie jetzt denken. Wissen Sie, eigentlich verstehe ich mich sehr gut mit meinem Kollegen«, versuchte Marie, sich zu retten, doch ihre

Stimme klang bereits zittrig. Plötzlich fing sie an zu heulen. Wow, wusste gar nicht, dass so etwas wie Gefühle in ihr steckten. »Bitte schmeißen Sie mich nicht raus, ich bin schon aus zwei Jobs rausgeflogen, ich werde doch nie wieder eine Anstellung finden!«. »Wie bitte? Das haben Sie beim Vorstellungsgespräch gar nicht erwähnt?«, meinte der Chef verwundert und seine Miene schien zunehmend dunkler zu werden. »Kommen Sie doch bitte mal mit in mein Büro«, sprach er streng und deutete ihr, ihm zu folgen. »Das ist alles deine Schuld, Alex!«, spie sie mir entgegen, bevor sie dem Chef folgte. »Das ist niemandes schuld, Frau Möller«, konnte ich ihn noch hören, bevor sie im Gebäude verschwanden. »Wow«, mehr schaffte ich nicht zu sagen. »Die ist ja echt total durchgedreht! Geht es dir gut, Sarah?«, erkundigte Blondie 2 sich nach ihrer Doppelgängerin. »Ja, ist alles noch dran. Hoffentlich schmeißt er sie jetzt raus«, antwortete sie und ich nickte zustimmend. »So was habe selbst ich noch nie erlebt«, teilte ich den beiden mit. »Und hey, es tut mir leid, falls ich vorhin etwas... Nun ja... unhöflich war«, entschuldigte ich mich schließlich bei Blondie 1 und sie lächelte leicht. »Ist schon vergessen«, antwortete sie. Woher kam denn jetzt auf einmal mein Sinneswandel? Sonst war ich doch immer sehr abweisend und Dr. House-mäßig unterwegs, wenn es um die beiden Blondinen ging. Irgendwie hatten sie mir aber jetzt leidgetan. Von einer Psychopathin angegriffen zu werden, musste man sicher erst einmal verdauen.

***

Daheim angekommen, wollte ich mich irgendwie ablenken. Von der Anziehungskraft zu Ella und vom erneuten Verlust eines Vaters. Ja, ich habe meine Eltern früh verloren und somit auch meinen leiblichen Vater. Es sollte sich weniger schlimm anfühlen Bob zu verlieren, aber das tat es nicht. Es fühlte sich tatsächlich genauso an wie damals. Mein Brustkorb hatte sich erneut zusammengezogen und schnürte mir nun nach und nach die Luft ab. Es fühlte sich an, als könnte ich bald keinen Atemzug mehr machen. Ich musste schnell etwas gegen dieses furchtbare Gefühl tun, also beschloss ich, mich im Fitnessstudio abzulenken. Ich ging also dorthin und trainierte, bis ich beinahe ohnmächtig wurde. Einmal wollte mich sogar einer der Trainer stoppen, aber das schaffte er nicht. Ich machte erbarmungslos weiter und trieb meinen Körper an seine Grenzen. Erst, als ich fast in meinem eigenen Schweiß hätte baden können und jeden einzelnen Muskel spüren konnte, hörte ich auf. In dieser Stunde habe ich es wirklich geschafft, an gar nichts zu denken und mich nur mir selbst gewidmet. Beziehungsweise meiner Ablenkung. Nach dem Training fühlte ich mich kaputt vom Sport und auch von dem Gefühl in meinem Brustkorb. Es kam nämlich wieder zurück. Eine Stunde lang konnte ich wieder atmen. Eine Stunde lang fühlte ich mich halbwegs gut. Und nun ging es mir wieder wie vor dem Training. Meine Mutter würde jetzt sagen, dass ich alles raus lassen sollte, doch so einfach ging das für mich nicht. Mir fiel es nicht so leicht, mich jemandem zu öffnen, nicht mal bei Lev. Ich habe es mir angewöhnt meine Gefühle für mich zu behalten. Dem Selbstschutz wegen und auch, um anderen nicht damit auf die Nerven zu gehen. Wenn man jemandem Schwäche zeigte, machte man sich ihm gegenüber verletzlich und das wollte ich verhindern. Nie wieder wollte ich mich jemandem derart öffnen, denn damit würde ich auch eine Tür aufschließen. Eine Tür, die nicht geöffnet werden sollte, weil ich mich nie wieder in meinem Leben so fühlen wollte, wie damals. Dieses momentane Gefühl in meinem Brustkorb würde ich überleben, aber die anderen Gefühle, die hinter der Tür auf mich warteten, könnten mich erneut brechen. Lieber klärte ich meine Probleme mit mir selbst, so behielt ich immer die Kontrolle darüber.

Einer einzigen Person aber würde ich heute trotzdem meine Gefühle zeigen...

***

Zuhause angekommen, habe ich eine neue Nachricht von Nora auf meinem AB. Sie war ja inzwischen wieder aus dem Krankenhaus raus und hatte zum Glück nur ein paar Prellungen davongetragen. »Hey Brüderchen! Du hast ja gesagt, ich soll mich ab und zu bei dir melden und dir sagen, wie es mir so geht. Also, es ist alles gut, die Prellungen und vor allem mein blödes Knie tun zwar weh, aber ich werde es überleben. Melde dich doch mal bei mir, Tschüssi!«. Ihre gute Laune, die sie immer hatte war zurückgekehrt. Umso mehr tat mir der Gedanke weh, den ich nun bekam.

Ich musste Nora informieren. Sie sollte wissen, dass Bob nicht mehr lebte, immerhin war er für sie genauso ein Vater gewesen, wie für mich. Sie würde am Boden zerstört sein und es versetzte mir bereits jetzt einen heftigen Stich in meinem Herzen, sie leiden sehen zu müssen. Gern ertrug ich den Schmerz, ich hielt das Alles aus, aber Nora? Sie war sonst immer der absolute Sonnenschein, nichts konnte sie aus der Ruhe bringen und ein herzensguter Mensch war sie ebenfalls. Sie hatte schon genug in ihrem Leben mitgemacht, am liebsten würde ich ihr diesen Schmerz ersparen. Leider ging das nicht, es ihr nicht zu sagen war keine Option. Ich griff also zum Telefon und tippte zitternd ihre

Nummer ein. *Heb nicht ab! Heb nicht ab! Heb nicht ab!* schrie mein Inneres, doch natürlich ging sie ran. »Hallo, Alex! Endlich meldest du dich mal. Wie geht's dir denn so?«. Ich schluckte. »Hey, Nora«, begrüßte ich sie und dieser Unterton in meiner Stimme dürfte ihr sofort auffallen. »Alex? Was ist los?«. War klar, sie wusste immer sofort, wenn etwas nicht stimmte. Sie musste mich dafür nicht einmal sehen. »Ich muss dir was sagen...«, ich schluckte erneut und würde am liebsten spontan in Ohnmacht fallen, um ihr diese Nachricht nicht mitteilen zu müssen. »Alex! Sag mir jetzt sofort, was los ist. Du machst mir Angst«, sagte sie und ich konnte Besorgnis und Panik in ihrer Stimme hören. »Es ist nur... Bob...«, verdammt! Meine Stimme konnte die Worte einfach nicht formen, meine Zunge war völlig gelähmt. »Was ist mit Bob?«, fragte sie panisch und dann sprudelte es einfach aus mir heraus. »Bob ist tot«. Für einen Moment war alles komplett still. Nora schien die Luft angehalten zu haben. »Nora?«, fragte ich sanft und voller Mitgefühl, doch ich bekam keine Antwort. Nach ein paar Minuten des Schweigens, fragte sie zittrig »W-was ist mit ihm passiert?«. Ich erzählte ihr alles, was ich wusste und nach meiner Erzählung registrierte ich das erste Schluchzen. »Nein, nein, nein«, murmelte sie. Das Engegefühl meines Brustkorbs kehrte zurück und da war noch etwas. Zum ersten Mal, seit ich erfahren habe, dass Bob tot ist, bildete sich ein großer Kloß in meinem Hals. Ein Kloß, den ich nicht mehr zurückhalten konnte. Auf einmal schossen die Tränen aus mir heraus und liefen mir feucht über die Wangen. Nora. Ich hätte es wissen müssen. Nora war die einzige Person, der ich vertraute, die einzige Person die mir von meiner Familie noch geblieben war. Bei ihr konnte ich sein wie ich war und musste mich nicht verstellen. Bei ihr war ich mir sicher, dass sie mich niemals verließ. Schließlich war sie meine Schwester und ich liebte sie über alles! Wir waren schon immer fest miteinander verbunden und ich wusste, dass meine Gefühle bei ihr sicher waren. Normalerweise weinte ich zwar auch bei ihr nicht los, aber ihr Schluchzen und dieses verzweifelte „Nein" haben bei mir alle Mauern niedergerissen. Ich konnte es einfach nicht ertragen, wenn es Nora schlecht ging. Immer wollte ich meine kleine Schwester vor allem schützen, was ihr weh tun könnte, doch vor dem Tod war niemand sicher. Nun saß ich also auf meiner Couch und heulte, zusammen mit Nora, am Telefon. Ich wusste nicht was ich sagen sollte, ich hatte keine Worte die ihr helfen könnten. Die hatte ich ja nicht einmal für mich selbst. Wie sollte ich ihr helfen, wenn ich es nicht mal bei mir selbst schaffte? »Können wir zu Silvia fahren?«, fragte Nora irgendwann zwischen ihren Heulkrämpfen, doch ich verneinte dies.

»Wieso nicht?«, hakte sie zitternd nach und beruhigte sich allmählich ein kleines Bisschen. »Weil es ihr sehr schlecht geht, sie... redet mit niemandem mehr«, erklärte ich und wischte mir die Tränen mit einem Taschentuch weg. »Vielleicht redet sie mit mir?«. Ich konnte einen kleinen Funken Hoffnung in ihrer Stimme hören. »Ich weiß nicht, du solltest dir da keine allzu großen Hoffnungen machen«, meinte ich, doch sie hatte sich bereits in den Kopf gesetzt, Silvia zum Sprechen zu bringen. Ich zögerte erst, doch dann sagte ich ihr, dass ich sie gleich abholen würde. Lev schrieb ich währenddessen eine Nachricht, er hatte kein Problem damit. *Schlimmer kann es sowieso nicht mehr werden, sie kann ihr Glück ruhig versuchen.*

Also saß ich 10 Minuten später im Auto, auf dem Weg zu meiner Schwester. Wird Silvia mit ihr sprechen?

-14-

Ablenkungsmanöver

Ella

»Ich halte das für eine wirklich bescheuerte Idee, Ella!«, motzte Anne, als ich sie am Freitagabend in die Richtung der Bars zog. Heute würden Anne und ich hier den Abend verbringen. Ich würde ihr zeigen, dass es auch noch andere Männer außer Manuel gab. Sie war jetzt Single, also konnte sie sich austoben. »Ich will aber gar keinen anderen«, jammerte sie die ganze Zeit, doch ich beachtete das gar nicht, da das der Standartspruch einer frisch getrennten Frau war. »Glaub mir, du wirst heute Abend viel Spaß haben«, sagte ich voller Enthusiasmus, doch Anne verdrehte nur die Augen. War ja klar, dass sie sich erst einmal weigerte, aber wenn sie sah, wie viel Spaß sie auch ohne Manuel haben konnte, änderte sich ihre Meinung bestimmt. Ich steuerte auf meine Lieblingsbar zu, in der es die besten Cocktails gab. Ich ging zwar sonst nie feiern, aber wenn ich mal loszog, dann dahin. »Los, komm!«, befahl ich meiner besten Freundin und sie folgte mir mürrisch. Ihre Miene passte so gar nicht zu ihrem Outfit. Sie hatte sich in Schale geworfen, auch wenn sie behauptete, die Meinung anderer Männer würde sie so gar nicht interessieren. Sie trug eine schwarze

Jeans, Stiefeletten und ein Sweatshirt mit ziemlich tiefem Ausschnitt. Dazu hatte sie ihre Haare geglättet. Das Gesamtpaket sah wirklich sexy aus.

In der Bar fanden wir noch genau einen freien Tisch und ließen uns sofort dort nieder. »Was willst du trinken? Ach, weißt du was? Ich hole dir einfach was, lass dich überraschen«, sprach ich und lief, erhobenen Hauptes, zur Bar. Dort standen zwei Barkeeper, die beide nicht zu verachten waren. Anne konnte mich von hier aus sehen, ich drehte mich also um und zwinkerte ihr zu. Sie verstand sofort und verdrehte schon wieder die Augen. Ich blieb dennoch optimistisch, denn nach einem Cocktail würde sich ihre Laune ganz sicher heben. Keine Ahnung wieso ich heute so gut drauf war. Ich hatte wohl einfach Lust meine beste Freundin mal wieder lachen zu sehen. Eines spukte mir allerdings die ganze Zeit im Kopf herum, auch wenn meine Laune so gut war. Alex hat sich immer noch nicht gemeldet. Inzwischen war es fast eine Woche her, ich sollte ihn wohl vergessen. Zum Glück konnte ich mich diese Woche gut von diesem Gedanken ablenken. Wir haben so viel zu tun gehabt, mit Wohnungsbesichtigungen und dem ganzen Kram. Für zwei Wohnungen haben wir nun unser Interesse ausgesprochen und warteten jetzt auf Antwort. Hoffentlich bekamen wir eine Zusage.

»Hi, was bekommt die schöne Frau denn?«, fragte der Kellner und lächelte. »Zweimal Sex on the Beach, bitte«, bestellte ich und von ihm kam nur ein »Kommt sofort«, mit einem Zwinkern. Ich sah ihm zu. Ich mochte es beim Cocktail mixen zuzusehen, mir gefiel es, wie geschickt und schnell die Barkeeper das taten. Außerdem fand ich es auch ziemlich sexy, keine Ahnung wieso. Vor meinem geistigen Auge erschien Alex und mixte mir oberkörperfrei einen perfekten Cocktail. Dabei sah er mir immer wieder tief in die Augen. Wow! Als ich aus meinem Tagtraum erwachte, hielt mir der Barkeeper die beiden Cocktails entgegen und grinste mich amüsiert an. Mit einem schüchternen Lächeln nahm ich sie entgegen und bewegte mich sehr zügig zurück zu meiner besten Freundin, die gelangweilt am Tisch saß. »Bitte sehr, gnädige Frau. Ein Sex on the Beach«, trat ich dann förmlich an Anne heran und überreichte ihr das Glas, wie einen Krug aus Gold. »Danke«, antwortete sie und nahm einen großen Schluck. »Der ist gut«, sagte sie und schien ganz überrascht. »Glaubst du etwa, diese Männer machen schlechte Cocktails?«. Ich sah rüber zu den beiden Barkeepern, die von Frauen regelrecht umringt wurden. Anne lächelte. Nur kurz, aber es war ein Lächeln! Ja! Ich habe sie bald soweit. »Du hast zwar jetzt schon getrunken, aber lass uns anstoßen. Auf unsere baldige Mädels-WG und deine Freiheit«, sprach ich und beim letzten Wort, blitzten Annes Augen traurig auf. Bis sie ihre Freiheit wirklich genießen konnte, würde es wohl noch ein Weilchen dauern, aber das war okay. Eine längere Beziehung konnte man eben nicht einfach so von heute auf Morgen vergessen, doch ich würde ihr dabei helfen. Andere Mütter hatten auch schöne Söhne, wie Anne sehr bald herausfinden würde...

***

Später am Abend waren wir beide ein wenig angeheitert und beschlossen kurzerhand ins Krystalize zu gehen. Anne bekam plötzlich total Lust zu tanzen und ich freute mich, weil das bedeutete, dass mein Ablenkungs-Plan tatsächlich funktionierte. »Ich geh noch mal schnell auf's Klo«, teilte sie mir mit und ich lief schon mal vor die Tür. Es war kälter geworden und ich zog den Reißverschluss meiner Jacke bis ganz nach oben zu. Im nächsten Augenblick klingelte mein Handy. Nanu? Wer rief mich denn um halb 12 an? Nach einem kurzen Blick auf meinen Display, wusste ich es.

»Alex?«, meldete ich mich überrascht und vom anderen Ende der Leitung, vernahm ich ein Räuspern. »Hallo, Ella. Es tut mir leid, dass ich erst jetzt anrufe«. Mir auch, dachte ich und wartete auf seine nächsten Worte. Das hatte ich zumindest vor, aber mein Mund war schneller. »Wieso hast du dich nicht gemeldet? Ich dachte unser Treffen ist gut gelaufen. Du hättest nicht anrufen müssen, wenn du kein Interesse hast. Ist schon okay, ich...«, plapperte ich los, obwohl ich meine Klappe halten wollte! Zum Glück unterbrach Alex meinen Redeschwall. »Ella, nein. So ist das nicht. Es gab einen Grund, wieso ich mich nicht gemeldet habe. Ein guter Freund von mir ist gestorben«. Oh, Nein! Mit einem Mal waren mir meine vorigen Worte am Telefon total peinlich. »Das tut mir leid«, bekam ich nur heraus. »Ich wollte mich melden, aber... Naja... Mir ging es eben nicht so gut«, sagte Alex und ich kam mir vor, wie eine Idiotin. »Das ist verständlich«, meinte ich nur und schlug mir dann mit der flachen Hand auf die Stirn. *Depp!* Dachte ich nur und sagte erst einmal gar nichts. Ich wollte nicht, dass er dachte, ich wäre verrückt. Er hat mir immerhin von dieser gestörten Frau berichtet, mit der er sich ein Mal getroffen hatte. »Ich würde dich gern wiedersehen«, sprach er plötzlich und mein Herz begann, wie wahnsinnig zu pochen. Er wollte mich wiedersehen! Das hieß, er hielt mich nicht für verrückt! Am liebsten würde ich in diesem Moment auf und ab springen, doch das würde komisch aussehen, vor diesen vielen Menschen hier. Außerdem würde Anne gleich wiederkommen. »Ich würde dich auch gern wiedersehen«, antwortete ich und meine Stimme wurde ganz leise, trotz der lauten Masse hinter mir. »Ganz schön laut bei dir«, stellte Alex fest und ich lachte. »Ja, ich bin mit Anne unterwegs«.

»Dann will ich euch beide nicht stören, ich wollte dich nur anrufen und dir sagen, dass ich dich nicht vergessen habe. Ich rufe dich morgen noch mal an«. »Ist in Ordnung. Tschüss, Alex«, verabschiedete ich mich und von ihm kam ein »Tschüss, Ella«, dann legte er auf.

...nicht vergessen habe hallten Alex Worte in meinem Kopf wider und ich musste grinsen. Er hatte mich nicht vergessen und er wollte mich wiedersehen. Sein Anruf hob meine Laune extrem, nun konnte der Abend noch besser werden. Er und ich würden uns wiedersehen. Mein Herz machte bei diesem Gedanken einen großen Sprung. Ich freute mich schon sehr. »Ella? Ella?«, rief auf einmal Anne und suchte mich, obwohl sie sich nur umsehen müsste und mich dann sofort entdecken würde. »Anne, hier drüben«, lotste ich sie und dann sah sie mich endlich. »Da bist du ja. Ich dachte schon, ich habe dich verloren«. Sie klang beschwipst. Beschwipster als ich es war, irgendwie hatte mich der Anruf von Alex wieder komplett nüchtern gemacht. »Es kann losgehen, wuhuuuu«, rief Anne und rannte los. Das Krystalize war nur fünf Gehminuten von uns entfernt. Annes Wohnung konnten wir ebenfalls zu Fuß erreichen. Ich kicherte

und lief ihr hinterher. Ein paar Passanten blieben stehen, schauten uns zu und schüttelten entweder den Kopf oder grinsten. War mir egal, meine Welt war gerade vollkommen. Den Rest der Nacht verbrachten Anne und ich also im Krystalize und tanzten, bis uns sämtliche Gliedmaßen weh taten und wir uns kaum noch bewegen konnten. Die Menschenmasse schienen wir dabei komplett auszublenden, sie fiel uns gar nicht auf, obwohl sie uns sonst immer extrem störte. Heute Nacht war aber alles egal. Wir hatten einfach nur Spaß.

***

»Alex hat dich gestern Nacht angerufen und du erzählst mir das erst jetzt?«. Anne sah mich etwas verärgert an. Wir saßen gerade bei ihr am Frühstückstisch und aßen. »Ich wollte dich nicht mit meinen Männergeschichten nerven«, erklärte ich, doch Anne schüttelte nur den Kopf. Sie nahm sich eine Waffel aus dem Toaster, legte sie auf ihren Teller und streute Puderzucker darüber. »Du nervst mich niemals, okay? Zumindest nicht mit Männergeschichten. Ich finde solche Storys immer sehr interessant, das weißt du doch. Also raus damit, was hat er gesagt?«. »Er hat sich dafür entschuldigt, dass er sich nicht gemeldet hat und dann gesagt, dass er mich wiedersehen will«, erzählte ich und Anne setzte ihren verträumten Blick auf. »Hach, wie schön... Moment, wieso hat er sich so lange nicht gemeldet?«, fragte sie stirnrunzelnd und ich sagte ihr den Grund. »Der hat aber auch immer gute Gründe, der Mann. Manuel hat mir immer die dümmsten Ausreden aufgetischt, die hätte ihm nicht mal seine Großmutter geglaubt«, klagte Anne und ich warf ihr einen mitfühlenden Blick zu. Gott sei Dank war sie diesen Trottel jetzt endgültig los. »Hoffentlich bekommen wir die Wohnung nahe vom Blumenladen, das wäre der absolute Hammer«, wechselte ich das Thema und Anne stimmte mir mit einem Nicken zu. »Die Andere wäre auch okay. Ich hoffe einfach, dass wir eine von den beiden kriegen«, meinte sie und ich seufzte. »Wird schon schiefgehen«.

***

Nach dem Frühstück fuhren Anne und ich zur Arbeit. »Zum Glück heute nur bis 13:30«, meinte sie zu mir, als wir gerade den Laden betraten. Gloria war schon da. »Hallöchen, Mädels«, begrüßte sie uns und wir begrüßten sie ebenfalls. In meinen Gedanken war ich völlig woanders, nämlich bei Alex. Hoffentlich meldete er sich bald bei mir, ich drehte hier noch durch. *Ruhig, Ella! Er hat gesagt, er ruft dich Mor-*

gen an. Vielleicht ist ihm irgendetwas dazwischengekommen. »Wir haben gestern eine Anfrage für eine Hochzeit bekommen, die in einem Monat stattfindet. Ich wollte euch nur frühzeitig Bescheid geben, ihr wisst ja, wie es an einer Hochzeit abläuft«, teilte Gloria uns mit und Anne stöhnte. »Es geht drunter und drüber«, ergänzte sie und unsere Chefin nickte. »Deswegen bitte ich euch beide, überpünktlich hier zu sein. Einfach so, wie ihr es immer seid, wenn ein großes Event ansteht«. Wir nickten und gaben ihr unser Ehrenwort. Auf keinen Fall würden wir Gloria an diesem Tag im Stich lassen. Hochzeiten waren auch ohne fehlendes Personal schon stressig genug. Während Anne und ich unserer Arbeit nachgingen, konnte ich mich kaum konzentrieren. Wann würde Alex mich anrufen? Wieso dachte ich die ganze Zeit an ihn? Wieso nervte mich das so?

»Ella, könntest du bitte den Kunden bedienen, ich muss mal schnell für kleine Mädchen«, flüsterte Anne mir auf einmal ins Ohr. Wie ferngesteuert nickte ich und steuerte auf die Kasse zu, vor der ein grimmig dreinblickender Mann stand. War ja klar, die schwierigen Kunden übergab sie wieder mir. Ich musste mich beherrschen nicht die Augen zu rollen, könnte eventuell falsch rüberkommen. »Guten Morgen, was kann ich für Sie tun?«, begrüßte ich ihn freundlich, doch er verzog keine Miene. Ich bekam auch kein guten Morgen von ihm. Tz! Er murmelte etwas in seinen Bart hinein und sah dann in meine Richtung, aber nicht mir in die Augen. »Mein Kaktus ist kaputt«, teilte er mir schließlich mit und ich wusste erst mal nicht, was ich darauf antworten sollte. Allerdings redete er einfach weiter. »Ich habe ihn hier gekauft und jetzt ist er kaputt. Keine 2 Monate alt, ist er geworden«. Mit fragendem Blick sah ich ihn an und fragte: »Wie oft haben Sie ihren Kaktus denn gegossen?«. Diese Frage stellte ich immer zuerst, wenn jemand ein Problem mit seinem Kaktus hatte. »Jeden Tag, so wie sich das gehört«, sagte er fest und schaute mich wissend an. »Entschuldigen Sie, aber man sollte einen Kaktus niemals übergießen. Der Kaktus ist eine sehr robuste Pflanze und heiße Temperaturen gewohnt, er braucht nicht so viel Wasser«, erklärte ich, doch von Einsicht war bei dem Mann keine Spur. Stattdessen beschuldigte er mich, dass ich ihm davon nichts gesagt hätte. »Wurden Ihnen keine Pflegehinweise gegeben?«, fragte ich und blieb dabei ganz ruhig und geduldig, ganz im Gegensatz zu meinem Kunden. »Nein und jetzt ist mein Kaktus kaputt. Toll! Hätte mir mal einer gesagt, dass man den nicht so oft gießen soll, wäre das nicht passiert. Ich werde hier nicht mehr einkaufen!«, schnauzte er, drehte sich um und verschwand einfach so aus dem Laden, ohne ein Tschüss. Ohne nichts. Boah! Das konnte doch

nicht sein Ernst sein! Im gleichen Moment kam Gloria zurück, die gerade den Lagerbestand überprüft hatte und fragte: »Was war denn das für ein Gemecker?«. Ich winkte ab
und erzählte ihr von dem Mann, der eben hier war. »Unverschämte Leute gibt es«, meinte Gloria dazu nur und schüttelte den Kopf. »Bin wieder da... Oh, ist er schon weg?«,
wollte Anne wissen, als sie gerade von ihrer Toilettenpause
zurück war. »Ja, aber du hast nichts verpasst«, grummelte
ich und ging zurück an die Arbeit.

Den restlichen Arbeitstag verbrachte ich damit, andauernd
auf die Uhr zu schauen. Ich wünschte mir sehnlichst, dass
Alex sich endlich melden würde. Ab und zu lief ich auf die
Toilette, um nach möglichen verpassten Anrufen oder
Nachrichten zu sehen. Aber da war jedes Mal nichts. Nachdem ich ungefähr zum 10ten Mal vom Klo zurückkam
grinste Anne mich breit an. »Was?«, fragte ich und sie zuckte die Schultern. »Ach nichts, ich frage mich nur, warum du
ständig auf dem Klo verschwindest«. »Das tu ich doch gar
nicht«, bestritt ich, doch vor meiner besten Freundin konnte
ich einfach nichts verbergen. »Na gut... Du hast mich ertappt. Sagen muss ich es dir trotzdem nicht, du weißt doch
ganz genau was los ist«, sprach ich und Anne kicherte. Wie
lange würde dieser Tag denn noch dauern?

***

13.45

ENDLICH FEIERABEND!!!

Ich holte gerade Jacke und Tasche und entsperrte sofort meinen Display. Immer noch nichts. Verdammt! Hoffentlich meldete er sich noch bei mir, ich wollte ihn unbedingt wiedersehen.

»Und?«, wollte Anne wissen, doch ich schüttelte nur den Kopf. »Ach, er wird sich schon noch melden, mach dir da mal keine Sorgen. Ich gehe jetzt erst mal Sport machen«, erklärte sie und meine Augen weiteten sich bei ihren letzten Worten. »Sagtest du gerade Sport? Habe ich es geschafft dich dazu zu bringen?«. Voller Vorfreude starrte ich sie an, während sie sich ihren Mantel überzog. »Ja, hast du. Zufrieden?«, gestand sie und ich jubelte los. »Yuhuu! Ich habe es geschafft, Ich habe es geschafft! Ich bin so guuuuuut«. Anne verdrehte nur die Augen und zog mich leicht am Arm, als Zeichen raus zu gehen. Draußen ging mein Jubeln weiter, ich musste sie jetzt damit aufziehen, weil sie ewig behauptet hatte, Nichts und Niemand könne sie jemals dazu bringen, Sport zu machen. Oh doch!

ICH! ICH! ICH! Yes!

Irgendwann bekam ich mich wieder ein und verabschiedete mich von Anne. »Wir sehen uns«, sagte ich und umarmte sie. Danach stieg ich grinsend in mein Auto. Auf der Heimfahrt drehte ich mein Radio laut auf und sang mit. Endlich habe ich das Unmögliche geschafft.

***

15.00

Ruf mich endlich an! schrie mein Inneres ungeduldig und ich lief erst mal zum Kühlschrank. Was könnte ich essen? Ach, ich hau mir einfach eine Fertigsuppe rein, habe jetzt echt keine Lust zu kochen und auch keinen Nerv dafür. Ich kramte also in einem meiner Schränke herum, auf der Suche nach einer Dose Erbsensuppe. Die schmeckte zwar nicht sonderlich gut, aber für ein faules Mittagessen reichte sie vollkommen aus. Danach schnappte ich mir noch meinen Dosenöffner und seufzte. Als ich gerade die Dose öffnen wollte, klingelte mein Handy. So schnell wie der Blitz kramte ich es aus der Tasche und ging sofort ran, ohne zu schauen, wer überhaupt dran war.

»Hallo?«, meldete ich mich eifrig.

»Hey Ella. Ich bin´s«, begrüßte mich Alex und ich jubelte innerlich.

»Schön, dass du anrufst«, sagte ich ehrlich und musste mich wirklich anstrengen, ihm nicht zu viel von meiner Freude zu offenbaren.

»Ich hab dir doch gesagt, ich rufe morgen an«, antwortete er sanft.

»Und jetzt?«, fragte ich neugierig und meine Finger spielten dabei mit der Dose herum, die ich gerade öffnen wollte.

»Hör zu, vorhin hat mich ein Kumpel gefragt, ob ich mit ihm und ein paar Freunden zum Lasertag gehen will. Hast du Lust mitzukommen? Du kannst auch deine Freundin mitbringen«, schlug er vor und ich fand die Idee gut. So mussten wir uns nicht wieder irgendwo krampfhaft gegen-übersitzen, sondern konnten locker zusammen Lasertag spielen. »Ja, das ist eine gute Idee, ich werde Anne fragen«, antwortete ich also und könnte schwören, Alex am anderen Ende der Leitung erleichtert aufatmen zu hören. Dachte er vielleicht, ich würde zu seiner Idee »Nein« sagen? »Gut, dann ist ja alles geklärt. Wir treffen uns um acht, bis dann«, sprach er. »Bis dann, ich freue mich«, sagte ich und wusste nicht, ob ich die letzten drei Worte hätte sagen sollen. Egal, jetzt waren sie raus. »Ich freu mich auch«, antwortete Alex noch und legte dann auf. Puh! Meine Worte haben ihn nicht abgeschreckt. Zum Glück. Sofort tippte ich eine Nachricht an Anne ein, in der ich sie fragte, ob sie mit zum Lasertag gehen wollte. Während ich auf ihre Antwort wartete, öffnete ich die Dose, leerte die Suppe in einen tiefen Teller und stellte diesen in die Mikrowelle. Dazu nahm ich mir noch einen Toast. Ich liebte Suppe mit Toaststücken. *Piep!*, machte die Mikrowelle nach drei Minuten und ich holte den, mal wieder viel zu heißen Teller, raus und schmiss mich damit auf die Couch. Im selben Moment bekam ich eine Nachricht von Anne.

Ich weiß nicht ob ich mitgehen soll... ich kenne da doch keinen..., schrieb sie nur, doch diese Ausrede zog bei mir nicht. Ich teilte ihr die Uhrzeit mit und dass sie gefälligst da sein sollte, fertig! Keine Widerrede! Dann musste ich wieder an Alex denken, ich freute mich schon so wahnsinnig auf ihn. Meine Gedanken flogen zu ihm und seinen schönen Augen und dem sexy Körper. Heute würde ich ihn wiedersehen. Ob er auch so fühlte wie ich? War er auch voller Vorfreude? Pochte sein Herz bei dem Gedanken an mich? So viele Fragen, auf die ich im Moment keine Antwort hatte und am besten auch nicht darüber nachdenken sollte. Immerhin trafen wir uns gerade erst das zweite Mal, da konnte man noch gar nichts sagen. Ich dachte schon wieder viel zu viel nach, was typisch für mich war.

-15-

Talk to me

Alex

»Ich werde sie zum Sprechen bringen, ich weiß es«, sagte Nora aus fester Überzeugung zu Lev, als wir endlich bei seiner Mutter ankamen. Lev sah echt kacke aus, er hatte bestimmt schon länger nicht mehr geschlafen. Seine Augen waren total gerötet und dick geschwollen. »Versuch es ruhig«, meinte er nur schwach und brachte Nora zu Silvia. Vor der Tür blieb er stehen und deutete ihr hinein zu gehen. Als sie drinnen war runzelte ich die Stirn. »Na, ob das klappt?«. Fragend sah ich ihn an und er zuckte die Schultern. »Ich denke nicht, aber Nora scheint ja sehr überzeugt davon zu sein, dass sie es schafft«. Ich nickte und wir liefen zurück in die Küche, wo seine Großeltern und seine kleine Schwester Larissa saßen. »Levin, du solltest schlafen gehen«, tadelte seine Oma, doch er schüttelte nur den Kopf. »Ich schlafe nicht. Also, ab und zu schon... Aber es funktioniert nicht lange«. »Wir machen uns Sorgen, Levin«, erwiderte sein Opa und die beiden sahen ihn mitleidig an. »Schon okay, ich werde es überleben«, sagte Lev dazu nur und versuchte ein Lächeln. Es gelang ihm aber nicht wirklich. Statt sich mal hinzulegen, lief er zum Kühlschrank und holte eine Flasche

Schnaps heraus. »Wir sollten einen trinken«, sprach er und holte fünf kleine Schnapsgläschen aus einem der Hängeschränke. »Papa hätte das gewollt«, fügte er noch hinzu, als er die skeptischen Blicke seiner Familie sah. Sie nickten nur widerwillig und auch ich wusste nicht so Recht, ob ich jetzt trinken sollte. Ich musste ja auch nach Hause fahren. »Scheiß drauf«, murmelte ich schließlich und lief rüber zu meinem besten Kumpel. Er brauchte mich jetzt und wenn er mit mir einen trinken wollte, dann machte ich gefälligst mit. »Prost! Auf Papa«, sprach er und wir tranken unsere Gläser alle in einem Schluck aus. Seine Oma hustete. »Ich hoffe, der war nicht zu stark, Oma«, kommentierte er nur und dann lachte sie, vermutlich das erste Mal, seitdem sie hier war. Lev lachte mit und diesmal war sein Lachen echt. »Kommt, noch einen«, sagte er und seine Familie war einverstanden. Ich sagte dieses Mal jedoch Nein, ich hatte da nämlich noch etwas zu erledigen, was ich längst hätte tun sollen. »Ich bin gleich zurück«, sagte ich und verschwand nach draußen, vor die Tür. Ich musste Ella anrufen!

Du solltest das nicht tun! Ermahnte mich mein Inneres, doch ich hörte nicht darauf. Dieses Mal nicht. Meine Finger tippten bereits ihre Nummer ein. Es schien, als hätten sie sich selbstständig gemacht. Ich konnte also ohnehin nichts dagegen tun, ich spürte einfach, dass ich sie anrufen musste.

Dieses Mal wollte ich total selbstsicher rüberkommen. Also los! Es klingelte und ich lief ungeduldig hin und her. *Nichts falsch machen, du schaffst das!* Sagte ich im Innern zu mir selbst und hoffte, dass das etwas brachte.

»Alex?«, meldete sich ihre hübsche Stimme irgendwann und ich räusperte mich. Wie ein Frosch zu klingen, wäre jetzt definitiv nicht gut. »Hallo, Ella. Es tut mir leid, dass ich erst jetzt anrufe«, sagte ich und war froh, diesen ersten Satz über die Lippen gebracht zu haben, ohne mich wie ein Idiot aufzuführen. Ich überlegte, was ich als nächstes sagen könnte, doch Ella übernahm. »Wieso hast du dich nicht gemeldet? Ich dachte unser Treffen ist gut gelaufen. Du hättest nicht anrufen müssen, wenn du kein Interesse hast. Ist schon okay, ich...«. Was? Das dachte sie von mir? Sie dachte, ich hätte kein Interesse an ihr? Konnte man an dieser wunderschönen Frau denn überhaupt NICHT interessiert sein? Schnell unterbrach ich sie, sie sollte auf keinen Fall denken, dass sie mir nicht gefiel. »Ella, nein. So ist das nicht. Es gab einen Grund, wieso ich mich nicht gemeldet habe...«, sprach ich und erzählte ihr vom Tod meines „guten Freundes". Eigentlich wollte ich noch erwähnen, wie gut sie mir gefiel, aber das bekam mein Mund einfach nicht hin. Scheiße! Jetzt dachte sie bestimmt, ich wollte ihr Mitleid. »Das tut mir leid«, sagte sie und da war es auch schon. Ich erklärte ihr, dass es mir nicht so gut gegangen wäre und ich mich deshalb nicht gemeldet hätte. Das stimmte zwar, aber es regte mich bereits jetzt auf, dass ich mich bei Ella so ausheulte. Das wollte ich mit diesem Anruf definitiv nicht bezwecken! Ich war ein Idiot und habe schon wieder alles falsch gemacht. Ich musste schnell etwas ändern. »Ich würde dich gern wiedersehen«, platzte es plötzlich aus mir heraus und ich hörte Ella am anderen Ende der Leitung laut einatmen. Sie war zu süß! Ich war selbst überrascht darüber, dass ich diesen Satz einfach so von meinen Lippen gebracht habe. Es war so leicht. Komisch. Wir schwiegen uns nun kurz an, ich wartete auf ihre Antwort. Wollte sie mich auch wiedersehen?

»Ich würde dich auch gern wiedersehen«, antwortete sie leise. Im Hintergrund war es allerdings sehr laut. »Ganz schön laut bei dir«, bemerkte ich und sie erklärte daraufhin, dass sie mit Anne unterwegs war. Da ich sie nicht weiter stören wollte, teilte ich ihr mit, dass ich sie Morgen noch einmal anrufen würde. Ich versprach mir selbst, es diesmal so früh wie möglich zu tun! Sie sollte nicht denken, dass ich ein Idiot war, der immer zu spät kam und seine Aussagen nicht einhielt. »Tschüss, Ella«, verabschiedete ich mich schließlich und legte auf. Ihre schöne Stimme hallte in meinem Kopf wider. Ich wollte mehr davon, mehr von ihr. Ich wollte sie hören, sie sehen und vor allem spüren. Ich stellte mir ihren nackten Körper vor, wie sie sich unter mir wandt und leise stöhnte. Ihre geröteten Wangen, die vollen Lippen, ihre Brüste. Gott, sie hatte bestimmt schöne Brüste.

»Alex, komm schnell rein, das musst du dir ansehen!«, weckte mich plötzlich

Levs Stimme aus meinem Tagtraum. Schnell lief ich zurück ins Haus, ihm hinterher, bis vor die Tür des Schlafzimmers von Silvia. Dort standen bereits seine Großeltern und Larissa und lauschten. »Was macht ihr denn vor der Tür, ihr...«, wollte ich sagen, doch Levs Schwester meinte nur »Sht! Hör doch mal hin!«. Ich presste mein Ohr gegen die Tür und dann konnte auch ich es hören. Lachen. Zuerst das von Nora und dann das von ... Silvia! Sie lachte! »Sie lacht«, wisperte Levs Großmutter und ihr standen bereits Tränen in den Augen. Der Großvater nahm sie in seine Arme und dann weinte sie ein wenig. Tränen der Freude, weil Silvia wieder lachte. »Wir sollten dieses Geräusch genießen, wir wissen nicht, wie lange sie so ausgelassen sein wird«, meinte Lev und er hatte damit vollkommen Recht. Nur weil Silvia gerade lachte, hieß das nicht, dass sie jetzt wieder „normal" war. Es könnte auch einfach nur ein kurzer Augenblick sein, der bald wieder vorbei war. Levs Großeltern stimmten ihm schweigend zu und dann gingen wir alle wieder zurück in die Küche. Die Freude über Silvias Lachen war schnell wieder verflogen. Nora blieb noch etwas bei ihr und kam schließlich, nach über einer Stunde, wieder zurück zu uns. »Und?«, wollten wir alle neugierig wissen und sie setzte sich erst einmal zu uns an den Küchentisch. »Naja. Sie ist nicht gerade stabil, würde ich sagen. Gesprochen hat sie nicht, aber einmal hat sie sehr gelacht. Vielleicht habt ihr das gehört«, erzählte sie und wir nickten. Schade, dass sie sie nicht zum Sprechen gebracht hatte, aber irgendwie war es ja auch klar gewesen. Silvia hat ihren Mann verloren, sie musste das jetzt alles verarbeiten und das würde seine Zeit dauern. Jeder Mensch trauert anders. Manche reden gern darüber und wollen Gesellschaft, andere wiederum nicht. Manche zeigen ihre Gefühle, andere behalten sie lieber für sich. Alle Arten sind ganz natürlich. Es gibt kein „normales Verhalten“ nach dem Tod eines geliebten Menschen. Ich wusste genau wie Silvia sich fühlte. Damals brach eine Welt für mich zusammen. Der Sinn des Lebens entwich mir, als ich meine Eltern verloren hatte. Ich war jung und hätte sie gebraucht. Ein Kind glaubt nicht, ohne seine Eltern leben zu können, immerhin ist es auf sie angewiesen. Für Nora und mich war das sehr schlimm, wir konnten lange nicht akzeptieren, dass sie tot waren. Auch heute noch rollen mir ab und zu Tränen über die Wangen, wenn ich an sie denken muss. Das passiert allerdings nur wenn ich alleine bin. Normalerweise weine ich vor niemandem, außer eben vor Nora. »Sie wird nie wieder ganz die Alte sein«, sprach Levs Opa auf einmal und wir alle sahen ihn schockiert an, wussten aber ganz genau, wie Recht er hatte. Der Tod veränderte einen. Niemand, der einen Menschen verloren hatte, wird wieder so, wie er davor einmal war. Irgendetwas änderte sich immer, sei es ein Charakterzug oder eine Angewohnheit. Völlig egal, man wird einfach anders. Ich erinnerte mich an Silvia, wie sie damals war. Immer fröhlich, gut gelaunt und eine unglaubliche Köchin. Niemand kochte so gut wie sie. Wie würde sie wohl sein, wenn sie den schlimmsten Teil ihrer Trauer überwunden hatte? Würde sie wieder fröhlich sein und gut gelaunt? Würde sie wieder kochen, oder gar keine Lust mehr dazu haben? Irgendetwas änderte sich auf jeden Fall. Ich hatte ein wenig Angst davor, was es sein könnte. Hoffentlich würde sie nicht so werden, wie ich. Meine Liebe zum Leben war weg. Ich glaubte nicht mehr an das Gute. Klar, ich lebte schon irgendwie gern und tot sein wollte ich jetzt auch nicht unbedingt. Ich bin eben vorsichtig geworden, mit meiner Freude. Als Kind war ich, genau wie Nora, total neugierig und abenteuerlustig. Ich wollte immer wieder Neues entdecken, waren es Orte oder andere Dinge. Damals habe ich mit meiner Schwester beschlossen eine Weltreise mit ihr zu machen, wenn wir groß sind. Dazu ist es aber nie gekommen, weil wir unsere Eltern verloren und dadurch auch die Lust fürs Abenteuer. Ich sah rüber zu meiner Schwester, die mich geknickt ansah, fast so, als wüsste sie an was ich gerade dachte. So saßen wir noch den ganzen Abend, tranken Schnaps, unterhielten uns über Silvia und erwähnten auch Bob. Jedes Mal, wenn sein Name fiel, schmerzte es und ich hatte das Gefühl, tausend kleine Nadeln stachen auf mein Herz ein.

***

Spät in der Nacht fuhr ich wieder nach Hause. Mir wurde zwar angeboten dort zu übernachten, doch ich hielt es nicht in diesem Haus aus. Mein eigenes Bett, in meiner eigenen Wohnung, war mir da viel lieber.

Endlich in meinem Bett, entsperrte ich mein Handy und entdeckte eine Nachricht auf dem Display. Sie war von Ella. Beim Gedanken an sie wurde mir ganz warm und das Gefühl der tausend Nadeln in meinem Herzen verschwand für einen winzigen Augenblick.

Ich wollte dir noch einmal sagen, dass mir das mit deinem Freund sehr leidtut.

Entschuldige, falls ich am Telefon etwas unfreundlich war.

Ich freue mich schon dich zu sehen

Am Ende der Nachricht befand sich noch ein kleiner Kuss-Smiley. Ich lächelte. Diese paar Sätze, die ja an sich nichts Besonderes waren, brachten mich tatsächlich zum Lächeln. Sie hatte an mich gedacht und mir gesagt, wie leid es ihr tat. An sich konnte ich Mitleid absolut nicht leiden, doch bei ihr habe ich das Gefühl, sie wollte wirklich, dass es mir besserging. Wann sie unfreundlich gewesen sein sollte wusste ich nicht, auf mich machte sie einen sehr freundlichen Eindruck. Schlagfertig war sie, wie ich mitbekommen hatte, aber unfreundlich keineswegs! Mit einem Grinsen auf dem Gesicht antwortete ich ihr. Sie schlief wahrscheinlich schon längst, aber das war mir egal. Dann las sie es eben morgen früh.

Danke, wirklich sehr aufmerksam von dir... Nein, klang blöd. Schnell löschte ich diesen Teil wieder.

Schön, dass du an mich denkst... Was? Nein!!!

Ich kann mich nicht erinnern, dass du jemals unfreundlich warst... schon besser!

Ich freue mich auch, bis Morgen.

So, das würde reichen. Ich ging einfach nicht auf die Sätze ein, auf die ich keine Antwort hatte. Ans Ende meiner Nachricht setzte ich einen Grinse-Smiley und legte mich dann endlich schlafen. In dieser Nacht träumte ich von Bob und meiner Kindheit mit Lev. Der Traum war allerdings sehr verwirrend und dunkel...

»Bobby?«, fragte ich. »Ja?«, antwortete er und sah mich dabei fragend an. Er war gerade dabei seinen Wagen zu reparieren. »Dürfen Lev und ich später mit in den Wald, wenn du Holz holen gehst?«. Ich hoffte, dass er ja sagen würde, Lev und ich wollten unbedingt mit, weil er mir etwas richtig Cooles zeigen wollte. »Na gut. Aber nur unter einer Bedingung...«, fing er an und ich unterbrach meine aufkommende Freude. Bedingungen verhießen nie Gutes. »...Ihr stellt keinen Unsinn an«, beendete er und ich grinste. »Werden wir bestimmt nicht, danke Bobby!«. Bevor er noch etwas sagen konnte, war ich bereits losgerannt, um Lev Bericht zu erstatten. Hinter der alten Hütte, wartete er schon ungeduldig auf mich. »Und? Hat er ja gesagt? Bitte sag mir, dass er ja gesagt hat«. Lev sah mich schon völlig verzweifelt an, weil ich meine Freude aus Spaß vor ihm verbarg. Schließlich knickte ich ein und lachte laut los. »Na warte«, rief er und dann rannte ich vor ihm davon. Er war mir dicht auf den Fersen, doch ich war schneller als er. An unserem Lieblingsbaum hielt ich schließlich an und wurde kurz darauf von Lev zu Boden geschmissen. Wir lachten und kämpften, bis wir irgendwann nicht mehr konnten. Nun lagen wir im Gras und sahen hinauf in den Himmel. »Da oben, siehst du es?«, fragte er mich dann, doch ich wusste nicht, was er meinte. »Wo? Was meinst du?«, wollte ich wissen und suchte den kompletten Himmel ab, konnte aber nichts erkennen. Keine einzige Wolke, nur blau. »Na, Papi, du

Dummerchen!«, kicherte Lev nur und plötzlich verschwanden der Baum, das Gras und sogar der Himmel. Auch mein bester Freund löste sich auf und ich befand mich im nächsten Augenblick in einem schwarzen Nichts. »Wo bin ich?«, rief ich ängstlich, doch bekam erst einmal keine Antwort. Zuerst stellte ich mich hin und schaute mich um. Ein Tunnel! Ich sah einen Tunnel! Schnell rannte ich los, ich wollte unbedingt durch diesen Tunnel gehen, vielleicht führte er mich wieder hier raus? Raus aus der Dunkelheit, zurück zu Bobby und Lev. Ich rannte, so schnell mich meine Beine trugen, doch der Tunnel kam einfach nicht näher! Im Gegenteil. Ich habe das Gefühl, er entfernte sich immer weiter von mir. »Nein! Bleib da!«, schrie ich ihm entgegen, doch er hörte nicht auf mich. »Du bist ein guter Junge«, sprach auf einmal Bobby's Stimme und ich drehte mich in alle Richtungen. Er war nirgendwo! »Bobby?«, rief ich verzweifelt, doch er erschien einfach nicht, nur seine Stimme sprach laut zu mir. »Du musst keine Angst haben, ich bin hier«. Tränen liefen mir über die Wangen, ich wollte hier raus! Raus aus der Dunkelheit! »Bobby, sag mir, wie ich hier wieder rauskomme«, wimmerte ich. »Du schaffst das«, sagte er daraufhin, doch ich hatte nicht den leisesten Schimmer davon, wie ich hier ohne Hilfe herausfinden konnte. »Hilf mir, bitte«, flehte ich und meine Knie gaben nach. Ich sackte zu Boden und weinte. »Lev! Bobby! Ist denn keiner hier?«, schrie ich immer und immer wieder, doch es gab nichts, außer mir und dieser unendlichen Leere. Ich war völlig allein, niemand war da und konnte mir helfen. Ich kannte *den Weg nicht, ich hatte absolut keine Ahnung. Hilflos klammerte ich mich an den Gedanken fest, dass irgendjemand kam und mich hier rausholte. Inzwischen, habe ich meine Arme um die Beine geschlungen und hielt mich fest, damit ich nicht auseinanderfiel. »Du bist nicht allein«, hallte auf einmal wieder Bobbys Stimme durch die Dunkelheit und ich hielt mir die Ohren zu, weil ich es nicht mehr ertragen konnte. »Du wirst sie hören«, sagte er und ich konnte ihn immer noch sehr laut hören, obwohl ich mir die Ohren fest zuhielt. Na gut! Er wollte, dass ich zuhörte, also tat ich das jetzt. »Wen werde ich hören?«, fragte ich, doch Antworten konnte ich wohl nicht erwarten. »Du bist ein guter Junge«, wiederholte er nur und ich schüttelte den Kopf. Würde das auch irgendwann aufhören? Auf einmal kam der Tunnel zurück und ich schöpfte wieder Hoffnung. Schnell stand ich auf und rannte ihm erneut entgegen. »Scheiße!«, fluchte ich, als ich ihn auch dieses Mal nicht erreichen konnte. Mein Kopf dröhnte, ich war orientierungslos und verloren. Ein markerschütternder Schrei ging durch die Dunkelheit und raubte mir meine Hörfähigkeit. »Neeeeeeeeeeeeeeeeeeeeeein!«, schrie ich...*

Mein Körper schoss in die Höhe und augenblicklich saß ich im Bett. Ich war völlig nass geschwitzt und noch gar nicht richtig da. »War das nur ein Traum?«, murmelte ich und zwickte mir fest in den Arm. »Au!«, rief ich. Ja, es war tatsächlich nur ein Traum gewesen! Gott sei Dank! Ich stand erst einmal auf und lief in die Küche, um mir ein Glas Wasser zu holen. In der Küche angekommen, fiel mein Blick auf die Uhr. Scheiße! Es war schon 15:00 Uhr! Wie lange habe ich geschlafen?! Egal, das spielte jetzt keine Rolle, ich musste mich bei Ella melden. Als ich auf mein Handy sah, bekam ich auch schon einen Vorschlag für unser Treffen.

Lasertag, heute Abend um acht, wir treffen uns vor der Halle. Kommst du auch, Alex?, schrieb Karsten in der Gruppe und ich antwortete einfach, dass ich in Begleitung kommen würde. Hoffentlich würde Ella diese Art von Treffen gefallen, ich fand die Idee jedenfalls gut. Jetzt musste ich sie allerdings erst mal anrufen und fragen, ob sie überhaupt Lust hatte.

»Hallo?«, meldete sie sich mit ihrer schönen Stimme.

»Hey, Ella. Ich bin´s«, begrüßte ich sie und dachte darüber nach, ob das mit dem Lasertag eine gute Idee war.

»Schön, dass du anrufst«, sagte sie.

»Ich hab dir doch gesagt ich rufe morgen an«, antwortete ich sanft.

»Und jetzt?«, fragte sie und war offensichtlich neugierig. Süß!

»Hör zu, vorhin hat mich ein Kumpel gefragt, ob ich mit ihm und ein paar Freunden zum Lasertag gehen will. Hast du Lust, mitzukommen? Du kannst auch deine Freundin mitbringen«, schlug ich also vor und hoffte sie würde meine

Idee gut finden. Falls nicht, musste ich mir schnell was Anderes überlegen.

»Ja, das ist eine gute Idee, ich werde Anne fragen«, antwortete sie schließlich und ich atmete erleichtert auf. Zum Glück gefiel ihr mein Vorschlag. Da mir gerade nichts mehr einfiel, über das ich spontan mit ihr reden konnte, wollte ich das Telefonat ganz schnell wieder beenden. »Gut, dann ist ja alles geklärt. Wir treffen uns um acht, bis dann«, sagte ich und wartete auf ihre Antwort. »Bis dann, ich freue mich«, sprach sie und ich konnte die Vorfreude in ihrer Stimme hören.

Lächelnd antwortete ich, dass ich mich auch auf sie freute und legte dann auf.

Total zerstreut überlegte ich, was ich jetzt tun wollte und lief ins Bad. Als ich mich im Spiegel erblickte, wusste ich es. Duschen! Dringend! So wie ich augenblicklich aussah, würde Ella sich vermutlich erschrecken, wenn sie mich sah. Meinem Preis als Penner des Monats stand nichts mehr im Wege. Schnell riss ich mir die vom Schweiß an mir klebenden Klamotten vom Leib und begab mich unter die Dusche. Als das Wasser mich berührte, fühlte ich mich sofort wohler. Ab und zu stellte ich es von warm auf kalt, um mein Immunsystem zu stärken. Im Moment war ich gerade dabei Muskeln aufzubauen, was hieß, dass eine Krankheit jetzt nicht gut wäre. Lange Pausen schlugen einen immer so weit zurück und man musste dann wieder wochenlang trainieren, um den vorherigen Fortschritt einzuholen. Dann dachte ich an meinen merkwürdigen Traum von heute Nacht. Was sollte er bedeuten? Wieso träumte ich von totaler Schwärze und Bob's Stimme? Na gut, seine Stimme konnte ich mir damit erklären, dass er mir fehlte und ich ihn unterbewusst gern hier hätte. Aber was sollte dieses »Du bist ein guter Junge und Du wirst sie hören« ??? Ich kapierte mich selbst nicht, mein Unterbewusstsein spielte wohl gerade ein wenig verrückt. Naja. Träume waren eben etwas sehr Spezielles. Frisch geduscht stieg ich irgendwann aus der Dusche und warf einen erneuten Blick in den Spiegel. Vieeeeel besser! Penner des Monats, Adé! Nun griff ich zu meinem Rasierer und stutzte meine Barthaare. Erst überlegte ich sie ganz zu entfernen, doch dann fiel mir ein, dass ich ohne Bart aussah wie ein Bubi. Frisch geduscht und frisch gestutzt, betrachtete ich mich später wieder und musste wirklich sagen, dass ich verdammt gut aussah. Eigentlich war ich nicht so der eingebildete Mensch, aber ein bisschen Selbstliebe musste sein. Mein Vater hat mal zu mir gesagt, dass man einen anderen Menschen erst lieben kann, wenn man sich selbst liebt. Er hatte vollkommen Recht gehabt. Nachdem ich mich frisch gemacht hatte, setzte ich mich ins Wohnzimmer auf die Couch und dachte nach. Was könnte ich nun mit den restlichen Stunden anfangen, immerhin gab es noch beinahe 5 Stunden Zeit zu füllen. Ich könnte trainieren gehen, ein bisschen Produktivität schadete nie. Ja, ich hätte das Duschen auf nach dem Training verschieben sollen, aber vor einer halben Stunde wusste ich noch gar nicht, dass ich heute trainieren gehen würde. Egal, dann brauste ich mich eben nur ab, ohne Duschgel und Shampoo. Würde auch reichen, so krass schwitzte ich nun auch wieder nicht während des Trainings.

Mein Magen knurrte. Scheiße! Den habe ich völlig vergessen! Ich sollte vielleicht erst einmal meinen Bauch mit Essen füllen, bevor ich Sport machte. Immerhin würde ich alle Kraftreserven brauchen und woher sollte ich die nehmen, wenn ich noch gar nichts gegessen habe? Erst einmal einen Protein Shake, dachte ich und lief, nur mit einem Handtuch um die Hüfte, zum Kühlschrank. Milch, ich brauchte Milch, also griff ich nach ihr und holte danach das Pulver hervor. Die Meinungen zum Thema Proteinpulver gingen ja bekanntlich auseinander. Der eine meint, es wäre gut und würde beim Aufbau helfen, der andere sagt, es sei Gift und man könnte alles Nötige aus der Ernährung schöpfen. Meine Meinung dazu war, dass ich es so lange nehmen würde, wie ich zunehmen wollte, da mir das Zunehmen ohne Pulver sehr schwer fiel. Ich war eben kein Mensch, der besonders viel aß, deswegen ja der Shake. Ich nahm zuerst einen Löffel des Pulvers und kippte ihn in ein großes Glas. Danach kam die Milch dran. Ab und zu trank ich meinen Shake auch mit Wasser, aber nur, wenn ich Lust dazu hatte. Mir schmeckte er mit Milch nämlich um einiges besser, als mit Wasser. Nachdem ich ihn gemixt hatte, kippte ich den Shake schnell runter und überlegte, was ich essen könnte. Da ich gut auf meine Ernährung achtete, durfte es kein Fertigmist sein und Gemüse musste ebenfalls IMMER ein großer Teil des Gerichts sein. Ich entschied mich schließlich für einen Wrap mit ordentlich Gemüse drinnen und mit Hähnchen. Während ich alles anbriet, blinkte mein Handy auf und eine neue Nachricht trudelte ein.

Ich komme heute Abend auch mit, muss mal wieder raus,
schrieb Lev in die Gruppe, die aus mir, Karsten, Louis und ihm bestand. Wir alle dachten, dass er im Moment nicht in der Lage wäre zu unseren gemeinsamen Abenden mitzukommen, aber scheinbar war er es doch. Ablenkung würde ihm guttun und wir waren Spezialisten in diesem Gebiet. Zu Martin haben wir übrigens inzwischen alle keinen Kontakt mehr, seitdem er meine Schwester angefahren hat. Zuerst habe ich überlegt zu ihm zu fahren und ihm eine überzubraten, aber da wäre mir meine schöne Faust zu schade gewe-

sen. Stattdessen ignorierte ich ihn seitdem und antwortete nicht auf seine bekloppten Nachrichten, oder die verzweifelten Anrufe, die ab und zu bei mir eingingen. Eigentlich war ich sogar froh, ihn endlich los zu sein, er hatte mich ohnehin nur genervt und in blöde Situationen gebracht.

Egal.

Nur noch ein paar Stunden, dann würde ich Ella wiedersehen. Sie und ihre schönen, langen Haare, die grünen Augen und die hammer Figur. Keine Ahnung wieso, aber plötzlich war ich wirklich aufgeregt und nervös. Das war gar nicht gut, denn bekanntlich baute ich nur Bockmist, wenn ich nervös war.

Das zweite Date

Ella

Nur noch eine Stunde!

Es war jetzt genau 19:00 Uhr und die Vorbereitungen für mein zweites Treffen mit Alex liefen auf Hochtouren. Ich habe Anne angerufen und sie gefragt, was ich zum Lasertag anziehen sollte. »Eine Hose!«, neckte sie mich dann und ich musste ihr wohl oder übel Recht geben. In einem Rock ließ es sich bekanntlich nicht so gut Sport machen und Lasertag war ja genau genommen ein Sport. Ich kramte in den Tiefen meines Schrankes herum, bis ich schließlich eine schwarze Leggings fand, die ich gern zum Yoga trug. Eine meiner einzigen Hosen. Jeans besaß ich erst gar nicht. Dazu entschied ich mich für ein langes, locker anliegendes Shirt, welches über den Po reichte. Anne hatte mir mal erzählt, dass man NIEMALS Leggings als „richtige Hosen" benutzen durfte. Also musste man immer etwas anziehen, was über den Po ging, weil man sonst alles sehen konnte. Im Schlafzimmer schaute ich in den Spiegel und war zufrieden. Ich sah sehr sportlich aus. Moment mal! Ich brauchte unbedingt Wechselkleidung, falls wir danach noch irgendwas machen wollten, in diesem Aufzug würde ich nicht in eine Bar oder sonst wohin gehen. Nein, meine Leggings und das Shirt eigneten sich wirklich NUR zum Sport machen. Schnell packte ich mir eine Tasche mit Wechselkleidung und war endlich fertig. Inzwischen war schon wieder eine halbe Stunde vergangen. Bald würde Anne kommen und mich abholen, wir fuhren heute zusammen. »Was soll denn die große Tasche?«, fragte mich Anne verwundert, als ich eine Viertelstunde später draußen stand und wir uns begrüßten. Sie trug heute, genau wie ich, eine schwarze Leggings und ein langes Shirt. Man könnte meinen, wir hätten uns abgesprochen. Ansonsten hatte sie ihr braunes, schulterlanges Haar in einen hohen Zopf gesteckt und sich dezent geschminkt. Ihre hellbraunen, großen Augen stachen einem dabei sofort ins Auge. Dieser Manuel war echt ein Idiot, so eine Frau einfach sitzen zu lassen. Ich erklärte nun, dass in meiner Tasche nur Wechselsachen für den Notfall drin wären und sie runzelte nur die Stirn. »Soso. Na, dann wollen wir mal«, sagte sie. Ich verfrachtete dann mein Gepäck in den Kofferraum und wir stiegen ein. Auf der Fahrt hörten wir laut Musik, was mich ein bisschen von meiner Nervosität ablenkte. Je näher wir aber dem Ziel kamen, desto aufgeregter wurde ich wieder. Das hieß, die Musik half nur mäßig.

»Und? Bist du schon nervös?«, wollte Anne wissen, als wir fast da waren und ich nickte eifrig. »Ohja. Ich habe die totale Panik, irgendwas Falsches zu tun oder zu sagen«, gestand ich nervös, doch Anne blieb ganz ruhig. »Mach dir mal nicht so einen Kopf, das wird schon gut werden. Außerdem ist es heute nicht so wie beim letzten Mal. Seine Kumpels sind ja dabei und ich auch«, meinte Anne und das beruhigte mich ein wenig. »Am wichtigsten ist, dass du dich gut mit seinem besten Freund verstehst«, riet sie mir noch und das leuchtete mir natürlich ein. Der beste Freund war ja nicht nur bei uns Frauen, sondern auch bei Männern sehr wichtig, mit ihm durfte ich es mir nicht versauen. Wir fuhren nur noch ein paar Minuten und hielten schließlich an. Auf dem Parkplatz tummelten sich bereits ein paar Männer und eine Frau. Ich zählte sie, es waren genau drei. Einer von ihnen war sehr groß, bestimmt 1,90 und sah aus wie ein Türsteher. Breite Schultern, längeres, dunkelblondes Haar, einschüchternd. Mehr konnte ich noch nicht erkennen, ich saß ja noch im Auto. Dann erkannte ich zwei blonde Männer, ungefähr gleich groß. Der eine von ihnen hatte seinen Arm um die Frau geschlungen, die neben ihm stand. Klein und blond war sie. Alex sah ich allerdings nirgendwo, der war wohl noch nicht aufgetaucht. Oh Nein! Ich stellte mich bestimmt nicht zu seinen Freunden, wenn er noch nicht da war. »Alex ist noch nicht da, können wir noch kurz warten?«, fragte ich als Anne aussteigen wollte. »Ja, können wir tun, aber die haben uns halt jetzt schon gesehen«, antwortete sie. »Ist mir egal, ich will warten«, meinte ich stur und blieb einfach sitzen. Fünf Minuten später fuhr Alex Auto vor und hielt genau neben uns. Er sah zu uns rüber und als er mich entdeckte, breitete sich ein Lächeln auf seinem Gesicht aus. Wir stiegen nun alle drei aus, denn plötzlich hatte ich es sehr eilig. »Hi«, begrüßte er mich, als wir uns gegenüberstanden und dann umarmten wir uns kurz. Sein Oberkörper fühlte sich warm und stark an und ich wollte am liebsten gar nicht mehr raus aus seiner Umarmung. Er roch gut, ein klein wenig nach Parfüm und sonst einfach nach … Naja, nach Alex eben. Als wir uns voneinander lösten, sahen wir uns an und lächelten. Dann begrüßte er noch meine beste Freundin und liefen dann los zu den anderen. Alex trug heute ein schwarzes Shirt mit einer dunkelblauen Jeans und dazu Turnschuhe. Schlicht, aber sexy! Von seinem Gesicht und den heute gestylten Haaren möchte ich gar nicht erst anfangen, sonst würde ich auf der Stelle zerschmelzen. »Habt ihr beiden gut hergefunden?«, fragte er mit seiner schönen, männlichen Stimme und wir nickten. Dann kamen wir bei den anderen an und wurden erst einmal einander vorgestellt. »Anne, Ella, das hier sind Karsten, Louis, Lev und… Ähm…«, sprach Alex und wusste offensichtlich nicht, wie die blonde Frau hieß. »Mein Name ist Luna«, verriet sie, lächelte und gab erst mir, dann Anne die Hand. Karsten war also der große, breite Mann mit den mittellangen Haaren, Louis war einer der beiden blonden Männer und Lev der andere Blonde. Die beiden sahen sich relativ ähnlich, wobei Louis mehr dem Boyband-Typ mit weichen Gesichtszügen entsprach und Lev männlichere Züge aufwies. Die Männer musterten Anne und mich von oben bis unten und wir taten ihnen gleich. Ich könnte schwören, dass dieser Louis mit seinem Blick ziemlich lange an meinen Brüsten hängen blieb. Ich zupfte kurz darauf an meinem Shirt herum, damit er nicht zu viel Einblick bekam und dann schaute er ertappt weg. »Wollen wir reingehen?«, fragte Karsten und wir alle nickten. Anne sah ihm hinterher, als er, groß und breit wie er war, voranging. »Dieser Karsten gefällt mir irgendwie«, flüsterte sie mir zu, als wir zu zweit ganz hinten liefen und ich grinste. »Dann sieh zu, dass du ein paar Worte mit ihm wechselst«, antwortete ich und sie lächelte. Selbstbewusst wie sie war, lief sie in vorsichtigen Schritten nach vorn zu Karsten und sprach ihn an. Mehr konnte ich nicht mehr beobachten, weil Alex zu mir nach hinten kam und da interessierten sich meine Augen für nichts anderes mehr, als für ihn. »Wie war dein Tag?«, fragte er ganz ungezwungen und ich antwortete nur: »Gut und deiner?«. Mehr fiel mir gerade irgendwie nicht ein, mein Hirn schien wie leergefegt. Sein Grinsen machte mich nur noch nervöser. »Meiner war ganz normal«, antwortete er und dann standen wir auch schon in der Eingangshalle. Nacheinander bezahlten alle und als ich meinen Geldbeutel rausholen wollte, winkte Alex ab und zahlte für mich mit. »Das hättest du nicht tun müssen«, meinte ich dann, doch er sagte dazu nur: »Ich weiß, aber ich wollte es tun«. Seine samtene Stimme jagte mir einen Schauer über den Rücken. *Beruhige dich mal, Ella! Er hat einen simplen Satz gesagt und dir keine versauten Dinge ins Ohr geflüstert*, ermahnte mich mein Hirn und ich versuchte runter zu kommen. Auf einmal wurde ich am Arm von meinem jetzigen Standort weggezogen und stand nun bei Lev und Louis. »Ähm«, machte ich nur und sie lächelten beide. »Wir wollten dich fragen, ob du bei uns ins Team willst, wir könnten noch ein bisschen Frauenpower brauchen. Bei der Gelegenheit kannst du Alex gleich mal zeigen wo der Hammer hängt«, sprach Lev und ich biss mir auf die Lippe. Ich dachte nach. Fragend sahen die beiden Männer mich an. »Okay, ich bin dabei«, entschied ich und die beiden hoben gleichzeitig die Hände zum High-Five. Ich klatschte bei beiden ein und freute mich irgendwie gegen Alex zu spielen. Das würde sicher witzig werden.

Nun liefen wir alle zum Vorraum, indem unsere „Waffen"«, zusammen mit den Westen hingen. Man konnte an den Schultern, dem Bauch, dem Rücken und dem Phaser selbst (Die „Waffe") getroffen werden, erklärte der Mann im Einleitungsvideo, welches vor jeder Runde abgespielt wurde. »Hinterher rennen ist nicht erlaubt und randalieren auch nicht«, tadelte die Mitarbeiterin, die vor uns stand. Alle lachten kurz. Es gab auch verschiedene Spielmöglichkeiten, z.B Teams, oder Jeder gegen Jeden. Da wir uns schon im Voraus auf Teams geeinigt haben, stellten wir uns auf. Alex schaute ganz verwundert, als ich mich zusammen mit Lev und Louis auf die linke Seite stellte, während er, Luna, Karsten und Anne auf der Rechten standen. Wir zogen nun alle unsere Westen über und waren bereit. Alex zwinkerte mir zu und ich zwinkerte zurück. Dem würde ich es zeigen. »Vier gegen drei, aber das macht nichts, wir machen euch trotzdem fertig«, sagte Louis und grinste. »Das werden wir ja sehen«, entgegnete Alex und dann warteten wir nur noch darauf, dass uns die Tür geöffnet wurde. Als sie aufging, riefen Lev und Louis »Drei, Zwei, Eins, Go!«, dann liefen sie los und ich versuchte hinterher zu kommen. Wir waren Team Rot und die anderen Team Grün. Im Raum selbst war es dunkel und die Hindernisse leuchteten in verschiedenen Neonfarben. Außerdem gab es Schwarzlicht und alle, die Weiß trugen, wären daher gut erkennbar. Soweit ich das mitbekommen habe, hatte aber glaube ich niemand Weiß an. Zum Glück habe ich ein dunkelrotes T-Shirt angezogen, mich sah man schon mal nicht so gut. Wir liefen also zu unserer Base und luden die Phaser auf. »Also Ella, du bist für Alex zuständig und ich kümmere mich um Luna. Lev, du und ich, wir nehmen uns noch Karsten und das andere Mädel vor«, verteilte Louis die Aufgaben und ich war mit meiner sehr zufrieden. Nachdem alles geklärt wurde, liefen wir los und zwar alle in verschiedene Richtungen. Ich versteckte mich gerade hinter einem relativ großen Hindernis, als ich Anne aufschreien hörte. Vor Schreck. Kurz darauf lachte sie laut los und ich ließ mich anstecken, allerdings lachte ich so leise, dass mich keiner hören konnte. Ich wusste nicht genau in welche Richtung ich gehen sollte, also lief ich einfach nach rechts, irgendwann würde ich schon bei der grünen Base ankommen. Je näher man dieser allerdings kam, desto öfter wurde man natürlich getroffen. Oft merkte ich gar nicht wer mich erwischt hatte, weil es so dunkel war und die Laser eine relativ große Reichweite haben. Ich lief ganz langsam, versteckte mich immer wieder und irgendwann erkannte ich eine, mir bekannte Gestalt, von hinten. Alex! Ich habe ihn gefunden! Wie ein Raubtier setzte ich mich auf die Lauer, zielte und … GETROFFEN! Ich konnte sehen wie Alex´s Weste blinkte, ein Zeichen dafür, dass ich ihn erwischt hatte. Ich freute mich wie ein Schneekönig und hüpfte kurz vor Freude auf der Stelle. »Haha!«, rief plötzlich Anne und dann wurde ich von hinten getroffen. Na warte! Die schnappe ich mir noch! Als sie an mir vorbeigerannt war, schaute ich wieder dorthin wo Alex stand. Doch er war nicht mehr dort. Mist! Wo war er hingegangen? Ich wollte ihn eigentlich nicht mehr aus den Augen lassen, doch er war mir entwischt. *Alex!* rief mein Hirn und bevor mein Mund diesem Befehl folgen konnte, hob ich ihn mir schnell zu. War ich verrückt geworden? Man durfte doch nicht seinen Feind rufen! Vorsichtig lief ich zu dem Hindernis, hinter dem Alex noch vor wenigen Sekunden gestanden hatte. Vielleicht hat er ja einfach die Seite gewechselt? Das galt es jetzt herauszufinden, also schlich ich mich langsam an und... NICHTS! Mist! Er war mir tatsächlich entwischt. Egal, das Leben musste weitergehen, also lief ich näher an die grüne Base heran, die ich nun endlich sehen konnte. Im Hintergrund lief kriegsartige Musik, die mich noch mehr in den Spielmodus brachte. *Muss Alex finden*, plapperte mein Inneres, doch er war nirgends zu sehen. Verdammt, wo war er hin?! Plötzlich spürte ich einen Körper hinter mir, der seine Hand hervorschnellen ließ und mir damit den Mund zuhielt. Ich quiekte kurz vor Schreck auf, allerdings war mir bereits klar, wer mich hier gerade fest-hielt. »Ganz ruhig, dann geschieht dir auch nichts«, wisperte Alex in mein Ohr und hielt mich weiterhin gefangen. Ganz ruhig blieb ich stehen und gehorchte ihm. Mein Herz fing an wie wahnsinnig zu pochen und mein Atem beschleunigte sich. Ich spürte seinen Atem direkt neben meinem Hals und er vernebelte mir die Sinne. Langsam ließ er wieder locker und ich drehte mich zu ihm um. Unsere Blicke trafen sich mal wieder und mein Bauch kribbelte. Er grinste schief. Kurz darauf trat ich einen Schritt näher und sah zu ihm rauf. Er beugte sich herab und ich heckte schnell einen Plan aus, obwohl er mich gerade verrückt machte. Ich nahm meinen Phaser in Position, direkt vor seine Brust. Er sah das allerdings nicht, weil er mir ins Gesicht blickte. Kurz bevor er sich ganz zu mir runter bücken und mich küssen konnte, drückte ich ab. »You are hit«, sagte sein Phaser und ich grinste Alex frech an. Dann gab ich ihm einen ganz leichten, schnellen Kuss und lief vor ihm davon. Ich blickte nicht zurück, sondern lief zu meiner Base. Ich habe mir nicht anmerken lassen, wie verrückt mich allein diese kleine Berührung unser beider Lippen gemacht hat. Es hat sich angefühlt wie ein kleiner Elektroschock, der durch meinen gesamten Körper gerast ist. Seine Lippen haben sich so weich und warm angefühlt, dieser kurze Augenblick hat mir vollkommen die Sinne vernebelt. »Oh, da bist du ja mal wieder. Hast du Alex erwischt?«, fragte Lev, den ich in der Base traf und ich nickte. »Ohja. Und das nicht nur einmal«, grinste ich und Lev schlug mir zaghaft auf die Schulter: »Gut gemacht, Ella«.

***

Nachdem die erste Spielrunde beendet war, liefen wir alle raus in die Vorhalle, um unseren Punktestand zu sehen. Es interessierte mich brennend, ob unser Team, oder das von Alex gewonnen hatte. Wie gebannt starrte ich auf die Tafel und wartete auf das Ergebnis. »Wir haben gewonnen!«, rief auf einmal Alex und Lev und Louis wurden ganz still. »Jaha! Wir sind die Besten«. Er freute sich und zog meine beiden Mitspieler selbstverständlich damit auf. »Wir wollen eine Revanche, eher gehen wir nicht nach Hause«, forderten diese und ich nickte zur Zustimmung. Nach einer kurzen Bedenkpause trat Alex nah an uns heran und sagte leise: »Na gut. Aber wundert euch nicht darüber, wenn wir euch ein weiteres Mal fertigmachen«. Lev und Louis lachten humorlos und dieses kleine Machtspielchen zwischen den dreien fing an richtig interessant zu werden. Ich fand es zumindest äußerst amüsant, wie sie sich gegenseitig fertigmachen wollten. »Wir werden gerade erst warm«, sprach Lev bedrohlich und ich stellte mich siegessicher neben ihn. Er legte einen Arm um mich und sah mich fragend an. »Stimmt´s Kleines?«. Ich nickte und er grinste. Dann sahen wir beide wieder zu Alex, der einen überheblichen Blick aufsetzte und dabei eine Augenbraue hochzog. Er drehte sich nun einfach um und lief zurück in Richtung Halle. »Dem werde ich es zeigen«, murmelte ich leise und stapfte ihm hochmotiviert hinterher.

Runde Nummer zwei.

Wir haben die Farbe gewechselt, dieses Mal waren wir Team Grün und die anderen Rot. Lev und Louis hätten sicher Kriegsbemalung auf ihren Gesichtern, wenn wir welche dabeihätten, so entschlossen sahen sie aus. Ich grinste und dachte daran, mich noch bei Anne für ihren Angriff zu rächen und Alex zu zeigen,was ich drauf hatte. Wir trennten uns und jeder ging von nun an seinen Weg, den Weg zum jeweiligen Feind. *Alex, wo bist du?* rief mein Inneres, während ich so leise wie möglich ging, damit mich nicht wieder sofort jemand bemerkte. Bisher habe ich ihn noch nicht gefunden, doch die Chancen standen gut, da diese Halle nicht allzu groß war und wir nicht viele Spieler waren. Ich beschloss wieder deren Base anzusteuern, jetzt wusste ich ja bereits, wo sie sich befand. Mein Hirn rief die ganze Zeit seinen Namen und mein Körper wollte ganz nah bei ihm sein. Wie sollte ich mich denn auf meine Aufgabe konzentrieren, wenn er mich so wahnsinnig machte? Dabei war er gerade nicht einmal in Sichtweite! »Wo ist er«, murmelte ich zu mir selbst und dann entdeckte ich Anne. Ah! Ich musste sie unbedingt treffen, dachte ich und stellte mich möglichst nah an sie ran, natürlich hinter einem schützenden Hindernis. Ich positionierte meinen Phaser und visierte Annes Rücken an. Sie bewegte sich gerade kaum, weil sie vermutlich selbst jemanden im Visier hatte. Und nun ganz schnell, bevor sie wieder wegrennt! Uuuuuuund Schuss! Mist! Nicht getroffen! Ich versuchte es gleich noch einmal, doch traf erneut nicht. Verdammt! Ich musste sie treffen, dann wären wir quitt. Noch mal! Anvisieren uuuuuund Schuss! GETROFFEN!! Jahaaaa! Dieses Mal blinkte Annes Weste auf und ich freute mich wie blöd. Sie drehte sich um und ich duckte mich schnell. Dann lief sie wieder weiter und ich konnte durchatmen. »You are hit«, machte mein Phaser plötzlich und ich sah Karsten an mir vorbeilaufen. Mist! Den habe ich ganz vergessen. Rückzug! Ich ging in leisen Schritten zurück zur grünen Base, ich hatte ohnehin keine Munition mehr. Die Base war leer, weder Lev noch Louis waren irgendwo zu sehen. Ich mochte die beiden schon jetzt, sie haben mich sofort integriert und direkt in ihr Team aufgenommen. Verdammt, jetzt fing ich schon an Alex´ Freunde zu mögen. Was, wenn das hier unser letztes Treffen sein würde? Ich durfte keinen zu sehr mögen, sonst tat es mir im Nachhinein mehr weh, als es sollte. Ich warf einen Blick auf meinen Phaser, um nachzusehen wie viele Minuten diese Runde noch dauerte. Es sind erst 6 Minuten vergangen, jede Runde hatte 20 Minuten, demnach war noch genügend Zeit um Alex zu finden. Ich verließ die Base wieder und wagte mich erneut auf´s Schlachtfeld. Ab und zu liefen mir meine Mitstreiter über wen Weg, doch sie realisierten mich gar nicht wirklich, weil sie so konzentriert waren. Wo war dieser Kerl? Irgendwann sah ich diese Luna, für die ich eigentlich nicht zuständig war, doch ich versuchte trotzdem sie zu treffen. Und siehe da! Es gelang mir gleich beim ersten Mal. Nachdem ich die Blondine getroffen hatte lief ich weiter. Dieses Mal in die andere Richtung.

***

Inzwischen bin ich gefühlt 50 Mal die ganze Halle abgelaufen, doch kein Alex. Nirgendwo. 13 Minuten zeigte mein Phaser an. Wo hat er sich versteckt? Ich schlich zur Mitte der Halle, in der sich eine Art „Haus" befand, durch das man gehen konnte. Langsam und vorsichtig ging ich hinein und hielt meinen Phaser dabei in Position. Man konnte ja nie wissen, wer einem da entgegenkam. War er hier? »Erschreck mich doch nicht so!«, hörte ich Anne rufen und daraufhin lachte eine tiefe Männerstimme. Das war bestimmt Karsten, der ihr so gut gefiel. Ich lächelte, passte dabei einen Moment nicht auf und wurde prompt von hinten getroffen. »You are hit«, amte eine mir bekannte Stimme den Phaser nach. »Na warte«, sprach ich, als ich mich zu Alex umdrehen wollte, doch er war schon wieder weg. MIST! Das konnte doch nicht wahr sein, so bekam ich ihn ja nie! Als ich gerade loslaufen wollte, um ihm zu folgen, rief mein Phaser, dass er aufgeladen werden wollte. Boah! Ich habe nicht mehr viel Zeit, also rannte ich zur Base, lud das Teil auf und lief zurück zu der Stelle, an der ich auf Alex getroffen war. Warte mal, hier war er ja nicht mehr! Schnell weiter suchen. »Hast du Luna gesehen?«, tauchte auf einmal Louis hinter mir auf und ich erschrak. »Oh, Sorry«, meinte er und ich hielt mir die Hand auf´s Herz. »Schon gut, ähm, ich habe sie vorhin dort drüben gesehen«, sagte ich und zeigte auf die Stelle, an der sie mir begegnet war. Er bedankte sich und wollte gerade weiter, als er sich noch mal umdrehte und sagte: »Falls du Alex suchst, der versteckt sich in seiner Base«. Mein Mund formte ein leises »Danke«, dann lief ich los zur roten Base. Soso! Hätte nicht gedacht, dass

Alex so feige war und sich einfach vor mir versteckte. Als ich fast dort war, wurde ich langsamer und versteckte mich hinter Hindernissen, um nicht von ihm gesehen zu werden. Ich hörte keine Stimmen, er war also allein. Um die Gelegenheit nicht zu verpassen, rannte ich in seine Base und lief ihm direkt in die Arme. Warum noch mal war es nur so dunkel hier drinnen?! »Hallo Ella«, sagte er mit bedrohlicher Stimme und ich stellte mich erhobenen Hauptes vor ihm auf, nachdem er seine Arme von mir nahm. »Hallo Alex«, antwortete ich so selbstsicher wie möglich und war überrascht darüber, wie gut mir das gelang. »Ich habe gedacht, kleine Menschen sind schnell«, neckte er mich und ich verengte die Augen. »Und ich habe gedacht, große Menschen sind mutig«, sagte ich und dann verengte auch er die Augen. Wir entfernten uns ein paar Schritte voneinander und starrten uns an. Nun standen wir uns gegenüber, wie in einem alten Westernfilm. Wer würde wohl zuerst schießen? Es war ein Duell nur zwischen uns beiden und ich genoss es. Ein kleines Grinsen schlich sich auf Alex´ Gesicht, doch verschwand schnell wieder, er wollte immerhin genauso ernst wirken wie ich. Ich hob meinen Phaser, doch als ich gerade abdrücken wollte, ertönte ein Geräusch. »You are hit«. Ich war getroffen. Allerdings nicht von Alex. Hinter ihm stand plötzlich Karsten und zuckte die Schultern. »Sorry, wusste nicht, dass das ein Zwei-Mann-Duell ist«, sagte er, drehte sich sofort wieder um und lief davon. Wir lachten. Da Alex deshalb für einen kurzen Augenblick unaufmerksam war, hob ich erneut meinen Phaser und traf ihn mit dem ersten Schuss. Er sah mich überrascht an und ich grinste. »Na warte«, sagte er und hatte mich in ein paar Schritten erreicht, wir standen ja auch nicht allzu weit voneinander entfernt. Er schaute nach unten zu mir und schenkte mir ein absolut umwerfendes Lächeln. Zerschmolz ich gerade? Ich war mir sicher, meine Beine lösten sich gerade auf. Er nahm mein Gesicht zwischen seine Hände und ehe mein Gehirn registrierte, was er gleich tun würde, beugte er sich zu mir nach unten. Seine Lippen legten sich sanft auf meine und auch der Rest von mir löste sich auf. Ich ging noch einen klitzekleinen Schritt näher zu ihm und konnte sein Lächeln während des Kusses spüren. Meine Hände legten sich dabei auf seine Hüfte und spürten die Wärme, die von ihm ausging. Er küsste mich sanft und zärtlich, mein Herz dagegen, pochte so stark wie noch nie. Ich öffnete meinen Mund einen kleinen Spalt und schob ihm vorsichtig meine Zunge entgegen. Er erwiderte dies und unsere Zungen umspielten sich, der Kuss blieb weiterhin sanft. Ich wollte mich gar nicht mehr von ihm lösen, seine Lippen fühlten sich sooo schön an. So weich und warm und er schmeckte so gut. Ein

bisschen nach Minze und sonst ganz nach ihm. Ganz nach
Alex. Als unsere Lippen sich wieder voneinander lösten
ertönte der Signalton der die Runde beendete. Von mir aus
hätte diese Runde ewig dauern können.

-17-

Verrückte Momente

Alex

Nach dem Lasertag beschlossen wir in eine Bar zu gehen. Der Abend durfte einfach noch nicht enden, ich wollte nicht, dass er das überhaupt mal tat. Ellas Lippen hatten sich angefühlt, wie das Paradies auf Erden. Endlich wusste ich wie sie schmeckten. Süß und lieblich, genau wie sie war. Am liebsten würde ich sie mir schnappen und gleich noch einmal küssen. Wir liefen gerade nebeneinander her, auf dem Weg zu unseren Autos und ich wusste kein Thema, worüber wir uns unterhalten konnten. Egal, reden war gerade sowieso nebensächlich. Ich beobachtete sie aus den Augenwinkeln heraus. Betrachtete ihre langen, leicht gewellten Haare, die sanft im Wind wehten. Ihre kleine Nase, die perfekt zu ihrem Gesicht passte und die vollen Lippen, wobei ihre Oberlippe etwas schmaler war als die Untere. Sie war die totale Perfektion, noch nie in meinem Leben war mir eine derartige Schönheit unter die Augen gekommen. Ich wollte sie unbedingt den ganzen Abend in meiner Nähe haben. »Möchtest du bei mir mitfahren?«, fragte ich sie schließlich und sie nickte. »Gern, aber ich muss vorher noch mal schnell bei Anne ins Auto«. Wunderbar, dachte ich und

freute mich. *Alex! Hast du etwa schon vergessen, wie Frauen sind?*
Du darfst dich auf keinen Fall von ihr um den Finger wickeln lassen!
meldete sich mein Gehirn, das mich auf die vernünftige Seite lenken wollte, doch meine Vernunft war längst vernebelt
worden. Von der schönen Frau neben mir. Als wir am Auto
ankamen, verschwand sie noch mal zu Anne. Wollte sie dort
ihren Lippenstift nachziehen? Als es im Auto laut polterte
war ich etwas irritiert. Was trieb sie denn da drinnen? Ich
dachte darüber nach, was ich mit ihr da drinnen anstellen
könnte und verbannte diesen Gedanken sofort wieder. Ruhe da unten! Du hast jetzt Sendepause! Vorerst zumindest.
Ein paar Minuten später stieg sie wieder aus und war komplett umgezogen. Nun trug sie einen knielangen, schwarzen
Rock, zusammen mit einem viel zu groß aussehenden Pullover. Wie hieß dieser Stil noch mal? Ach egal, ihr stand es
jedenfalls. Sogar ein Kartoffelsack würde ihr stehen. »Die
Boots sind der Hammer! Wo hast du die her?«, fragte Anne,
die plötzlich hinter mir auftauchte und Ella lächelte. »Ich
würde es dir echt gern sagen, aber ich weiß selbst nicht
mehr wo die her sind«. Anne verschränkte die Arme und
sagte: »Die musst du mir unbedingt mal ausleihen. Wenn
wir zusammen wohnen wirst du deine Sachen wahrscheinlich eh öfter suchen müssen«. Dann lachten die beiden. Sie
zogen also zusammen, soso. »Du siehst gut aus«, sagte ich,

als sie wieder vor mir stand und sie kicherte. »Ach, die Sachen habe ich doch nur schnell aus dem Schrank gezogen, aber danke«.

***

Später am Abend waren ein paar meiner Freunde beschwipst und andere seeeehr beschäftigt miteinander. Hoffentlich würden Louis und Luna nicht beschließen, mal eben eine flotte Nummer auf dem Tisch zu schieben. Karsten und Anne näherten sich ebenfalls an, sie lachten viel und berührten sich ab und zu gaaanz zufällig. Lev hat eine Spielgefährtin an der Bar gefunden und ich wusste genau, dass sie für heute Nacht nur seine Ablenkung sein würde. Die hatte er auch bitter nötig, seine Augenringe wuchsen von Tag zu Tag. Ella und ich saßen derweil nebeneinander am Tisch und ich überlegte, was wir tun konnten. Mir fielen alle möglichen Schweinereien ein, zu denen sie aber ganz sicher (noch) nicht bereit war, also musste ich mir etwas Anderes überlegen. Ich war kein besonders guter Romantiker mehr, ich wusste gar nicht mehr genau, was zu tun war. Damals habe ich es gewusst...

»Wo bringst du mich hin?«, fragte Yvonne und platzte vor Ungeduld.

»Jetzt warte doch mal eine Sekunde, wir sind ja gleich da«. Ich hatte

ihr die Augen verbunden, wir fuhren schon eine ganze Weile herum und ich hoffte, ihr würde meine Überraschung gefallen. An einem einsamen Seeabschnitt hatte ich einen kleinen Plastiktisch und zwei Klappstühle aufgestellt. Darauf befanden sich zwei Teller, ein Fondue-Set, jede Menge Erdbeeren und Schokolade. Wären wir mittags gefahren, hätte ich gar keine Kerze zum Schmelzen der Schokolade gebraucht, da wäre es durch die Sonne heiß genug gewesen. »Wann sind wir da?«, fragte sie erneut und ich stöhnte. »Bald«, antwortete ich genervt, lächelte aber in mich hinein, weil ihre Neugierde zu niedlich war. Als ich anhielt, drehte sich ihr Kopf in alle möglichen Richtungen. »Du siehst doch sowieso nichts«, lachte ich, stieg aus und öffnete ihr die Autotür. Ich nahm ihre Hand und half ihr beim Aussteigen, was sich als nicht ganz so leicht entpuppte, da sie hohe Schuhe trug. »Ich habe dir doch gesagt, du sollst flache Schuhe anziehen«, tadelte ich, doch das schien sie gar nicht zu kümmern. Sie stakste einfach drauf los. Dabei zog sie im Gehen ihr knappes, blaues Kleid zurecht, welches ultrasexy an ihr aussah. Ich habe es ihr gekauft, also war es ohnehin das beste Kleid das sie besaß. »Hier ist Gras«, stellte sie fest und ich lief schnell hinterher um sie zu lotsen. »Ja, das hast du gut erkannt«, grinste ich und sie schnaubte genervt. »Wann nimmst du mir endlich die Augenbinde ab?«. »Wenn die Zeit dafür gekommen ist«, neckte ich sie und führte sie weiter zum Strandabschnitt des Sees. Naja, wenn man das „Strand" nennen konnte. Jedenfalls sah es hier sehr romantisch aus, das würde Yvonne sicher gefallen. Als endlich

meine Überraschung in Sichtweite war, trat ich von hinten an sie her-
an, gab ihr einen kleinen Kuss auf die Wange und löste die Augen-
binde von ihren Augen. Als sie es sehen konnte, weiteten sich ihre
eisblauen Augen. »Wow, wie toll«, rief sie freudig und fiel mir um den
Hals. »Wie romantisch. Danke, Schatz!«. Wir küssten uns und
setzten uns dann an den Plastiktisch. Als sie mir gegenüber saß wurde
mir mal wieder bewusst, wie hübsch sie war. Wie eine Mischung aus
Model und Königin. Groß und anmutig. Meine Königin!

Was habe ich diese Frau geliebt! Ich bin so dumm gewesen!
Ich hätte ihr mein Leben in die Hände gelegt, ich hätte meines für sie riskiert. Ich wollte sie zu meiner Frau machen
und dann hatte sie mich im Stich gelassen. Einfach so. In
meiner Erinnerung spürte ich den Schmerz wieder. Ich
spürte das Messer, welches mir das blonde Gift ins Herz
gerammt hat. *Du willst dich niemals wieder so fühlen! sagte* mein
Herz und ich gab ihm vollkommen Recht. Ich wollte mich
wirklich nie wieder so fühlen, es war schon über zwei Jahre
her und tat immer noch weh. Andauernd wurde ich verlassen, erst von meinen Eltern, dann von Yvonne und letztendlich auch von Bob. Selbst, wenn ich nur an den Namen
letzterer Person dachte, stach mein Herz. Die Wunde war
einfach noch zu frisch. Egal wie schön Ella war. Egal wie
sehr sie mich verrückt machte. Ich durfte mich ihr auf keinen Fall emotional öffnen und solange ich meine Gefühle

im Zaum hielt, würde ich auch mich nicht verlieren. Aus diesem Grund entschied ich mich, einfach sitzen zu bleiben und nichts Romantisches zu planen. Romantische Dinge machte man doch ausschließlich für seine Freundin, oder? Ich wollte nicht, dass sie sich zu viele Hoffnungen machte. Wir beide mochten uns und trafen uns gern, vielleicht würden wir auch mal miteinander schlafen, aber ich würde ihr bald klipp und klar sagen, dass sie mit mir keine feste Beziehung zu erwarten hatte. Vielleicht sollte ich es sofort tun? Ja, das wäre ratsam, bevor ich doch noch irgendwelche Dummheiten machte. »Können wir kurz draußen reden?«, fragte ich und sie stand sofort auf. Draußen angekommen holte ich tief Luft und sie sah mich erwartungsvoll an. »Worüber willst du denn mit mir sprechen?«, fragte sie und sah dabei so unendlich süß aus. Sie schenkte mir ein unsicheres Lächeln. Verdammt! So würde ich das nie schaffen, wieso musste sie auch so eine wahnsinnige Wirkung auf mich haben?! »Ähm, Ich...«, fing ich an und STOTTERTE dabei! Toll, Alex. Super Anfang. »Ja?«, hakte sie nach und ich atmete erneut durch. »Also, ähm... Ich wollte dir nur sagen, dass...«. Inzwischen sah sie mich stirnrunzelnd an und ich musste dringend zum Punkt kommen, damit sie mich nicht für verrückt erklärte. »...Du heute einen echt schönen Pulli anhast«, beendete ich meinen Satz und wünschte mir, jemand würde mich K.O schlagen. Irritiert und gleichzeitig amüsiert, sah sie mich an: »Und das war es, was du mir unbedingt hier draußen sagen musstest?«. »Ja, ich bin total überwältigt, wie schön der ist«, antwortete ich und habe es soeben noch schlimmer gemacht. Mist! Was war denn schon wieder los mit mir?! »Okaaaay, ähm, danke«, erwiderte sie und grinste. Ich war total bescheuert! Jetzt hielt sie mich sicher für einen schüchternen Schuljungen, der nicht sagen konnte, was er dachte. Ich musste irgendetwas tun, um sie von meiner Unsicherheit abzulenken, also trat ich prompt einen Schritt näher, beugte mich zur ihr herunter und drückte ihr erneut einen Kuss auf die schönen Lippen. Sehr gut, Alex! Du hast sie zwar jetzt abgelenkt, aber den Rest total vergessen! Manchmal könnte ich mich wirklich selbst prügeln, gerade steckte ich in so einem Moment.

Der Kuss dauerte nicht lange, ich löste mich relativ schnell wieder von ihr, weil mir wieder einfiel, weshalb wir hier draußen standen. Mein Herz pochte wie wild in meiner Brust. Ich versuchte dem Drang zu widerstehen sie gleich noch mal zu küssen und zwar richtig. Ich stellte mir wieder vor, wie sie unter mir lag und ich sie zum Stöhnen brachte. Vielleicht waren diese verrückten Gefühle ihr gegenüber rein körperlicher Natur? Dann hätte ich nichts zu befürchten! Leider gab es da noch den anderen Teil in mir, der sie einfach nur in den Arm nehmen und ihre Wärme spüren wollte. Dieser Teil wollte stundenlang mit ihr einfach nur daliegen und kuscheln. Sie beschützen. Dieser Teil war es, der mir Angst machte. Ich musste dagegen ankämpfen, niemals wehrlos werden.

»Das war... Wow... Wofür war das denn?«, fragte sie atemlos und mit geröteten Wangen, die sie nicht weniger attraktiv machten. Ganz im Gegenteil. Wir sahen uns an und das Grün in ihren Augen schien dabei aufzublitzen. Ihre Schönheit machte mich total wahnsinnig. »Wir sollten wieder rein gehen«, beschloss ich schnell, bevor ich doch noch meinem Drang nachgab, sie erneut zu küssen. Sie stimmte zu und wir gingen zurück zu den anderen. Ich sollte nicht mehr allzu lange bleiben, vielleicht wäre es das Beste, wenn ich schnell von hier verschwand. Lev ging gerade mit seiner Beute raus und verabschiedete sich dabei mit einem Zwinkern von uns allen. Louis und Luna sahen dies als Chance, ebenfalls zu gehen. Nun waren nur noch Karsten, Anne, Ella und ich übrig. »Wir gehen auch, war cool mit euch«, teilte Karsten uns schließlich mit. Als er aufstand, nahm er Annes Hand. Ella grinste ihr zu und sie streckte ihr die Zunge raus. »Viel Spaß«, trällerte sie dann, als die beiden gerade am Raus gehen waren. Okay, was sollte ich jetzt tun? Nun, da wir beide die einzigen waren, die übriggeblieben sind, konnte ich nicht einfach verschwinden. Wobei, ich habe ihr gegenüber eigentlich keinerlei Verpflichtungen. *Spinnst du? Du kannst sie nicht einfach hier lassen!* schrie das Engelchen auf meiner Schulter, während das Teufelchen sagte: *Sie ist nicht deine Freundin und wird sicher alleine nach Hause finden!* Diese Stimmen nervten tierisch und halfen mir eher wenig bei meiner Entscheidung. Was sollte ich tun? Ein kompletter Arsch sein und mir so ziemlich alle Chancen, sie wiederzusehen, vermasseln? Mit mir gab es sowieso keine Zukunft. Zumindest nicht in der Hinsicht, die sie sich vielleicht wünschte. Ich musste mich entscheiden, wobei der Fall eigentlich klar war. Sie hatte jemand Besseren als mich verdient, sie war eine Wahnsinns-Frau. »Alex?«, unterbrach sie meine Gedanken und sah mich besorgt an. »Ist alles okay?«. »Äh, ja. Natürlich«, antwortete ich und sie versuchte ein Lächeln. Sie glaubte mir nicht. Konnte ich irgendwie verstehen, ich würde mir auch nicht glauben. »Vielleicht sollte ich gehen«, sagte sie, doch ich schüttelte sofort den Kopf. Mein Körper hörte einen Scheiß auf das, was mein Verstand mir die ganze Zeit einzutrichtern versuchte. Er tat immer genau das Gegenteil. Das ging alles in die falsche Richtung. »Bitte geh nicht«, verstärkte ich mein Kopfschütteln noch und die letzten Zellen meines Verstandes kündigten ihren Job und packten die Koffer. Ich nahm ihre linke

Hand und zog sie wortlos mit mir nach draußen. Im Gehen griff sie sich ihren Mantel und die Handtasche. »Wo gehen wir hin?«, fragte sie verwirrt, während ich sie einfach weiter mit mir zog. Irgendwie wusste ich ganz genau, wo ich jetzt hinwollte. »Ich würde gern wissen, wo...«, wollte sie sagen, doch wir hielten an und ich legte ihr meinen Zeigefinger auf den Mund. »Vertrau mir einfach«, wisperte ich, sie sah mich mit großen Augen an und nickte leicht. Dann ließ sie sich einfach von mir lotsen und fragte nicht mehr nach.

***

»Das Café ist zu«, stellte sie fest, als wir vor dem Gebäude standen, indem wir uns vor ein paar Wochen das erste Mal unterhalten hatten. Das spielte aber keine Rolle, ich hatte einen anderen Plan. Wobei, genau genommen hatte ich nicht wirklich einen. Ich setzte mich auf die Bank, die genau vor dem Café stand und deutete Ella, sich zu mir zu setzen. Zuerst saßen wir schweigend nebeneinander und starrten in die Nacht. Ein leichter Wind ging durch die Bäume, die hier standen und die Straßenlaternen flackerten ab und zu. Der Brunnen auf dem Marktplatz, den man von hier aus sehen konnte, plätscherte fröhlich vor sich hin. Es wunderte mich, dass dieser in Takt und noch nicht abgestellt worden war.

Wenn man zu den Häusern sah, brannte in wenigen noch Licht, doch die meisten waren dunkel. Keine Menschenseele auf der Straße. Nur die Dunkelheit, die Stille, Ella und ich. Ella, die schöne Rothaarige, die mir die Sinne vernebelte und ich, der wie ein Idiot neben ihr saß und keinen Ton herausbrachte. »Meine Mutter ist immer mit mir zu dem Brunnen gegangen«, durchbrach sie die Stille und ich sah aufmerksam zu ihr rüber. »Ich habe dort stundenlang gespielt, mit meinem imaginären Freund Poppy«, verriet sie und lachte. Ein peinlich berührtes Lachen, wie ich fand. »Poppy? Ein sehr lustiger Name«, antwortete ich grinsend. »Hast du Geschwister?«, wollte ich wissen, weil sie nur ihre Mutter erwähnt hat und sie schüttelte den Kopf. »Leider nein, meine Eltern haben sich relativ früh getrennt und meine Mutter hat seitdem keinen Mann mehr gehabt, mit dem sie sich Kinder vorstellen konnte. Mein Vater ist sehr... speziell... Es würde mich wundern, wenn er noch eines bekäme«, erzählte sie. Ich musste sofort daran denken, wie meine Eltern waren. Sie waren immer verrückt nacheinander gewesen und ich hätte mir niemals eine Trennung bei ihnen vorstellen können. Ein Herz und eine Seele, doch viel zu früh gegangen. »Hast du denn noch andere Geschwister außer Nora?«, fragte sie mich nun und ich verneinte dies. Dann erzählte ich ihr ein bisschen über meine Schwester.

246

»Klingt ja, als wäre sie wirklich toll«, sagte sie am Ende meiner Erzählung. »Ohja, das ist sie«, bestätigte ich.

»Wieso sind wir noch mal hier?«, wollte sie nach ein paar Minuten erneutem Schweigens wissen. »Wir sind hier, weil ich mich gern in Ruhe mit dir unterhalten möchte und irgendwie fand ich die Idee gut, es an dem Ort zu tun, an dem wir uns das erste Mal richtig unterhalten haben«, erklärte ich und Ella lächelte. Ihr Lächeln sah so bezaubernd aus, ich könnte es den ganzen Tag ansehen. »Deine Idee gefällt mir...«, sagte sie und wir sahen uns an. »...Du gefällst mir«, fügte sie hinzu und legte ihre kleine Hand auf meine. Ich schluckte und haperte mal wieder mit mir. War das richtig? »Wohnst du schon immer hier?«, fragte ich, hauptsächlich, um mich von ihrer Berührung abzulenken. Sichtlich irritiert, schüttelte sie den Kopf. »Nein, ich habe früher ungefähr eine Stunde von hier, in einem sehr kleinen Ort gewohnt«. »Achso«, antwortete ich und überlegte, was ich nun tun könnte. Ich wollte sie gern kennen lernen, mehr von ihr erfahren. Andererseits wollte ich sie so weit weg wie möglich von mir haben, damit sie mir nicht das Gleiche antun konnte, wie damals Yvonne. »Kann ich dir eine Frage stellen?«, fragte Ella und ich antwortete mit einem simplen »Ja«. »Kann man Karsten vertrauen?«. Ich habe ja mit einigen Fragen gerechnet, aber mit dieser nicht. »Was?«, fragte ich belustigt und sie stieß mir ihren Ellbogen in die Hüfte. »Ja, wegen Anne. Ich will wissen, ob er okay ist und man ihm vertrauen kann«, erklärte sie und ich winkte lachend ab. »Klar, Karsten ist voll in Ordnung«. »Gut«, antwortete sie mit strengem Blick. Ich fand es verdammt süß, wie rührend Ella sich um ihre beste Freundin zu kümmern schien. Sie standen sich vermutlich sehr nahe. »Anne ist dir sehr wichtig, stimmt´s?«, fragte ich und sie guckte mich komisch an. »Natürlich ist sie das«, antwortete sie schließlich. »Sie ist meine Schwester. Also nicht blutsverwandt, du verstehst schon was ich meine«. Ich nickte ihr zustimmend zu und sie entzog mir wieder ihre Hand. Vielleicht hat sie verstanden, dass das mit mir zu nichts führte. War auch besser so.

Ich mochte sie ohnehin schon viel zu sehr.

Nach ungefähr einer Stunde begann Ella zu frieren, was kein Wunder war. Immerhin fiel die Temperatur immer weiter und auch mir wurde langsam kalt. »Ich bringe dich nach Hause«, teilte ich ihr mit und sie war einverstanden. Die Zeit, die wir draußen verbracht haben, hat sie mir ein wenig über sich erzählt. Darüber, dass ihr Vater nichts von Kunst hielt und ihre Mutter wiederum für die Kunst lebte. Sie erzählte mir von ihrer Arbeit im Blumenladen, ihrer netten Chefin und der tollen Arbeitsatmosphäre. Von gutem Arbeitsklima wusste ich nicht viel, bei mir wurde ja bekanntlich nur herum gezickt. Jetzt, ohne Marie, würde es hoffentlich besser werden. Bevor ich bei der Zeitung angefangen habe, habe ich im Büro einer Reinigungsfirma gearbeitet. Davor war ich in einer Fabrik angestellt. Fließbandjob. Von irgendetwas musste man halt leben. Einst habe ich mal eine Ausbildung zum Bürokaufmann gemacht, doch danach erst mal keine Anstellung in diesem Bereich gefunden. Die Frau vom Arbeitsamt hat mir damals vorgeschlagen noch eine Ausbildung in einer anderen Richtung zu machen. Das kam für mich allerdings nicht in Frage, drei Jahre der Ausbeutung genügten vollkommen. In der Fabrik und auch in der Reinigungsfirma habe ich zwar keine Millionen gemacht, doch zum Leben hat es gereicht. Ich habe noch nie viel zum Leben gebraucht, das habe ich aus meiner Vergangenheit gelernt. Man kann auch mit wenigen Dingen ein schönes Leben haben. Natürlich bin ich auch froh jetzt bei der Zeitung zu sein und einen netten Schreibtisch für mich zu haben und vor allem etwas mehr zu verdienen.

Ich stand nun mit dem Auto vor Ellas Haustür. »Ich fand den Abend sehr schön«, fing sie an. »Ich auch«, antwortete ich ehrlich und überlegte, was ich noch sagen könnte. Mir fiel nichts ein, war ja klar. »Vielleicht sehen wir uns bald wieder«, sagte Ella sanft und öffnete die Beifahrertür. Gleich stieg sie aus und ich würde sie vielleicht nicht mehr sehen. Wieso zog sich mein Brustkorb bei diesem Gedanken zusammen? »Tschüss, Ella«, verabschiedete ich mich noch und von ihr kam ebenfalls ein »Tschüss, Alex«. Ich könnte schwören, einen Hauch von Enttäuschung in ihrer Stimme gehört zu haben. Sie stieg also aus, machte die Tür hinter sich zu und lief in schnellen Schritten Richtung Haus. Falls sie wirklich enttäuscht von mir war, konnte ich das absolut verstehen. Vor dem Café hat sie mir ihre Hand gegeben und ich habe das gänzlich ignoriert. Davor habe ich sie beim Lasertag geküsst und auch noch einmal vor der Bar. Wenn ich daran dachte, breitete sich die Wärme ihrer Lippen erneut in mir aus. Ihr Geschmack, gepaart mit dem Gefühl des Kusses, war der absolute Wahnsinn gewesen. So wahnsinnig, dass ich sofort aufhören musste daran zu denken, weil ich sonst zu ihrer Tür rennen und klingeln würde. Dann würde ich sie um den Verstand küssen und ihr sagen, wie sehr ich sie schon jetzt mochte. Tja, stattdessen saß ich, wie der größte Depp auf Erden, in meinem Auto vor ihrer Tür und habe ihr nur kurz und knapp »Tschüss« gesagt. Sie hielt mich sicher für absolut bescheuert.

-18-

Anders

Ella

Meine Gefühlswelt war völlig durcheinander. Am Samstag haben Alex und ich uns zum ersten Mal geküsst und es ist einfach nur wunderschön gewesen. Ich hätte nicht erwartet, dass er so gut küssen kann. Auf der einen Seite war es ein gelungener Abend gewesen und die Blicke, die er mir ab und zu schenkte, zeigten mir, dass er mich irgendwie mochte. Auf der anderen Seite wirkte er allerdings kühl und unnahbar, ich konnte ihn dadurch nicht richtig einschätzen. Ich wusste nicht, was er von mir wollte. Mochte er mich wirklich? Wollte er mich noch mal sehen? Ab und zu glaubte ich, er wusste selbst nicht, ob er mich mochte. Vielleicht war er noch am Überlegen. Ich mochte ihn jedenfalls, wahrscheinlich schon zu sehr. Er war jetzt kein Fremder mehr für mich, ich kannte ihn schon ein klitzekleines Bisschen. Allerdings wurde ich nicht aus ihm schlau. Ich erinnerte mich zurück, an das tolle erste Date im Restaurant seines Freundes. Er konnte sich doch so etwas nicht für mich einfallen lassen, wenn er mich nicht wirklich mochte, oder? Wahrscheinlich dachte ich zu viel nach und alles, was ich glaubte zu wissen, war nur Einbildung oder so etwas in der Art.

Heute war Mittwoch und ich saß, zusammen mit Anne, mal wieder in unserem Lieblingscafé. Der beste Treffpunkt nach der Arbeit. Sie hat mir selbstverständlich schon am Sonntag berichtet, was mit Karsten gelaufen ist und ich musste sagen, dass ich nicht gedacht hätte, sie wäre der Typ für Sex beim ersten Treffen. »Es ist einfach passiert, ich kann mir das auch nicht erklären«, hat sie am Telefon gesagt. Sie hat außerdem immer wieder erwähnt, dass sie nicht betrunken gewesen sind und sie sich an wirklich alles erinnern konnte. Na, Gott sei Dank. Sonntag haben sie sogar noch zusammen gefrühstückt und er wäre ja soooo süß zu ihr gewesen. »Er schreibt mir jeden Tag«, sagte sie gerade, während ich mir eine volle Ladung Kuchen in den Mund stopfte. »Hmm, dasch isch ja schuper«, antwortete ich mit vollem Mund und Anne kicherte, weil mir dabei ein wenig Kuchen entglitt. »Ups«, sagte ich und daraufhin lachten wir beide. Ich freute mich sehr für sie. Es war wirklich toll, dass Karsten offensichtlich ein so lieber Mensch war. Immerhin war es nicht selbstverständlich, dass Man(n) sich direkt meldete. Natürlich wünschte ich mir insgeheim, dass Alex sich mir gegenüber auch irgendwann „süß" verhielt und mir jeden Tag schöne SMS schickte. Ja, es war wohl schon passiert. Ich bin ihm verfallen. Im nächsten Moment klingelte Annes Handy. Rief da etwa Karsten an? »Hallo?«, meldete sie sich, lächelte aber nicht. Definitiv NICHT ihr Lover. Oh, nein. Es war jemand viel Besseres am Apparat, wie ich sogleich erfahren würde.

»Was sagen Sie? Wir haben die Wohnung? Wirklich?«, sprach sie und als die Worte „Wohnung" und „haben" fielen, war ich kurz vorm Platzen, so sehr freute ich mich. »Ja, natürlich. Das ist ja super! Auf Wiedersehen«, sagte sie aufgeregt und legte dann auf. Voller Vorfreude in den Augen sah sie mich an und verkündete: »Wir haben die Wohnung nahe vom Blumenladen!«. »Was??? Oh mein Gott!!«, antwortete ich, dann standen wir beide auf und fielen uns in die Arme. »Ahhh, ich freue mich so«, sagte ich und die Leute um uns herum schienen sich mit uns zu freuen. Sie grinsten und einer klatschte sogar. »Endlich. Wann können wir denn loslegen?«, wollte ich wissen und Annes Grinsen wurde noch breiter. »Sobald wir den Vertrag unterschrieben haben«.

***

Am Abend saß ich daheim und schaute mir meinen liebsten Liebesfilm an, von dem ich jedes Mal wieder weinen muss-

253

te. Dieses Mal besonders schlimm. Ich stellte mir Alex neben mir vor, wie ich meinen Kopf auf seinen Schoß legte und er mir sanft übers Haar strich. Ich musste wissen, ob er ebenso fühlte wie ich. Ich musste es einfach, sonst würde ich keine Ruhe mehr bekommen. Anstatt darauf zu warten, dass er sich meldete, würde ich ihm einfach zuvorkommen. Ha! Wir lebten im 21. Jahrhundert, Selbst ist die Frau! Ich legte mir ein paar Sätze zurecht und griff dann zum Telefon, um mit zitternden Fingern seine Nummer zu wählen, die ich mir auf einem Zettel aufgeschrieben hatte. *Piep, Piep, Piep* machte das Telefon und ich lief nervös in meiner Wohnung herum. Dabei stolperte ich über meinen Regenschirm, den ich mal wieder vergessen hatte, aufzuräumen. Genau in diesem Moment ging Alex ran. »Hallo?«, meldete er sich und ich antwortete mit einem äußerst unweiblichen »ufff«. »Ella? Bist du das?«, fragte er und klang etwas irritiert.

»Äh, ja, Hi, Ich bin eben über... ähm, über meinen Regenschirm gestolpert, aber es geht mir gut«, stammelte ich.

»Was gibt's?«, fragte er freundlich und ich überlegte, wieso ich angerufen habe. Zum Glück fiel es mir rasch wieder ein.

»Du, ich wollte dich was fragen«.

»Ja?«.

»Naja. Ich koche ganz gut, also, ziemlich gut. Sagen zumindest die meisten, denen ich was koche. Ich will jetzt nicht angeben, aber mein Nudelauflauf der ist... der ist wirklich klasse«. Was faselte ich da?!

»Ich bin überzeugt, dass dein Auflauf super schmeckt, aber was wolltest du mich fragen?«, er klang amüsiert.

»Ich will dich zum Essen einladen, bei mir«, ratterte ich schnell runter, um nicht schon wieder Blödsinn zu quatschen.

»Lass mich raten, du machst dann Nudelauflauf?«, witzelte er.

»Du machst dich über mich lustig«, stellte ich fest.

»Gar nicht«, meinte er amüsiert.

»Also, was ist nun deine Antwort?«, fragte ich ungeduldig.

»Natürlich komme ich. Wie könnte ich mir deinen klasse Nudelauflauf entgehen lassen?«, antwortete er.

»Haha. Am Freitag um 20 Uhr, du weißt ja wo ich wohne«, teilte ich ihm mit, sagte noch »Tschüss, bis dann«, und legte auf.

Ich habe mich gut geschlagen. Zumindest zum Ende hin, den Anfang habe ich versemmelt. »Mein Nudelauflauf ist echt gut«, ahmte ich mich selbst nach und verdrehte dabei die Augen. Aber war ja auch egal, er hatte ja gesagt! Und das hieß, dass er mich mochte, sonst hätte er direkt abgeblockt. Ich freute mich auf Freitag und konnte es bereits jetzt kaum noch erwarten!

***

Donnerstag.

Let´s get started!

Anne und ich unterschrieben heute Morgen den Mietvertrag und waren jetzt offiziell Mieter der kleinen 2-Zimmer-Wohnung nahe des Blumenladens. Da Anne heute frei hatte, fuhr sie direkt in den Baumarkt, um nach Farben zum Streichen zu schauen. Ich konnte erst mal nicht helfen, da ich arbeiten musste. Da wir aber in etwa den gleichen Geschmack hatten, was die Wohnungsgestaltung betraf, machte ich mir keine Sorgen. Der einzige Punkt indem wir uns in die Haare kriegen könnten, waren ihre Bilder. Ja, sie war meine beste Freundin, aber malen war definitiv keines von ihren Talenten. Trotzdem versuchte sie sich oft daran, nur leider sahen die Bilder danach eher wie Farbunfälle aus. Ich habe ihr damals nach ihrem ersten „Meisterwerk" gesagt, dass aus ihr keine Malerin werden würde. Sie hat meine Kritik aber scheinbar überhört und daraufhin noch schlimmere Bilder produziert. Im Moment hingen sie alle in ihrer alten Wohnung, aber sie wollte die bestimmt auch bei uns aufhängen. Ich musste sie einfach so lange bezirzen, bis sie sie nur bei sich im Schlafzimmer aufhängen würde. Alleine von der Vorstellung, jeden Tag diese schrecklichen Bilder sehen

zu müssen, wurde mir ganz übel. Ja, das klang alles übertrieben, aber wer DIESE Bilder einmal gesehen hatte, der
verstand genau, was ich meinte. Was würde erst meine
kunstbegeisterte Mutter sagen, wenn sie die sehen würde?
Apropos Mutter. Ich musste sie unbedingt anrufen und ihr
von der Zusage erzählen. Gerade war ich dabei, einen
Strauß für einen Kunden fertig zu binden, als die Ladentür
aufging. Eine hübsche, brünette Frau mit blauen Augen
kam herein. Sie trug farbenfrohe Kleidung und große Ohrringe. Ihre Haare hatte sie zu seinem Dutt zusammenge-
bunden. Sie war sicher nicht älter als 20. Ihr Outfit wirkte
flippig, doch ihre Miene verriet mir etwas ganz anderes.
Diesen Blick kannte ich doch. Sie suchte definitiv keinen
Strauß für einen schönen Anlass. »Hallo«, sagte sie knapp.
»Guten Morgen«, antwortete ich und fragte sofort, was ich
denn für sie tun konnte. »Ich brauche einige Blumen für...
eine Beerdigung«, verriet sie und mein Gedanke hatte sich
somit bestätigt. Mit geknickter Miene sprach ich ihr mein
Beileid aus und nahm sogleich ihre Bestellung auf. »An welchem Tag findet das Begräbnis statt?«, fragte ich und beim
Wort „Begräbnis", zuckte die junge Frau kurz zusammen.
Sie tat mir schrecklich leid. »In einer Woche am Sonntag,
10:00 Uhr. Ist das zu kurzfristig?«, fragte sie und sah mich
dabei mit ihren blauen Augen an. »Nein, das dürfte funktio-

nieren«, versicherte ich ihr und sie atmete erleichtert auf. »Oh, ähm. Ich würde gern noch zwei weiße Rosen hinzufügen, wenn das noch geht«, sagte sie und ich nickte. »Werden die Blumen abgeholt, oder sollen wir sie liefern?«, fragte ich. »Wir holen sie ab«, antwortete sie und ich schrieb mir alles auf einem Zettel auf. Danach nannte ich ihr den Preis und sie zahlte. Sie teilte mir dann noch mit, wann die Blumen abgeholt werden würden. »Okay, ich brauche jetzt noch ihren Namen, bitte«, sprach ich. »Nora Klein«, verriet sie und ich schrieb ihn mir auf. Witzig, Alex´ kleine Schwester hieß ebenfalls Nora. Moment, vielleicht war diese Frau ja seine Schwester? Sie jetzt zu fragen, ob Alex ihr Bruder war, fand ich allerdings etwas unpassend. »Gut, ich habe mir alles notiert, sie werden pünktlich bis nächste Woche Sonntag fertig sein«, teilte ich ihr mit und sie nickte. »Das ist gut, auf Wiedersehen«, sagte sie und ich ebenfalls. Die Arme. Es war immer schlimm, wenn jemand starb. Ich konnte mir nur denken, wie sie sich fühlen musste. Ich war froh, dass in meiner Familie bisher niemand gestorben war. Außer mein einer Opa, aber den habe ich nicht mal gekannt. Zwei Fragen beschäftigten mich allerdings noch. War das Alex´ Schwester? Und würde das die Beerdigung von seinem guten Freund sein, von dem er gesprochen hatte? Ich könnte zwar Antworten auf diese Fragen finden, aber irgendwie fand ich es taktlos, mit solch einem Thema anzufangen. Wenn er mir etwas darüber erzählen wollte, würde er das schon von selbst tun.

***

Nach der Arbeit fuhr ich rüber zur neuen Wohnung, um nachzusehen, was Anne so trieb. Als ich ankam war sie gerade dabei, ihr Schlafzimmer dunkelrot zu streichen. »Du bist ja schwer am Arbeiten«, stellte ich fest und sie wischte sich den Schweiß von der Stirn. »Oh ja, das ist so anstrengend«. »Sieht aber gut aus, für den Anfang«, meinte ich, sie stieg dann von der Leiter runter und wir umarmten uns erst mal zur Begrüßung. »Ich habe gedacht, ich streiche nur eine Wand und zwar die, an die mein Bett kommt«, verriet sie und ich fand die Idee gut. »Weißt du schon, was du in deinem Zimmer machst?«, fragte sie mich dann und ich schüttelte den Kopf: »Darüber habe ich mir ehrlich gesagt noch gar keine Gedanken gemacht. Ich helfe dir jetzt erst einmal bei deinem«. Ich schnappte mir also einen Pinsel und tunkte ihn in die dunkelrote Farbe, die ein wenig an Blut erinnerte. »Wenn ich nicht wüsste, dass du hier streichst, würde ich sagen, du warst gerade dabei, jemanden umzubringen... Auf übelste Art und Weise«, sagte ich und Anne grinste gespielt böse. »Wer weiß, vielleicht ist das ja gar keine Farbe«. Dann lachten wir beide und strichen zusammen ihr Zimmer fertig. Ich erzählte ihr währenddessen von meinem gestrigen Telefonat mit Alex und von der jungen Frau, die heute wegen einer Beerdigung da war. »Sah sie ihm denn ähnlich?«, wollte Anne wissen und so genau habe ich ehrlich gesagt gar nicht hingeschaut. Komisch. Und das, wo ich doch wissen wollte, ob sie es war. »Du wirst das sicher noch rausfinden und dann kannst du ihr irgendwann erzählen, dass du schon geahnt hast, dass sie Alex´ Schwester ist«, meinte Anne und ich nickte.

»Das sieht wirklich sehr gut aus«, lobte ich, als wir fertig mit Streichen waren. »Ja, das haben wir gut gemacht«, antwortete sie. »Habe zwar länger gebraucht, als gedacht, aber egal. Für die anderen Zimmer wäre Unterstützung vielleicht nicht schlecht«, fügte sie hinzu und ich gab ihr vollkommen Recht. Wenn wir die ganze Wohnung allein streichen müssten, die zwar nicht groß war aber wir total unerfahren in diesen Dingen, würden wir vermutlich 10 Jahre brauchen. »Ich habe auch schon jemanden angerufen, Karsten. Er hat sich direkt bereit erklärt zu helfen und bringt noch seine Freunde mit«, sagte Anne und ich zog amüsiert eine Augenbraue nach oben. »Da scheint dich ja jemand zu mögen«, grinste ich und sie hob gespielt eingebildet das Kinn. »Tja, ich weiß halt, wie man mit Männern umgeht«. Wir kicherten. »Du könntest ja dein morgiges Date fragen, ob er helfen will, wir treffen uns alle hier am Sonntag um 11 Uhr«, teilte Anne mir noch mit und ich notierte mir in meinem Kopf, Alex um Hilfe zu bitten. »So und jetzt gehen wir nach Hause, für heute habe ich genug. Ach ja, bei den Möbeln wird Karsten auch helfen, er hat es von sich aus angeboten«, lächelte Anne triumphierend und ich freute mich, sie wieder so glücklich zu sehen. Endlich schien sie über diesen Idioten Manuel hinweg zu sein.

***

Freitagabend.
19:45 Uhr. Chaos. ÜBERALL CHAOS!!!
Ich dachte wirklich, meine Vorbereitungen würden total entspannt ablaufen und der Nudelauflauf ganz brav im Ofen vor sich hin backen. Tja, das habe ich zumindest gedacht. Gegen sechs habe ich angefangen alles vorzubereiten, ich habe sogar eine Kerze auf den Tisch gestellt und Servietten gefaltet. Mein Esstisch sah jetzt aus, wie im Restaurant. So weit so gut. Dann habe ich meinen Nudelauflauf vorbereitet, ja es musste natürlich der sein, immerhin drehte sich unser Telefonat hauptsächlich darum. Da fand ich es ir-

gendwie passend, ihn zu kochen. Ich habe ihn dann jedenfalls in den Ofen geschoben, wo er ungefähr eine halbe Stunde backen sollte. In dieser Zeit bin ich ins Bad gegangen und habe geduscht. Als ich wieder zurückkam, sah ich das Spektakel. Mein Ofen war aus! Ich habe meinen Auflauf natürlich nicht in einen ausgeschalteten Ofen gestellt, so dumm war ich nun auch wieder nicht. Nein, der Ofen ist definitiv an gewesen, aber wohl kaputtgegangen, während ich in der Dusche stand. Naja, vielleicht war mein Auflauf ja schon fertig. Ich holte ihn also heraus, um festzustellen, dass der Käse darüber nicht wirklich zerlaufen war. Na, toll. Da ich keine Zeit mehr hatte, ein neues Gericht zu zaubern, haute ich die Nudeln kurz entschlossen in die Pfanne. Dann wurde es eben eine Nudelpfanne mit extra Käse. Auch nicht schlecht. Was mit meinem Ofen los war, wusste ich selbstverständlich nicht. Ich habe überhaupt keine Ahnung von Öfen oder von Elektronik. Inzwischen blieben mir nur noch 15 Minuten und ich war noch nicht einmal angezogen. Ja, ich habe meine Nudeln nackt gekocht! Vielleicht sollte ich Alex darüber in Kenntnis setzen, doch ich glaube, soweit waren wir noch nicht. Vielleicht würde ich es ihm trotzdem sagen, nur um sein Gesicht zu sehen. Mal sehen. Wichtig war jetzt erst mal, ihm nicht splitternackt die Tür zu öffnen, sondern irgendetwas anzuhaben. Schnell lief ich zum Schrank, während die „Nudelpfanne" vor sich hin briet. Ich griff mir eine grüne Bluse und einen schwarzen, ausgestellten Rock. Dazu noch eine schwarze Strumpfhose und fertig war mein feminines Outfit. Meine Haare! Ahhh, die waren noch nass! Nass sahen die ganz furchtbar aus, nicht so wie die von den Frauen aus den Magazinen. Ganz im Gegenteil. Jeder nasse Pudel machte eine bessere Figur. Bevor ich allerdings ins Bad lief, schaltete ich den Herd runter auf Stufe eins, sonst würde mir noch alles anbrennen, was ich nun wirklich nicht gebrauchen konnte. Im Bad föhnte ich mir dann die Haare und schminkte mich ein kleines bisschen. Naja, eigentlich schaffte ich nur ein bisschen Mascara und Puder. Egal.

Es klingelte!

Zum Glück habe ich noch alles rechtzeitig geschafft, worüber ich selbst etwas verwundert war. Meine Haare waren zwar noch etwas feucht, aber das dürfte Alex nicht weiter stören. Ich strich mir über die Haare, zupfte meine Bluse zurecht und öffnete meinem Date die Tür. »Hallo Ella«, begrüßte er mich und sah an mir herab. »Du siehst gut aus«, fügte er noch hinzu und ich bedankte mich schüchtern. »Ich hab dir eine Kleinigkeit mitgebracht. Keine Ahnung, ob du die isst oder magst, aber ich dachte du freust dich vielleicht«, sagte Alex und öffnete seine linke Hand, in der sich tatsächlich ein Schoko-Ei befand. »Ich liebe diese Teile«, rief ich und griff es mir. Alex grinste und ich deutete ihm, hinein zu kommen. »Du hast Nudelauflauf gemacht?«, witzelte er, als er mein Essen riechen konnte. »Ja, also. Das hatte ich zumindest vor, allerdings wollte mein Ofen nicht«, erklärte ich und gestand, dass es jetzt statt Nudelauflauf eine Nudelpfanne gab. Alex fand das lustig und zog sich derweil seine Jacke aus. Zeit, ihn auch mal anzusehen. Mit seinem Schoko-Ei hatte er die Aufmerksamkeit von sich abgelenkt, ja ich gab es zu. Ich musste ebenfalls zugeben, dass dieser Mann einfach IMMER gut aussah. Er sah stets aus, wie aus dem Ei gepellt. Wie machte er das nur? Seine beigefarbene Hose hing ihm locker auf den Hüften und sein khakifarbenes Shirt stand ihm super. Natürlich trug er zu all seinen Klamotten immer sein unverwechselbares Lächeln, dass ihn nur noch attraktiver machte. Diese Grübchen waren zum Dahinschmelzen. Und dann waren da noch diese Lippen. Optisch war er mein absoluter Traumtyp. Er hatte alles, was ich schön fand und vor allem schien er irgendwie geheimnisvoll. Ich wusste niemals, woran er dachte. Oft kam es mir vor, als wäre er irgendwo weit weg.

Während dem Essen erzählte ich Alex von meinem Tag. Die ganze Zeit überlegte ich hin und her, ob ich ihm von dieser Nora erzählen sollte, die gestern wegen einer Beerdigung im Laden war. Allerdings wollte ich die Stimmung auch nicht zerstören, die im Moment sehr ausgelassen war. Keine Ahnung, wie er darauf reagieren würde. Also lieber nicht, ich erzählte ihm stattdessen von der Streichaktion mit Anne. »Braucht ihr noch Hilfe beim Streichen oder beim Umzug? Ich helfe gern«, bot er an und ich lächelte. »Weißt du, wenn du nicht von dir aus gefragt hättest, wäre das meine nächste Frage an dich gewesen«. Er lächelte. Ich teilte ihm mit, wann wir uns trafen und wo die Wohnung sich befand. »Die Wohnung ist fast neben dem Blumenladen in dem ich arbeite, ich bin so glücklich, dass wir die bekommen haben«, schwärmte ich.

***

»Das Essen war sehr lecker, ich habe vor allem noch niemals eine so leckere Nudelpfanne gegessen«, lobte Alex, als wir gerade fertig wurden. »Dankeschön, Herr... Ähm, wie heißt du eigentlich mit Nachnamen?«, wollte ich wissen.

»Ich heiße Klein, Frau Herbst«.

»Woher wissen Sie meinen Nachnamen?«, fragte ich gespielt schockiert.

»Ihr Klingelschild hat es mir verraten, dieses elende Plappermaul«, antwortete er und machte eine komische Geste mit seiner Hand, sodass ich laut loslachen musste. »Erzähl mir mal etwas von dir, ich rede die ganze Zeit nur von mir, aber weiß im Grunde gar nichts über dich«, sagte ich, nachdem ich aufhörte zu lachen. »Ach, da gibt es nicht so viel zu erzählen«, antwortete er und ich mochte es gar nicht, dass er mich so abblockte. Ich beschloss hartnäckig zu bleiben, sonst erfuhr ich ja nie etwas von ihm. »Ich will dieses »nicht so viel« aber wissen«, sagte ich also und beugte mich, wie damals im Café, über den Tisch näher zu ihm. »Ich bin kein besonders spannender Mensch, Ella«, meinte er dazu nur und blockte schon wieder ab. »Alex, komm schon. Wie sollen wir uns kennen lernen, wenn du mir gar nichts über dich sagst. Du musst mir ja nicht gleich dein ganzes Leben offenbaren, ich bitte dich nur um... sagen wir mal... eine Geschichte. Ja, ich will eine Geschichte deines bisherigen Lebens hören, das ist wirklich nicht zu viel verlangt«, sprach ich und hoffte, dass er darauf einging. Für einen Augenblick sahen wir uns an, dann atmete er durch und antwortete: »Meinetwegen«. Ich jubelte innerlich, auch wenn ich ihn dazu bringen musste, mir etwas von sich zu erzählen. Normalerweise tat jemand so etwas von selbst. Egal, Alex war eben anders und ich wusste ja auch gar nicht warum, da steckte bestimmt etwas dahinter. »Also... Ich habe als Kind gern Dosensuppen gefuttert. Einmal hatten wir keine mehr und ich habe so lange geweint, bis jemand losgegangen und mir welche gekauft hat«, erzählte er und ich grinste. Allerdings sagte diese Geschichte auch nicht viel über ihn aus, außer der Tatsache, dass er gern Dosensuppen als Kind gegessen hatte. Nach seiner Geschichte schwiegen wir uns erst einmal an, ich wusste nicht, was ich sagen sollte. Irgendwie wirkte Alex immer so verschlossen. Wieso wollte er mir nichts von sich erzählen?

»Ich glaube, deine Schwester war am Donnerstag bei mir im Laden«, meinte ich nach einer Weile und überlegte kurz darauf, ob ich das nicht sofort wieder bereuen würde. »Nora war bei dir?«, wiederholte er. »Ja, also ich glaube es. Naja, ich habe das jetzt nur gesagt, weil ich wissen wollte, ob sie deine Schwester ist. Weißt du zufällig, ob sie an diesem Tag im Blumenladen war?«. »Ja, war sie«, bestätigte er knapp, er wusste wohl von der Blumenlieferung. Seine Miene verfinsterte sich ein wenig, er wollte scheinbar nicht über sie sprechen. Wollte er überhaupt über irgendetwas mit mir sprechen? Ich spielte mit einer meiner Haarsträhnen, weil ich nicht wusste, was ich jetzt sagen oder tun sollte. Alex nahm mir dann diese Arbeit ab. »Ich glaube, ich gehe jetzt besser«, sagte er plötzlich und ich verstand die Welt nicht mehr. Wieso wollte er schon gehen? Es war doch gerade mal eine Stunde vergangen? Habe ich etwas Falsches gesagt? Verdammt, ich hätte meine Klappe halten sollen, wegen Nora. Aber Augenblick mal, was war eigentlich so verwerfliches daran, dass ich mehr über ihn und seine Familie wissen wollte? Ich mochte ihn und da war es doch normal, dass mich seine Geschichte interessierte. Er musste mir ja nicht sofort alles auf den Tisch legen, aber ein paar kleine Auszüge seines Lebens, würde ich schon gern wissen wollen. »Wieso?«, fragte ich ihn also ganz direkt, doch er antwortete mir nicht. Stattdessen stand er auf und ging rüber zu seiner Jacke. »Danke für das Essen, es hat toll geschmeckt«, sagte er knapp und ohne jegliche Gefühlsregung. Er kam rüber wie ein Roboter. »Du kannst jetzt nicht einfach so gehen, der Abend hat doch gerade erst angefangen!«, rief ich ein wenig lauter als ich wollte und er zog seine Jacke währenddessen an. Er schien mich gar nicht mehr wahrzunehmen und das brachte mich in Rage. *Er* brachte mich in Rage! Wieso verhielt er sich mir gegenüber so? Ich habe ihm doch überhaupt nichts getan.

Als er gerade zur Tür raus wollte, rannte ich ihm hinterher und blockierte ihm den Weg nach draußen. Sah wahrscheinlich ziemlich lustig aus, wenn eine sehr kleine Frau versuchte, einen großen Mann aufzuhalten. Aber das war mir egal, erst musste ich wissen, wieso er so verfrüht aufbrechen wollte. Der Abend hatte doch so schön angefangen. »Könntest du mir bitte aus dem Weg gehen?«, zischte er leise und machte mir damit beinahe Angst. Aber nur beinahe, ich hielt nämlich weiterhin stand. »Erst, wenn du mir sagst, wieso du einfach verschwinden willst«.

»Geh mir aus dem Weg«, zischte er erneut, doch ich ließ mich nicht von ihm einschüchtern. Was wollte er denn tun? Mich schlagen? Wenn er das tun würde, dann dürfte er gern gehen und nie wiederkommen. Ich war den Tränen nahe und musste mich wirklich beherrschen. »Sag es mir, bitte«, flehte ich fast, sah ihm dabei tief in die Augen und konnte etwas erkennen. Schmerz. Seine Wut galt nicht mir, wahrscheinlich galt sie ihm selbst. Was war ihm passiert?

»Ich muss jetzt gehen, bitte lass mich durch«. Seine Fassade begann zu bröckeln. Er klang jetzt nicht mehr wie ein böser, großer Bär, sondern mehr wie eine sehr verletzte Person. »Ich lasse dich nicht durch, du musst mir erst sagen, warum du gehen willst«, sagte ich fest und Alex atmete tief ein und wieder aus. »Willst du das wirklich wissen?«, fragte er und ich nickte. Und wie ich das wissen wollte! Nichts interessierte mich im Moment mehr. »Na, gut«, sagte er und ging einen Schritt zurück. »Ich glaube, aus uns beiden wird nichts. Ich weiß, du bist auf der Suche nach Liebe, aber die kann ich dir nicht geben. Dafür bin ich zu... Egal, das mit uns würde nicht funktionieren und das weiß ich jetzt... Es...«, wollte er weiterreden und mir standen nun die Tränen in den Augen. »Wolltest du gerade ernsthaft den »Es liegt nicht an dir« Spruch bringen? Es tut mir leid, aber du brauchst einen richtigen Grund, um einfach gehen zu dürfen«. Ein riesiger Kloß bildete sich in meinem Hals und ich kämpfte mit ihm. Ich versuchte mich zusammenzureißen, hatte aber keine Ahnung, wie lange ich noch so weitermachen konnte.

»Ella, bitte, ich... Glaub mir, es ist besser so. Ich kann dir wirklich nicht geben, was du willst«, er schaute auf den Boden.

»Du weißt doch überhaupt nicht, was ich will! Außerdem kannst du nicht von vornherein sagen, dass es nicht funktioniert. Wir mögen uns und das merke ich. Wir haben eine enorme Anziehungskraft aufeinander und haben uns bisher immer wieder gefunden! Ich kenne dich nicht, ich weiß, aber wenn du mir die Chance gibst, dich kennenzulernen, dann...«, sprach ich, doch Alex unterbrach mich. »Dann was? Dann laufen wir irgendwann Händchenhaltend durch den Park, geben uns Küsschen und kuscheln? Werden glücklich bis ans Lebensende?«. Er verstand mich nicht. »Alex, ich... Ich erwarte doch gar nicht von dir, dass du mein Freund wirst. Ich will dich doch nur näher kennen lernen, das ist alles!«, rief ich nun und wusste nicht, wie lange ich diese Diskussion noch weiterführen wollte. »Kennenlernen läuft aber auf genau diese Dinge hinaus und ich kann das einfach nicht«, antwortete er. »Wieso kannst du nicht?«, fragte ich sanft und wollte seine Hand nehmen, doch er zog sie weg. »Lass mich jetzt bitte gehen, ich habe genug gesagt«. »Alex!«, rief ich und meine Beherrschung würde bald vorbei sein. Er schubste mich ganz leicht von der Tür weg und öffnete sie. »Alex«, sagte ich erneut, nur dieses Mal sehr leise, weil ich gleich losheulen würde. Ein letztes Mal sah er mich an, mit gequältem Gesichtsausdruck und verließ dann endgültig meine Wohnung und höchstwahrscheinlich auch mein Leben.

Unerwartetes Ereignis

Alex

Ich hätte niemals herkommen dürfen!

Wieso ließ ich mich auch immer wieder von Ellas zarter, weicher Stimme dazu überreden, sie zu treffen? Wieso machte mich ihre Gegenwart so verrückt? Ich musste es einfach beenden, also bin ich einfach abgehauen. Ohne Erklärung, weil es so besser für sie war. Ich bekam einfach keine Beziehung mehr auf die Reihe. Außerdem hat Ella den besten Mann der Welt verdient, welcher ich niemals sein würde. In mir gäbe es immer diese Angst. Und das Misstrauen. Diese Dinge sollte sie nicht mitmachen müssen, also schonte ich sie gerade davor. Ich kam mir zwar vor wie der größte Arsch auf Erden, als ich einfach ihre Wohnung verließ, aber nach einer gewissen Zeit, würde sie es sicher verstehen. Es war einfach besser so, das wusste ich jetzt. Ich rannte förmlich zum Auto, nur um dann davor stehen zu bleiben und mich noch einmal umzudrehen. Verdammt! Wieso war ich ihr schon so extrem verfallen, wenn wir uns im Grunde gar nicht richtig kannten? Es schmerzte wie Hölle, dass ich jetzt gehen musste und sie nie wiedersehen würde. Mein Herz kapierte nicht, was mein Verstand ihm sagen wollte. Es schrie mich an, zurück zu rennen und ihr zu sagen, wieso ich weglief. Es wollte ihr sagen, wie ich mich fühlte und wie beschissen und gleichzeitig wunderschön die letzten Wochen für mich waren. Bevor ich diesem absolut dummen Vorschlag auch noch Folge leisten würde, öffnete ich die Fahrertür meines Wagens. Inzwischen hatte es angefangen zu regnen. Na super. Wenn jetzt noch ein Geigenspieler käme und traurige Lieder spielte, wäre dieses Szenario perfekt. »Wovor hast du nur solche Angst?«, schrie auf einmal Ellas Stimme und ich zuckte zusammen. Sie stand sicher vor dem Haus, ich hatte also noch kurz Zeit einzusteigen und einfach loszufahren. Allerdings zögerten meine Beine einen Moment und dann griff auch schon eine kleine, kalte Hand nach meinem Arm. Irgendwie fand ich es süß, dass sie tatsächlich dachte, mich mit ihrem schwachen Griff aufhalten zu können. Es wäre ein Leichtes für mich, mich einfach loszureißen und endlich von hier zu verschwinden. Leider tat ich das nicht, sondern stand wie festgefroren da. Ich war unfähig, mich aus ihrem Griff zu lösen. Es fühlte sich an, als wäre ihre Hand ein Anker und ich das Schiff, das zum Stehen kommen musste. Der Regen prasselte erbarmungslos auf mich herab und durchnässte mich. »Sieh mich an!«, befahl Ella und ich drehte mich vorsichtig zu ihr um. Sie weinte! Reflexartig streckte ich meine freie

Hand nach ihr aus und wollte ihr die Tränen wegwischen. Allerdings sollte ich das nicht tun und so zog ich meine Hand schnell zurück, als hätte ich mich verbrannt. »Wovor hast du solche Angst?«, wiederholte sie nun ihre Frage und sah mich dabei schmerzerfüllt an. Auch sie war inzwischen durchnässt und sah unwahrscheinlich sexy dabei aus. Was für eine Frau! Ihre langen, dunkelroten Haare hingen in feuchten Strähnen an ihr herab, während ein paar davon sich in ihr Gesicht verirrt haben. Ihre grünen Augen wichen nicht eine Sekunde von mir. Sie biss sich nervös auf die Lippe und in diesem Moment wusste ich, dass sie ebenso dachte wie ich. Ihr Blick wanderte an mir herab und blieb an meinem Oberkörper hängen. Sie betrachtete offensichtlich meine Bauchmuskeln, die sich, dank der Nässe, durch mein Shirt abzeichneten. Wir starrten uns an und das pure Verlangen sprudelte in mir hoch. Auch ich sah nun an ihr herab und da ihre Kleidung ebenfalls an ihr klebte, konnte ich ihre Kurven betrachten. Ihre Taille, die Hüfte und natürlich auch ihre Brüste. Ellas Brustkorb hob und senkte sich schneller als sonst. Ich sah ihr wieder ins Gesicht und etwas hatte sich darin verändert. Diesen Blick kannte ich an ihr noch nicht, aber ich wusste trotzdem genau, was er bedeutete. Sie biss sich erneut auf die Lippe.

Der Widerstand tobte in mir und schrie, dass ich mich sofort umdrehen und wegfahren sollte, doch da gab es, wie in jedem Mann, noch einen anderen Teil in mir. Und genau dieser Teil würde ihr jetzt nicht mehr widerstehen können. All die Gedanken, die ich bis gerade eben noch hatte, verflogen. Ich schenkte ihnen keinerlei Bedeutung mehr. Auch die Worte, die ich vorhin in ihrer Wohnung gesagt habe, vergaß ich. Jetzt, in diesem Augenblick, gab es nur eine Sache, die ich wollte. Ehe ich mich versah, krachten meine Lippen auf ihre. Dieses Mal küssten wir uns jedoch nicht sanft und zärtlich, sondern wild und verlangend. Sie schlang ihre Beine um mich und ich griff nach ihren Oberschenkeln, um sie festzuhalten. Ihre Finger fuhren durch meine Haare, während wir uns küssten und nicht mehr damit aufhören konnten.

Ich wollte sie! Jetzt!

Wir gingen zurück in ihre Wohnung, besser gesagt, wir stolperten zurück in ihre Wohnung, weil wir die Hände nicht voneinander lassen konnten. Oben angekommen, griff sie nach meiner Hand und lotste mich in ihr Schlafzimmer. Die ganze Zeit sagten wir beide kein Wort. Naja, für den nächsten Schritt brauchte man auch keine. Ich knallte die Tür hinter mir zu und spürte sofort ihre Hände an meinem Shirt. Sie zog es mir über den Kopf und schmiss es auf den

Boden. Ihre Augen klebten förmlich an mir und ich grinste. Mir gefiel es, wie sehr ich sie anmachte und noch mehr gefiel es mir, wie sehr sie mich anmachte. Wir küssten uns wieder und landeten dabei auf ihrem Bett. Ihre Hände fuhren an meinem Rücken entlang und ich erschauerte kurz, weil sie so eiskalt waren. Ich spürte wie Ellas Mundwinkel kurz nach oben gingen, als sie merkte, wie ich auf ihre Hände reagierte. „Kurzentschlossen unterbrach ich den Kuss, griff nach ihren Unterarmen und legte sie neben ihrem Kopf ab. Dann zog ich ihr die Bluse aus, sodass mich nur noch ihr BH von ihren Brüsten trennte. Als ich in ihr Gesicht sah, waren ihre Wangen gerötet und die Augen verschleiert. Sie wollte es offenbar genauso sehr wie ich. Ihre Hände griffen nach meiner Hose und fummelten am Gürtel herum. Irgendwann war die Schnalle offen und sie öffnete die Knöpfe. In einer kurzen Bewegung half ich ihr und entledigte mich meiner Jeans. Ihren Rock und die Strumpfhose, zog sie schnell selbst aus. Ich hielt einen Moment inne. Endlich sah ich ihre Beine. Obwohl sie eher klein war, waren diese schön lang. Ihre eher blasse Haut erinnerte an die von Schneewittchen. Hell und rein. Ihre Schönheit haute mich total um. »Du bist so... wunderschön«, hauchte ich und verteilte zarte Küsse auf ihrem Hals. Sie stöhnte. Danach hingen wieder unsere Lippen aufeinander und wir beide setzten uns zusammen auf. Dabei hörten wir nicht auf, uns zu berühren. Meine Hand fuhr einmal durch ihre Haare und wanderte dann ihren Rücken hinab, bis hin zum BH-Verschluss. Mit einer schnellen Bewegung habe ich das Teil geöffnet und legte meine andere freie Hand auf ihre Brust. Ella stöhnte leise. Ihr Stöhnen machte mich noch härter, als ich ohnehin schon war. Auf einmal stieß sie mich sanft von sich und ich sah sie überrascht an. Ging es ihr doch zu schnell? Sie drückte ihre linke Hand gegen meine Brust, um mir zu symbolisieren, dass ich mich hinlegen sollte. Natürlich leistete ich ihr Folge, ich glaubte, ich würde im Moment fast alles tun, was sie mir befahl. Sie setzte sich auf mich und nun konnte ich ihre Brüste in voller Pracht bestaunen. Sie waren genauso schön, wie ich sie mir immer vorgestellt habe. Nicht zu groß und nicht zu klein, eine gute Handvoll. Rund und weich, die mit Abstand schönsten Brüste, die ich bisher gesehen habe. »Ich habe auch ein Gesicht«, sagte sie plötzlich und ich sah schnell dorthin. Sie grinste. »Sorry«, meinte ich nur, dann beugte sie sich zu mir herab und wir küssten uns wieder. Meine Hände vergruben sich dabei in ihren Haaren. Sie duftete so gut, berauschte mich durch und durch. »Ich kann nicht mehr warten«, hauchte sie mir ins Ohr und klang dabei wie eine Göttin. Ihre Stimme war pure Erotik. Kurz darauf setzte sie sich ein Stück weiter nach unten und zog mir das letzte Kleidungsstück aus, das mich noch bedeckte. Sie sog tief Luft ein, als sie ihn sah. Dann sah sie zu mir, in mein Gesicht, mit Lust verschleiertem Blick. Im nächsten Moment lag sie wieder unter mir. Ich wollte für diesen ersten Augenblick die Kontrolle haben. Sie griff dann mit ihrer linken Hand nach der Nachttischschublade und holte ein Kondom heraus. Zum Glück hatte sie jetzt eins geholt, sonst hätte ich zu meiner Hose gehen müssen. Sie reichte es mir und ich streifte es mir so schnell wie möglich über. Danach platzierte ich ihn an ihrem Eingang und sah sie fragend an, da ich auf keinen Fall etwas tun wollte, wofür sie vielleicht noch gar nicht bereit war. Ihr Blick und vor allem ihre Nässe verrieten mir allerdings, dass sie es war. Ich küsste sie noch einmal und drang dann sanft in sie ein. Sie stöhnte. Ihr Atem beschleunigte sich und ihr Becken kam mir entgegen. Ich erhöhte mein Tempo und konnte ihre Fingernägel auf meinem Rücken spüren. Unsere vereinten Körper bewegten sich zusammen in einem Rhythmus, der perfekt passte. Wie Puzzle Teile ergänzten sie sich und mit einem Mal wurde mir bewusst, dass ich ihr hilflos ausgeliefert war.

***

Nachdem wir beide überaus intensiv kamen, sackte ihr Körper, der inzwischen auf meinem lag, über mir zusammen. Ich spürte ihre warmen Brüste auf meinem Oberkörper und fühlte jeden einzelnen ihrer Atemzüge. Perfektion. Dieses Wort passte am besten zu dieser Frau. Mit einem kurzen, erschöpften Ruck, rollte Ella von mir herunter. Nun lag sie neben mir, immer noch so nah. Ihre Haare kitzelten meinen Hals, doch das machte mir nichts aus. Wir lagen also schweigend nebeneinander und genossen einfach nur den Augenblick. Ich schloss meine Augen und dachte darüber nach, wann ich mich das letzte Mal so gut gefühlt habe. Mir fiel nichts ein, mein Gehirn war zu vernebelt. Von Ellas Duft, ihrer Schönheit, ihrer betörenden Stimme und dem leisen Stöhnen. Und dann noch dieser Körper, der absolute Wahnsinn! Was machte sie nur mit mir? Ich hatte eigentlich vor zu gehen und sie nie wieder zu sehen, doch stattdessen sind wir tatsächlich in ihrem Bett gelandet und liegen nun erschöpft nebeneinander. Was mich jedoch am meisten wunderte, war nicht die Tatsache, dass wir miteinander geschlafen haben, sondern dass meine Angst verflogen war.

Ich drehte mich zu ihr, legte eine Hand auf ihren Bauch und begann, ihn sanft zu streicheln. Ihre eben noch geschlossenen Augen öffneten sich und sahen mich an. Sie lächelte, ein absolut bezauberndes Lächeln. »Macht es dir etwas aus, wenn ich heute Nacht hierbleibe?«, fragte ich sanft und sie sah mich daraufhin überrascht an. »Du darfst solange bleiben, wie du willst«, hauchte sie, drehte sich zu mir und drückte mir einen Kuss auf die Lippen. Ich lächelte.

-20-

Unsterblich verliebt

Ella

Dieser Abend war mit Abstand der schönste, verwirrendste und atemberaubendste seit … Immer! Noch nie in meinem Leben habe ich mich mit jemandem so wohl und gleichzeitig so schlecht gefühlt, wie mit Alex. Zuerst dachte ich, er verschwindet für immer aus meinem Leben, doch das wollte und konnte ich nicht zulassen. Ich hatte kurz hinter der Tür geweint und nachgedacht, dann habe ich relativ schnell beschlossen, was ich zu tun hatte. Alex aufhalten! Und mein Plan hatte mehr als gut funktioniert. Ich hätte nicht gedacht, dass wir gleich im Bett landen, aber das hatte sich eben so ergeben. Es war wunderschön. Alex war so zärtlich und leidenschaftlich mit mir umgegangen, er hat mich behandelt wie eine Königin. Ich konnte es jetzt nicht mehr leugnen, nicht nach heute Abend. Ich war unsterblich in Alex verliebt und wusste nicht, ob das gut oder schlecht war, immerhin hatte er eigentlich vorgehabt, abzuhauen. Würde er es jetzt tun?

Kurz nach unserem unglaublichen, gemeinsamen Erlebnis, lagen wir nun also nebeneinander in meinem Bett und ich schloss die Augen. Ich dachte darüber nach, was nun geschehen würde. Mein Kopf explodierte schon fast vom Denken, ich konnte Alex einfach nicht einschätzen. Würde er bleiben? Oder gehen und wir uns dann vermutlich nie wiedersehen? Beim letzten Gedanken wurde mir ganz flau im Magen. Nein, er durfte jetzt nicht gehen! Alex drehte sich zu mir um, legte seine Hand auf meinen Bauch und fing an, ihn sanft zu streicheln. Ich öffnete die Augen und lächelte. Wenn ich ihn mir jetzt ansah, war er noch schöner, als je zuvor. Seine grün-braunen Augen blickten mich schon fast liebevoll an, während seine nun zerzausten Haare ihn irgendwie süß wirken ließen. Nun folgte ein Satz von ihm, mit dem ich nicht gerechnet hatte und der mich außerordentlich glücklich machte. »Macht es dir etwas aus, wenn ich heute Nacht hierbleibe?«, fragte er und ich musste aufpassen, nicht zu überglücklich zu klingen. Ich antwortete ihm, dass er so lange bleiben durfte, wie er wollte. Dann drückte ich ihm einen kleinen Kuss auf seine warmen Lippen. Da ich von diesem Abend echt erledigt war, drehte ich mich nun in meine Schlafposition auf die Seite. Alex schmiegte sich von hinten an mich und zog mich mit seinem rechten Arm näher an sich heran. Oh Gott! Er löffelte mit mir! Konnte dieser Abend eigentlich noch schöner werden? Jetzt definitiv nicht mehr, denn ich lag in meinem gemütlichen

Bett, zusammen mit einem umwerfend schönen Mann, der sich auch noch an mich kuschelte!

Es dauerte gar nicht lange, da war ich auch schon eingeschlafen und ich schlief ganz fantastisch!

***

Als ich am nächsten Morgen die Augen öffnete, fühlte ich mich glücklich und pudelwohl. Ich drehte mich auf den Rücken und streckte mich ausgiebig, die Welt war einfach schön! Als ich jedoch neben mich schaute, war da kein Alex. Natürlich kam mir sofort der Gedanke, dass er abgehauen war, so, wie er es von Anfang an vorgehabt hatte. »Alex?«, rief ich seinen Namen, doch ich bekam keine Antwort. Okay, kein Stress, vielleicht ist er auf der Toilette oder so. Ich stieg aus dem Bett, griff mir meinen Bademantel, der an der Tür hing und legte ihn mir um. »Alex?«, rief ich erneut, als ich die Küche betrat und ihn auch hier nicht entdecken konnte. Meine letzte Chance war nun das Bad. Wäre er im Wohnzimmer gewesen, hätte ich ihn gesehen, dieses ist nämlich nicht durch eine Tür von der Küche getrennt. Ich öffnete also die Badezimmertür uuund... Wieder nichts. Nein! Nein! Nein! Nein! Nein! Er konnte nicht weg sein, er durfte nicht. In meinem Hals bildete sich ein riesiger Kloß, der sich erbarmungslos nach oben drückte. Alex war tatsächlich abgehauen und das nach dem gestrigen Abend. Das konnte er mir nicht antun! Wieso? Verdammt! Ich hätte es wissen müssen, ich war dumm. Ich hätte mich niemals auf ihn einlassen dürfen. »Scheiße! Scheiße! Scheiße!«, schrie ich und ließ mich auf die Couch fallen. Ich fluchte, was das Zeug hielt und erklärte mich zum dämlichsten und Alex zum arschigsten Menschen der Welt! »Blöder Idiot!«, schrie ich und dann kullerten auch schon die ersten Tränen meine Wangen hinunter. Wie konnte ich nur so dumm sein und glauben, Alex würde bleiben? War doch klar, dass er sich am nächsten Morgen raus schlich, wenn er doch schon vorher gehen wollte. Der Sex mit mir hatte ihn bloß einen Moment von seinem Plan abgelenkt, dann war er ihm wieder eingefallen und tschüss! Er hatte nie die Absicht gehabt, mich näher kennen zu lernen, deswegen wollte er auch nichts von sich erzählen. Aber wozu dann die ersten Dates? Wozu diese verträumten Blicke? Wozu das Alles? Das hätte er sich auch sparen können. Es fühlte sich verdammt scheiße an, verarscht worden zu sein. Männer waren doch alle gleich!

Während ich wütend und gleichzeitig traurig auf der Couch lag, bemerkte ich gar nicht, wie jemand zur Haustür reinkam. »Ich bin so blöd!«, beleidigte ich mich selbst und hörte dann ein leises Lachen. Alex! Was zum...?!

Ich drehte mich perplex um und blickte in sein Gesicht. Es war tatsächlich Alex! »Bist du echt?«, fragte ich völlig bescheuert und er zog eine Augenbraue nach oben. »Was?«, meinte er nur und da entdeckte ich Kaffee und eine Papiertüte meiner Lieblingsbäckerei in seinen Händen. »D-du warst n-nur...?«, stammelte ich und wollte am allerliebsten im Erdboden versinken. Alex war nur weg gewesen, um mir Frühstück zu bringen! Und ich Idiot habe gleich an das Schlimmste gedacht. »Darf ich fragen, wieso du...?«, wollte er fragen, doch ich winkte ihn lächelnd ab. »Nein, frag besser nicht«. Er zuckte nur die Schultern und stellte Kaffee und die Papiertüte auf den Esszimmertisch. »Was ist in der Tüte?«, fragte ich neugierig und Alex lächelte. Ich wischte mir schnell die Tränen weg. Hoffentlich hatte er nicht gesehen, dass ich ein bisschen geweint habe. »Schau doch nach, dann weißt du es«, antwortete er. Ich stand von der Couch auf und lief zum Tisch. Dann öffnete ich die Tüte. »Donuts!«, stellte ich erfreut fest und konnte es kaum abwarten, sie zu verspeisen. »Du magst sie, gut. Zuerst wollte ich dir Pfannkuchen machen, dann ist mir aber wieder eingefallen, dass ich nicht besonders gut kochen kann, also habe ich mich raus geschlichen und bin zum Bäcker gegangen«, verriet er und ich lächelte. Dumme Ella! »Du hättest mich ruhig wecken können, dann hätten wir zusammengehen können«, sagte ich. Das hätte mir den Herzinfarkt heute Morgen erspart! »Ich konnte dich nicht wecken, du hast so friedlich ausgesehen«, meinte er sanft und ich hasste mich gerade. Ich fühlte mich schuldig, weil ich ihm nach unserer schönen Nacht zugetraut habe, einfach zu verschwinden. Ich musste das dringend wieder gut machen.

»Der schmeckt ja... Hmm... göttlich!«, schwärmte ich, als ich ein paar Bissen meines pinken Donuts genommen habe. »Dann ist mir meine kleine Überraschung wohl gelungen«, sprach Alex erleichtert und ich lächelte: »Auf jeden Fall«. Zum Glück habe ich heute frei. Anne war so nett, für mich einzuspringen, damit ich das Wochenende mit Alex genießen konnte. Dafür übernahm ich dann ihren Samstag nächste Woche. »Darf ich deine Dusche benutzen?«, fragte Alex, als wir mit dem Frühstück fertig waren. »Klar«, antwortete ich, dann stand er auf und lief ins Bad. Er schloss nicht ab. War das eine Einladung? Sollte ich zu ihm gehen? Unter die Dusche? Ich musste zugeben, dass allein der Gedanke schon einiges in mir auslöste, doch ich war mir unschlüssig. Wir kannten uns doch erst seit... Und wir waren doch erst ein Mal... Und wir... Ach, egal! Das waren alles keine Gründe, eigentlich gab es überhaupt keinen Grund, wieso ich ihm nicht einfach Gesellschaft leisten sollte. Leise schlich ich also in Richtung Bad und blieb davor stehen, ich wollte warten, bis er wirklich unter der Brause stand. Ich musste gar nicht lange warten, da hörte ich es schon plätschern. Ich nahm all meinen Mut zusammen und öffnete die Tür einen Spalt. Meine Augen wussten gar nicht, wohin sie zuerst schauen sollten. Auf seinen muskulösen Rücken? Die sexy Oberarme? Oder aber den knackigen Po? Keine Ahnung, jedenfalls machte sein Anblick mich gleich 100 Mal nervöser. Wieso musste er auch so unglaublich heiß sein? Ich trat herein, er hatte mich allerdings noch nicht bemerkt. Langsam zog ich an der Schleife meines Mantels, sie öffnete sich. Ich räusperte mich, irgendwie musste ich ja auf mich aufmerksam machen, nicht das er sich noch erschreckte. Er drehte sich um und starrte mich an, ein kleines Grinsen schlich sich auf sein Gesicht. Ich zog meinen Bademantel langsam aus. Als er auf den Boden glitt, sah Alex ihm nach und musterte mich dann von unten bis nach oben. Sein Blick blieb schließlich auf meinem Gesicht hängen und ich lächelte ihn schüchtern an. Ich schluckte kurz und trat ein paar Schritte näher, bis ich genau vor der Dusche stand. Alex schaltete die Brause kurz ab und schob die Türe auf. Nun stand ich endlich vor ihm, war ihm bereits jetzt so nah. Er schloss die Türe und stellte die Brause wieder an. »Heiß!«, erschrak ich und Alex lachte: »Entschuldige«. Er fummelte ein bisschen am Hahn herum, bis das Wasser lauwarm an meinem Körper hinab perlte. Ja, so mochte ich das. Lauwarm und nicht heiß! Meine linke Hand fand ihren Weg zu seiner Brust. Ich legte sie sanft darauf ab, er nahm meine Hand in seine beiden Hände und küsste sie. Dann schenkte er mir ein bezauberndes Lächeln und zog mich näher zu sich heran. Ich schaute zu ihm nach oben, in sein tolles Gesicht. Als ich gestern mit ihm draußen vor seinem Auto stand, wusste ich, dass ich ihn wollte. Und zwar ganz. Es hatte sich angefühlt wie ein Blitz, der durch meinen Körper gefahren ist und genauso fühlte ich mich auch jetzt im Moment wieder. Ich wollte mich am liebsten für den Rest meines Lebens so fühlen, nichts könnte besser sein. Wir küssten uns und ich vergaß alles um mich herum, genau wie gestern Nacht. Alle negativen Gefühle fielen von mir ab, da waren nur noch Alex und ich. Zusammen. Unter meiner Dusche.

***

»Ich beeile mich, okay? Ich bin in spätestens einer Stunde wieder da und dann gehen wir schön Essen«, meinte Alex am Mittag, als er heimgehen wollte, um sich frische Kleidung zu holen. Ich ließ ihn schweren Herzens gehen und kam mir vor, wie ein kleines Schulmädchen. War ich nicht aus dem Alter draußen, in dem man sich total bescheuert verhalten hatte, wenn man verliebt war? Scheinbar nicht - dachte ich und holte mir erst mal ein Glas Wasser. Dann klingelte das Telefon und meine Mutter war dran. »Hallöchen, liebste Mama«, singsangte ich und hörte sie am anderen Ende der Leitung lachen. »Was ist denn mit dir los? Hat dieser Alex dir etwa den Kopf verdreht?«, traf sie den Nagel auf den Kopf. »Ja, das hat er wohl«, antwortete ich verträumt und ließ meinen jetzigen Zustand einfach zu. »Wie ist es mit der Wohnungssuche gelaufen?«, wollte sie wissen und da fiel mir ein, dass ich ja eigentlich vorgehabt hatte, sie anzurufen. Sie wusste ja noch gar nichts von der Zusage. »Ähm, sei mir jetzt bitte nicht böse. Ich habe total vergessen, dir zu erzählen, dass wir die Wohnung nahe dem Blumenladen bekommen haben und auch schon angefangen haben, zu streichen«, gestand ich. »Pfff, den Mann muss ich kennen lernen, der es schafft, dass meine Mariella ihre Mutter vergisst«, sagte sie gespielt empört. »Mama, so weit sind wir noch nicht«, erklärte ich und fragte mich insgeheim, ob wir das überhaupt irgendwann sein würden. Immerhin war von einer festen Beziehung nicht die Rede gewesen, er hatte ja selbst indirekt erwähnt, dass er keine möchte. Warum musste immer alles so kompliziert sein? Ich erzählte Mama von meinem gestrigen Date mit Alex, eigentlich wollte ich die schlüpfrigen Details weg lassen, doch sie kam natürlich selbst drauf. »Wenn er also heute Morgen Frühstück gebracht hat, dann hattet ihr Sex, nicht wahr?«, ahnte sie unverblümt und ich bejahte das leise. »Ellchen, ich bin vielleicht deine Mutter und schon ein bisschen älter, aber ich weiß trotzdem, wo der Hase langläuft«, fügte sie noch hinzu und ich verdrehte die Augen. »Es war schön, dass du angerufen hast, Mama. Ich habe allerdings gerade nicht so viel Zeit. Ich rufe dich an, sobald ich wieder alleine bin, dann erzähle ich dir noch ein paar andere Dinge«, sprach ich und dann verabschiedeten wir uns voneinander. Nun war es wieder still und ich mit meinen Gefühlen allein. Mein Bauch fühlte sich ganz merkwürdig an und wenn ich an ihn dachte, wurde mir ganz warm ums Herz. Wow, solche verrückten Gefühle hatte ich schon ewig nicht mehr. Vielleicht waren sie seit unserer ersten Begegnung in mir und ich habe sie nur zurückgehalten, weil ich Angst hatte. Hundertprozentig war es so. Als ich an mir heruntersah, fiel mir auf, dass ich noch gar nicht angezogen war. Ich trug nur ein Handtuch um die Hüften, vielleicht sollte ich das mal ändern und zwar zackig.

***

Als es schließlich an der Tür klingelte, war ich angezogen und sogar schon fertig geschminkt! Immerhin wollte ich gut aussehen für Alex. »Hallo, schöne Frau«, begrüßte er mich mit einem Kuss und ich lächelte. Heute trug ich einen braunen Pullover und einen schwarzen Rock. Nichts Besonderes, aber bequem. Alex trug wieder seine Blue Jeans, die ich schon öfter an ihm gesehen hatte, zusammen mit einem braunen Hoodie. Es war sowieso egal, was er trug, er sah einfach in allem unglaublich gut aus. »Bist du bereit?«, wollte er wissen und ich nickte. Ich zog mir Schuhe und Mantel an, griff nach meiner Tasche und hakte mich bei ihm unter. »Es kann losgehen, Sir«, sprach ich und dann liefen wir so zusammen zu seinem Auto. »Ganz schön kalt heute«, stellte ich fest und knöpfte meinen Mantel bis ganz nach oben zu. »Ich mache im Auto schön warm«, erwiderte Alex. Ich freute mich über seine Fürsorglichkeit, er war jetzt irgendwie anders zu mir. Nicht mehr so kühl, er taute langsam auf. Vielleicht erzählte er mir jetzt etwas über sein Leben? Nachfragen würde ich allerdings nicht, ich wusste ja jetzt, dass er da nicht so gut drauf reagierte. Ich musste einfach abwarten, bis er von selbst sprechen würde. »Wo fahren wir hin?«, fragte ich neugierig, doch Alex schüttelte nur den Kopf:

»Das ist eine Überraschung«. Er spannte mich auf die Folter! Und das, obwohl ich fast umkam vor Neugierde und Hunger hatte ich auch noch. »Keine Sorge, wir sind bald da«, fügte er noch verschmitzt hinzu. War ja klar, dass er das wieder lustig fand. Ich musste ihn dringend auch mal überraschen, mal sehen, ob er auch so ungeduldig war, wie ich. Wir hielten schließlich vor einem Burger-Restaurant an. Ich war schon öfter mit Anne hier gewesen. Oh je! Wollte er etwa sehen, wie ich einen Burger aß? Das konnte ich nämlich überhaupt nicht, mir fiel immer die Hälfte aus dem Mund. Ganz und gar nicht weiblich. »So, wir sind da«, verkündete er und ich schluckte. Egal, ich würde mir diesmal einfach einen Salat bestellen.

»Ich denke, ich nehme den Römersalat«, teilte ich Alex mit, doch der runzelte nur die Stirn. »Ich dachte du hast Hunger? Von einem kleinen Salat wirst du doch nicht satt«. Mist! Was sollte ich dazu jetzt sagen? Ich vertrage keine Burger? Gute Idee! Ich sagte ihm also, dass ich keine Burger vertrug. »Du lügst«, meinte er nur. »Du sagst, ich bin eine Lügnerin?«, antwortete ich ungläubig und Alex legte seinen Kopf schief. Dann holte er sein Handy raus, tippte kurz darauf herum und hielt es mir dann vor die Nase. »Was soll ich damit...?«, wollte ich sagen, doch dann sah ich es. Mein Profil auf meinem liebsten sozialen Netzwerk. Er zeigte mir ein ganz bestimmtes Bild, welches Anne geschossen hatte, als wir das letzte Mal hier waren. Es zeigte mich mit einem Burger in den Händen, kräftig zubeißend. Mist! »Lügnerin«, sprach er erneut und zog das Wort absichtlich in die Länge. »Okay, du hast mich erwischt, ich nehme ja schon einen«, sagte ich und Alex grinste triumphierend. Elender Stalker! Ich bestellte also einen Cheeseburger mit Pommes, Alex irgendeinen mit scharfem Zeug drauf. »Wieso wolltest du überhaupt erst einen Salat bestellen?«, fragte er amüsiert. »Ich ernähre mich eben sehr gesund«, antwortete ich und das war nicht einmal gelogen. »Ich auch, Elli. Aber ab und zu kann man sich ruhig mal etwas gönnen«, meinte er. Hatte er mich gerade Elli genannt? Er hat mich noch nie Elli genannt! Er hat mir einen Spitznamen gegeben! Ja, ich habe es genau gehört. Alex hat mir einen Spitznamen verpasst und das hieß doch was, oder? Früher im Kindergarten haben mich viele Kinder Elli genannt, heute sagte das niemand mehr. Aus Alex´ Mund klang dieser eher veraltete Spitzname wie Musik in meinen Ohren. Ich könnte ihm sowieso stundenlang beim Reden zuhören, er besaß eine so warme, beruhigende Stimme. Einfach nur schön. Ich legte meine Hand über dem Tisch auf seine und sah ihm dabei in die Augen. Was strahlten sie aus? Offenheit? Angst? Vertrauen? So richtig konnte ich es nicht deuten. Vielleicht eine Mischung aus allem. Auf einmal ging die Tür auf und vier ziemlich laute Männer kamen herein. Einer von ihnen war groß, schlaksig und trug eine Nerdbrille. Er war auch der lauteste von ihnen. »Ne, oder?«, entgeistert schaute Alex zu den Männern und seine Augen verengten sich ein wenig. »Kennst du die Typen?«, wollte ich wissen und er nickte. »Ja, der eine ist der Typ, der meine Schwester angefahren hat«. Ich habe zwar seinen Namen vergessen, aber ich erinnerte mich noch genau. Einer von den Typen war der Grund dafür, dass Alex damals zu spät kam und der Grund, dass seine Schwester angefahren wurde. Ein ziemlicher Idiot, wenn man mich fragte. »Welcher ist es?«, fragte ich und er deutete auf den schlaksigen. Ha! Dachte ich es mir doch. »Ich habe es bisher nicht geschafft, ihm zu sagen, was für ein Idiot er ist, aber im Nachhinein bereue ich das auch nicht. Er ist es ohnehin nicht Wert, so dämlich wie der ist«, sprach Alex. Dann konzentrierte er sich wieder auf mich und lächelte: »Ist ja auch egal«.

Während die vier Kerle sich ein paar Tische weiter lautstark unterhielten, beinahe anschrien, versuchten Alex und ich, sie zu ignorieren. Ich konzentrierte mich einfach auf ihn und nicht auf die Lautstärke um uns herum. Für ihn schien das allerdings nicht so einfach zu sein, was vermutlich auch daran lag, dass er den einen Kerl absolut nicht abhaben konnte. »Einen Cheeseburger und den Red-Hot-Pepperburger, bitte sehr«, kam die Kellnerin schließlich und Alex schien sich zu freuen, da er nun eine Ablenkung hatte. »Ich habe mir das eigentlich etwas anders vorgestellt«, gab Alex zu und ich lächelte mitleidig. Er konnte ja nicht ahnen, dass diese Kerle hereinkamen und nun den ganzen Laden zusammen brüllten. Die benahmen sich wirklich wie die Affen! Unmöglich! »Hoffentlich verschwinden die bald wieder«, stöhnte ich genervt und nahm den ersten Bissen von meinem Burger. Da Alex durch die Lautstärke abgelenkt war, achtete er nicht so sehr auf mich und so fiel ihm nicht auf, dass mir beim ersten Biss ziemlich viel von meinem Burger wieder aus dem Mund fiel. Das musste echt bescheuert aussehen, zum Glück war er in sein Essen vertieft. Er schlang es förmlich in sich hinein. »Ähm, Alex?«, fragte ich, als er das erste Mal hustete. Oh je! Ich habe sowas schon in Filmen gesehen! Wenn er jetzt etwas verschluckte und es ihm im Hals stecken blieb, müsste ich ihm von hinten auf den Bauch drücken, mit aller Kraft. Falls es mir nicht gelang, ihn vom verschluckten Stück zu befreien, würde Alex in meinen Armen sterben und ich müsste für immer mit dem Wissen leben, dass ich ihn hätte retten können, aber einfach nicht stark genug war. Alex verschluckte sich. Ziemlich doll sogar! Okay, jetzt reichte es! Meine Gedanken durften auf keinen Fall Wirklichkeit werden. Ich nahm einen Mut machenden Bissen von meinem Burger, wischte mir die Soße mit einer Serviette ab, die dabei an meinem Mund hängen blieb und stand auf. Alex hielt inne und sah mich fragend an. Ich lief an seinem Stuhl vorbei, rüber zum Tisch, an dem diese Krawallmacher saßen. Kurz bevor ich beim besagten Tisch ankam, bekam ich weiche Knie! Oh, Nein! Ich durfte jetzt keinen Rückzieher mehr machen, wie würde das auch aussehen! Ich atmete einmal ganz tief ein und stellte mich mit meinen 1,59 m vor ihnen auf. Einem fiel auf, dass ich da war und grölte: »Hallo, Schnecke! Was willst du, hä?«. Mein Mut verflog und ich stammelte herum: »Ähm, Hi. Könntet ihr eventuell, also nur wenn es okay ist, etwas... ähh...«. »Spuck´s schon aus, Schnecke. Was willst du? Falls du mit uns mitkommen willst, wir haben noch Platz im Auto«, sagte der Kerl, der nebenbei bemerkt echt schleimig aussah. Irgendwie gruselig. Ich sah kurz nach hinten zu Alex, dessen Augen sich weit geöffnet haben. Ich zwinkerte ihm zu, um ihm zu zeigen, dass ich die Situation unter Kontrolle hatte. Obwohl das ganz und gar nicht der Fall war, was sicher jeder Blinde sehen konnte. Die Typen starrten mich nun allesamt an und lachten. Der Schlaksige musterte mich und blieb an meinem Oberteil hängen. Der glotzte total auffällig auf meine Brüste, obwohl ich nicht einmal einen Ausschnitt trug! Egal, ich durfte sie nicht beachten, ich musste ihnen zeigen, wo der Hammer hing. »Rede schon, nicht so schüchtern, Schnecke«, laberte der schleimige Typ weiter und in mir breitete sich unweigerlich eine Welle der Wut aus. Er sollte endlich aufhören, mich Schnecke zu nennen! »Nenn mich nicht so«, zischte ich betont ruhig, aber mit einer gewissen Aggressivität in der Stimme. »Wie soll ich dich nicht nennen? Schnecke? Aber du bist doch eine kleine Schnecke, mit deinem süßen Röckchen«, laberte er und meine Augen wanderten auf deren Tisch entlang. Ich entdeckte Pommes mit Ketchup und eine Cola. »Du stehst auf mich, stimmt´s? Deswegen bist du rübergekommen, weil du meine Nummer willst«. Er hielt einfach nicht seine freche Klappe! Nun habe ich endlich einen Plan ausgeheckt. Ich setzte mein schönstes Lächeln auf und fuhr mir durch die Haare. Dann sagte ich zuckersüß: »Oh, natürlich bin ich nur wegen dir hier rübergekommen, wie könnte man dir auch widerstehen?«. Er lachte, dreckig. Ich nahm all meinen Mut zusammen und beugte mich zu ihm hinunter. Kurz davor habe ich nach einer Serviette gegriffen. Unsere Gesichter waren sich nun seeeehr nah und ich konnte seinen Atem riechen. Widerlich! Wann hatte der Kerl sich das letzte Mal die Zähne geputzt? War wohl schon ein paar Jahre her. »Ich wusste doch, dass du auf mich stehst, Schnecke«, flüsterte er und ich lächelte erneut. »Wie heißt du eigentlich?«, fragte ich. »Magnus«, antwortete er und ich schrieb währenddessen meine Handynummer auf die Serviette. »Gut und woher weiß ich, dass das auch deine ist?«, wollte er wissen und ich bat ihn nun, mich einmal anzurufen. Während er kurz abgelenkt war, weil er sein Handy aus der Hosentasche kramen wollte, schnappte ich mir seine Cola und noch bevor seine Kumpels ihn warnen konnten, kippte ich sie ihm langsam über den Schoß. Die Serviette mit meiner Nummer, nahm ich in meinen Besitz. »Boah, was soll das denn jetzt?!«, rief dieser wütend und starrte mich entsetzt an. »Weißt du, ich bin eigentlich nur hier um dir zu sagen, dass ihr mir eine Spur zu laut seid«, sagte ich mit klimpernden Wimpern. Er lachte humorlos: »Und das hättest du nicht einfach sagen können? Was soll der Mist mit der Cola, die Hose ist neu!«. »Ich hätte es einfach sagen können, ja. Aber dann hast du angefangen, mich Schnecke zu nennen und ich bekam Lust, dir... Eins auf die Nüsse zu geben, wenn du verstehst, was ich meine«, sprach ich und blieb seelenruhig dabei. Seine Kumpels waren inzwischen verstummt und auch er wusste nicht so Recht, was er sagen sollte. »Ich würde mich euch sehr verbunden fühlen, wenn ihr ab jetzt etwas leiser wärt, ginge das?«, fragte ich. Der Typ und die anderen nickten. Die waren wohl alle nicht die hellsten Birnen im Leuchter, Gott sei Dank. Die Nummer mit der Cola hätte auch gründlich in die Hose gehen können. »Gut«, sagte ich, lächelte ihnen noch einmal zu und lief dann, erhobenen Hauptes, zum total fassungslos dreinblickenden Alex zurück. »Was schaust du denn so?«, fragte ich und tat so, als wüsste ich nicht, wieso er mich so ansah. »Das war der absolute Hammer! Die haben ja beinahe Angst vor dir gekriegt«, staunte er und ich lachte. »Ach, das war doch nicht der Rede wert«. Ich sah, dass Alex seinen Burger völlig außer Acht gelassen hatte, während ich weg war. »Nun iss schon, der wird doch schon kalt«, meinte ich und aß selbst weiter. Die Kerle starrten einmal zu mir rüber, ich hob meinen Burger grüßend nach oben und biss kräftig hinein. Ich könnte schwören, dass sich ihre Augen weiteten. Die hatten tatsächlich ein bisschen Angst vor mir. Erwachsene Männer! Vor einer kleinen Frau! »Du hattest Glück, dass du diese Idioten erwischt hast, mit anderen hätten wir eventuell richtig Ärger bekommen«, stellte Alex fest. Ich stimmte ihm zu, er hatte ja Recht. Normalerweise machte ich solche Dinge auch nicht, aber mir war dieses Wochenende mit Alex sehr wichtig, das durfte unter keinen Umständen von irgendwem versaut werden, erst Recht nicht von solchen Hohlbirnen!

***

»...Und dann sind Mama und ich immer zum See gegangen, Papa hatte da nie Lust drauf, aber als Kind hat mich das nicht sonderlich gestört...«, erzählte ich Alex gerade ein wenig von meiner schönen Kindheit mit Mama. »...Hätte sie sich damals nicht so sehr um mich gekümmert, hätte ich eine sehr einsame Kindheit gehabt. Papa hat irgendwie nie was mit mir anzufangen gewusst, er saß meistens zu Hause und hat Fernsehen geschaut oder an seinem Auto herum geschraubt«. Alex hörte mir aufmerksam zu und sagte dann: »Es freut mich, dass immer jemand für dich da war«. Dabei blickte er kurz zu Boden, wir gingen nämlich gerade ein wenig spazieren. So etwas nannte ich Verdauungsspaziergang, tat gut nach einer großen Mahlzeit. Seine Miene veränderte sich für einen Augenblick, er sah irgendwie traurig aus. Was war mit seinen Eltern? Ich würde ihn so gern fragen, so gern erfahren, wie es ihm in seiner Kindheit ergangen war. Allerdings traute ich mich das nicht, aus Angst, er würde mir wieder entgleiten. Wir kamen uns gerade näher, da durfte ich nichts riskieren. Wobei, er kam wohl eher mir näher, ich ihm allerdings kein Stück. Körperlich ja, aber seelisch keineswegs. Ich wusste nun mal überhaupt nichts über ihn, nur, dass er eine Schwester hatte, die Nora hieß und seine Freunde kannte ich auch ein wenig. Ein paar von ihnen zumindest, keine Ahnung, ob er noch mehr hatte. Wieso ließ er mich nicht an sich heran? Vertraute er mir nicht? Wir hatten immerhin Sex und da gehört Vertrauen doch auch dazu, oder irrte ich mich? Keine Ahnung was Alex dachte und vor allem, wieso er mich nicht an seinen Gedanken teilhaben ließ. Vielleicht musste ich einfach Geduld haben, auch wenn diese nicht gerade meine Stärke war. Für ihn wollte ich aber geduldig sein, er bedeutete mir etwas. Ich war verliebt in ihn. Unsterblich verliebt!

-21-

Offenbarungen

Alex

Wow! Ella war der absolute Oberhammer! Ich hätte niemals gedacht, dass sie zu diesen Typen hingeht und ihnen mal die Meinung sagt. Wieso machte sie ständig Dinge, von denen ich mich noch mehr zu ihr hingezogen fühlte? Dass sie mir den Kopf verdreht hat war ja inzwischen klar, aber ich hätte nicht gedacht, dass das noch stärker werden konnte. Sie machte mich verrückt und ich konnte nichts dagegen tun. Ich wusste schon ein paar Dinge über sie, doch sie rein gar nichts über mich. Einerseits war das gut so, denn dann kam sie mir emotional nicht zu nah. Andererseits fühlte ich mich mies dabei, ihr nichts von mir zu sagen, während sie offen über ihre Kindheit sprach und mir immer wieder neue Geschichten erzählte. Sie wirkte immer so unbeschwert, fröhlich und nichts schien ihr etwas anhaben zu können. Genau das war es, dass ich an ihr so mochte. Sie war so anders als ich. Sie konnte Menschen Vertrauen schenken, ich nicht. Dabei würde ich das so gerne tun, aber in mir war ein Widerstand, den ich nicht durchbrechen konnte. Ich wusste genau, dass man nicht alle Menschen über einen Kamm scheren sollte und Ella war sicher nicht wie *sie,* aber trotzdem konnte ich einfach nichts über mich erzählen, was mich ihr gegenüber verwundbar machte. Sobald ich ihr die Tür zu meinem Herzen öffnete, würde alles zu spät sein. Vielleicht war es ja bereits zu spät? Nach unserem gemeinsamen Spaziergang habe ich Ella gesagt, dass ich nach Hause müsste, weil ich noch ein paar Dinge zu erledigen hatte. Sie schien traurig, doch ich musste gehen.

Inzwischen war es bestimmt schon drei Uhr nachts, doch ich bekam kein Auge zu. Meine Gedanken flogen immer wieder zu Ella, ihren langen, roten Haaren, der wunderschönen Figur und diesem makellosen Gesicht. Sie war meine absolute Traumfrau. Dann dachte ich über *sie* nach, wie sie mir, ohne mit der Wimper zu zucken, das Herz gebrochen hatte. In tausend Teile. Hat sie mich überhaupt geliebt? Wahrscheinlich nicht, sonst wäre sie nicht abgehauen! Wieso machte ich mir immer noch Gedanken um sie, das Alles war doch schon so lange her. Vielleicht war es aber gar nicht wirklich sie, der ich hinterher weinte. Vielleicht war es ich selbst, so, wie ich früher war. Seit sie aus meinem Leben verschwunden ist, habe ich zugelassen ein komplett anderer Mensch zu werden. Wieso nochmal habe ich das getan? Wieso habe ich mich von einer Frau, der ich offensichtlich nichts bedeutet habe, so verändern lassen? Mit einem Mal wandelte sich meine Enttäuschung über sie in Wut auf mich selbst um. Wieso kapierte ich das Alles erst jetzt?! Ich allein war schuld daran, dass ich jetzt niemandem mehr trauen konnte. Meine Verlustängste konnte ich nachvollziehen, ich wusste genau, woher sie kamen, aber woher kam mein Misstrauen? Ich war ein absoluter Vollidiot! Das Ella sich überhaupt mit mir abgab? Sie konnte doch sicher jeden haben. Diese Frau war nämlich nicht nur schön, sondern auch schlagfertig und klug! So jemanden wünschte sich doch jeder Mann. Und was machte ich? Ich stieß sie von mir weg, erzählte ihr nichts über mich und verhielt mich ihr gegenüber wie ein Arschloch!

Gut gemacht, Alex!

Zwischen all meinen Gedanken fielen mir irgendwann die Augen zu und ich träumte wieder wirres Zeug...

»Hey, Alex! Komm her, ich muss dir was zeigen«, rief Lev und ich lief schnell zu ihm. Ich stand auf einer Wiese und dort, wo seine Stimme herkam, befand sich eine Scheune. »Was machst du denn hier drinnen?«, wollte ich wissen und daraufhin zeigte er mir eine kleine Holzfigur. Die Figur sah aus wie... Ella! Was zum...?!

Im selben Moment öffnete sich der Boden unter meinen Füßen und ich fiel. Ich fiel lange, mit der Figur in meiner Hand und schrie. Hatte das Fallen überhaupt ein Ende? Irgendwann landete ich auf einem riesigen Kissen, im Nichts. Verdammt! »Wo bin ich?«, fragte ich ängstlich, immerhin war ich ein kleiner Junge, doch niemand antworte-

te. »Hallo?«, rief ich erneut. »Wieso bin ich hier?«, fragte ich, doch auch das wurde natürlich nicht beantwortet. »Ich will eine Antwort!«, forderte ich schroff, doch es brachte nichts. Hier konnte ich schreien und fragen so viel ich wollte, niemand hörte mich. Dieses blöde Nichts! Ich beschloss aufzustehen und ein wenig zu laufen, vielleicht fand ich irgendwo einen Ausgang. Mir wurde ganz kalt. Meine Bermudas, die ich trug, wärmten mich nicht sonderlich. Bei Lev war Sommer, hier unten schien der Winter zu lauern. »Ich komme hier bestimmt raus«, versuchte ich mir selbst Mut zu machen und verschränkte dabei die Arme vor der Brust. Viel brachte das leider nicht, aber da ich gerade weder Jacke noch Decke hatte, musste das genügen. »Du kommst hier raus, wenn du bereit bist«, sagte auf einmal eine Stimme. Ich zuckte zusammen. »Bob?«, ich erkannte ihn sofort.

»Was meinst du damit?«.

»Du kommst hier raus, wenn du bereit bist«.

»Kannst du dich vielleicht etwas deutlicher ausdrücken? WIE komme ich hier raus?«.

Keine Antwort mehr. Mist! Was sollte das heißen, wenn ich bereit war? Wann war ich denn bereit? Wie lange musste ich hier unten bleiben, bis ich seiner Meinung nach BEREIT war?! »Sie wird dich hören«, sagte Bob. Sein irres Gelaber brachte mich leider überhaupt nicht weiter. Auf einmal erschien ein Tunnel vor mir. Am anderen Ende war eindeutig Licht! Licht! Tatsächlich! Ich rannte auf ihn zu, doch kam ihm einfach nicht näher. »Was soll das? Wieso komme ich nicht näher?!«, rief ich und sackte zusammen. Ich ließ nun alles raus, weinte und schrie. Meine Wut, meine Trauer, meine Enttäuschung. Ich fühlte, wie ich freier wurde, je mehr ich los schrie. Es schien, als würde ich dabei diese Gefühle loslassen. Als ich irgendwann nicht mehr konnte und meine Stimmbänder schon demoliert waren, befand sich der Tunnel auf einmal direkt vor meiner Nase. »Was...?«, fragte ich verwirrt und stand auf. »Das ist doch wieder nur Verarsche! Sobald ich da reingehen will, rennt der mir doch wieder davon«, krächzte ich und bewegte mich erst mal nicht. »Sie wird dich hören«, sprach Bobs Stimme wieder und mir wurde schon schwindelig von diesem Satz. Wer wird mich hören? Und was wird diese Person hören? Ich hatte keine Ahnung. Mein Blick fiel auf die Figur in meiner Hand, die aussah wie Ella. Ich habe sie während meiner Schreie fest gegriffen, sodass ein Abdruck von ihr auf meiner Hand entstanden ist. Ella... Ich ging nun einen Schritt auf den Tunnel zu und siehe da! Er rannte mir nicht davon. Nein, er blieb einfach an Ort und Stelle, sodass ich ihn tatsächlich betreten konnte. Wie gut sich das anfühlte. Erst ging ich langsam, dann wurden meine Schritte immer schneller und schneller, bis ich schließlich rannte. Ich rannte, als wäre es das Letzte, dass ich tat, auf das Licht zu. Zum Ende des Tunnels und damit zum Ende dieses beknackten Nichts!

DRAUßEN!!!

Woooooooooooooooooaaaaaaaahhhhh!!!!!!!!

So etwas wahnsinnig Schönes habe ich noch nie gesehen! Ich stand auf einer Wiese, die voller Blumen war, hier sah es aus wie im Märchen. Große Bäume, die majestätisch gen Himmel ragten und Kaninchen, die herum hoppelten. Ein kleiner Fluss plätscherte friedlich vor sich hin und ich beschloss, einen kleinen Schluck aus ihm zu trinken. Hmm, war das erfrischend! Ich musste im Paradies gelandet sein. Hier wollte ich nie mehr weg. Ich lief zurück zur Wiese und ließ mich ins Gras fallen. Die Sonne schien mir ins Gesicht und wärmte mich auf, endlich kein Frieren mehr. Ich schloss die Augen und genoss die Wärme, das Zwitschern der Vögel, den Duft der Wiese und meine vollkommene Zufriedenheit. Als ich meine Augen wieder öffnete, schaute ich kurz an mir herab, da ich vorhin den Hauch einer Veränderung gespürt hatte. Ha! Ich war kein Kind mehr, sondern erwachsen. »Sooo schöööön«, gab ich von mir und hörte dann ein Kichern. »Da hast du wohl Recht«, sagte jemand hinter mir und ich drehte meinen Kopf, damit ich sehen konnte, wer dort stand. Eigentlich habe ich die Stimme längst erkannt, aber ich wollte sie natürlich auch sehen. Es handelte sich nämlich um Ella. »Ella? Was machst du denn hier?«, wollte ich wissen, stand sofort auf und umarmte sie. Ich war so glücklich, sie hier zu sehen. Sie sah aus wie eine Erscheinung. Im zartrosa Kleid, einer Schleife im langen Haar und dem zauberhaftesten Lächeln der Welt stand sie vor mir. »Ich habe dich hierhergeholt, du Depp«, erklärte sie kichernd und ich runzelte die Stirn. »Du? Aber was sollte denn das... Und die...«, stammelte ich, doch sie legte mir ihren Zeige-

finger auf den Mund. »Shhh, das alles ist nicht so wichtig. Wichtig ist nur, dass du bei mir bist«, hauchte sie und legte dann ihre sanften Lippen auf meine. Die Lichtung verschwamm langsam. Die Vögel, der Fluss, die Bäume und auch Ella und ich. »Sie wird dich hören«, flüsterte Bobs Stimme leise...

Ich öffnete die Augen und schaute mich verschlafen um. Mein Schlafzimmer. Gut. Was war das denn schon wieder?! Dieser Traum war ähnlich wie der letzte. Was bedeuteten sie? Sie mussten doch irgendetwas bedeuten, sonst wäre das nicht schon das zweite Mal, dass ich so eine Art von Traum hatte. Er hatte sich so intensiv angefühlt. So schrecklich und gleichzeitig so wunderschön.

Ich warf einen Blick auf meine Uhr.

09:22.

Ich sollte langsam aufstehen und frühstücken, immerhin wollte ich heute beim Streichen in Ellas und Annes Wohnung helfen. Die trafen sich schon bald, nämlich um elf. Ich konnte es kaum erwarten, sie wiederzusehen. Meine Gedanken von gestern Abend haben mich nämlich endlich zu einem Entschluss gebracht. Ich wusste nun, was ich zu tun hatte.

***

»Da bist du ja«, begrüßte Ella mich freudig, als sie mir die Tür öffnete. Ich gab ihr einen Kuss zur Begrüßung, sie schaute mich daraufhin verwirrt an. »Wofür war der denn?«, wollte sie lächelnd wissen. »Für deine Schönheit«, sagte ich und grinste sie schief an. »Komm mit, die anderen warten schon«, meinte sie und ihre Wangen färbten sich rot. Wie süß! Wir gingen in den Raum, der mal das Wohnzimmer werden sollte. Dort befanden sich Karsten, Louis und natürlich Anne. »Lev kann nicht, der hat eine Verabredung mit dem Mädel aus der Bar«, erklärte Louis, als ich einen fragenden Blick in die Runde warf. »Soso«, murmelte ich und begrüßte die beiden dann. Es war schön, dass Lev sich ablenkte, so saß er schon mal nicht die ganze Zeit zu Hause und war seiner Trauer hilflos ausgeliefert. Ich dachte kurz daran, dass ich von Ella so abgelenkt wurde, dass meine Trauer in den Hintergrund gerückt war. Das schwere Gefühl in meinem Brustkorb tauchte fast gar nicht mehr auf, was sehr gut tat. Ella tat mir gut. »Dann können wir ja loslegen«, sprach Anne und wir alle nickten.

***

»Das hat doch alles super geklappt«, sprach Ella, als wir nach dem Streichen zu unseren Autos liefen. »Ja, da hast du Recht«, antwortete ich und überlegte hin und her, was ich noch sagen könnte. Da war so viel was ich ihr mitteilen wollte, aber ich fand keinen Anfang dafür. »Ella...«, fing ich an und sie schaute mich fragend an.

»Es gibt da einige Dinge, die ich dir sagen muss«.

»Was für Dinge?«.

»Dinge, die ich jetzt nicht einfach so aussprechen kann«.

»Und wann willst du sie aussprechen?«.

»Wenn wir allein sind«.

Gut, ein Anfang war getan. Jetzt mussten wir nur noch alleine sein und ich würde ihr sagen, was ich seit gestern Abend in meinem Kopf hatte. Ich musste ihr meinen Entschluss mitteilen, auch wenn es mir schwerfallen würde. Ich durfte mich nicht davon abhalten, ich musste das tun. Für mich, für... Uns. Ja, für mich gab es definitiv ein „Uns", wir haben von Anfang an diese enorme Anziehungskraft aufeinander gehabt. Wir sind uns immer wieder begegnet, obwohl das gar nicht beabsichtigt war. Es musste einen Grund geben, wieso das mit uns geschah und nun kannte ich ihn. Ich habe es erkannt, ich habe nun endlich den Durchblick und das musste ich ihr sagen. Nicht nur meinetwegen, sondern auch, damit sie mich nicht für einen Volltrottel hielt. Ich wusste, dass sie nicht so war wie *sie*. Ella war anders als alle Frauen, die ich vor ihr getroffen hatte. Sie war immer fröhlich, wirkte es zumindest, sprach immer ihre Meinung aus, war mutig und warmherzig. Sie hat mich aufgehalten, als ich gehen wollte, was mir sagte, dass ich ihr etwas bedeutete. Ansonsten wäre sie einfach ausgerastet, wie alle Frauen vor ihr und hätte mir gesagt, dass ich verschwinden und nie wiederkommen sollte. Obwohl sie mich im Grunde gar nicht kannte, ist sie trotzdem geblieben und wartete geduldig, bis ich von mir aus etwas erzählen wollte. Mal abgesehen von ihrem tollen Charakter war sie außerdem die schönste Frau, der ich jemals begegnet bin. Ich wäre ein absoluter Idiot, sie einfach gehen zu lassen. Nein, diesen Fehler würde ich nicht machen, konnte ich ohnehin nicht mehr. Dafür war sie mir viel zu wichtig und genau das wollte ich ihr heute sagen. Mir fiel auch der perfekte Ort für meine Offenbarungen ein...

***

»Was machen wir hier?«, fragte Ella verwirrt, als ich sie zum Parkplatz vor Salvas Restaurant fuhr. »Wir haben doch schon Sandwiches gegessen«, fügte sie noch hinzu und ich grinste: »Wir sind auch nicht zum Essen hier, Elli«. Ich stieg aus und hielt ihr auf der anderen Seite die Autotür auf. »Es ist ganz schön kalt«, bibberte sie, als sie ausgestiegen war. Zum Glück habe ich noch eine Jacke auf dem Rücksitz, die ich ihr natürlich sofort rausholte und über ihre zarten Schultern legte. »Danke«, sagte sie und ich teilte ihr mit, dass wir spazieren gehen würden. Sie war nicht allzu begeistert, weil es wirklich kalt war, aber sie würde es schon überleben. Wenn sie wüsste wie wichtig dieser Spaziergang war, wäre sie ganz Ohr, dessen war ich mir sicher. Wir liefen den Weg entlang, den wir damals bei unserem ersten richtigen Date gelaufen waren. Die Bäume wehten sanft im Wind, der, wie ich zugeben musste, wirklich kalt war. Der Fluss verhielt sich ganz ruhig, die Strömung war kaum zu sehen. Ab und zu sah man Blätter von den Bäumen wehen. Der Herbst zeigte sich in seiner vollen Pracht. Auf dem Weg, auf dem wir liefen, war im Moment keine Menschenseele zu sehen, es gab nur uns beide. Umso besser. Die Vögel zwitscherten fröhlich vor sich hin, der Himmel war grau verhangen, regnen sollte es allerdings nicht. Heute war nicht der optisch schönste Tag, keine Sonne, kaum Licht und trotzdem fühlte ich mich fantastisch. Vorsichtig nahm ich Ellas Hand, sie sah mich kurz darauf an und lächelte. Im Grün ihrer Augen konnte ich Offenheit erkennen, Wärme und vor allem eins, Unsicherheit. Ich wollte ihr diese Unsicherheit nun nehmen.

Als wir nun eine Weile Hand in Hand nebeneinander hergelaufen waren, hielt ich an. Wir standen nun neben einer großen Eiche, die sich deutlich von den anderen Bäumen abzeichnete, weil sie so mächtig war. Ich stellte mich direkt vor sie und nahm ihre beiden Hände in meine. Ich betrachtete ihre zierlichen Hände, die sie in Fäustlinge gepackt hatte und sah ihr dann in die Augen.

»Ella...«, wollte ich anfangen, doch sie funkte mir dazwischen.

»Bitte sag mir jetzt nicht, dass du glaubst, wir beide funktionieren nicht ...«.

Ich zog eine Augenbraue nach oben, wollte antworten, doch...

»Ich ertrage das Alles nicht mehr. Wenn du gehen willst, dann mache es schnell. Kurz und schmerzlos, okay?«.

Als sie weitersprechen wollte, hielt ich ihr meinen Zeigefinger auf den Mund.

»Shhh!«, befahl ich. Sie sollte still sein, damit ich endlich fortfahren konnte. Als sie mir zu verstehen gab, dass sie ab jetzt ihren Mund hielt, sprach ich weiter:

»Ella, wie kommst du darauf, dass ich jetzt abhauen will? Ich fahre doch nicht extra an diesen Ort, um dir zu sagen, dass ich ... Egal ...«. Ich atmete kurz tief durch. »Hör zu. Ich habe dich hergebracht, um dir zu sagen, dass ich etwas für dich empfinde. Ich will nicht gehen«, gestand ich ruhig und sah ihr dabei tief in die Augen. Ihr Blick veränderte sich ein wenig.

»W-wirklich?«.

»Ja, wirklich«.

»U-und wieso hast du so lange...? Ich meine wir ... und überhaupt ...«.

»Weil ich Angst hatte«, gestand ich und löste meinen Blick keine Sekunde von ihr. Ich musste ihr jetzt erzählen, wieso ich mich ihr gegenüber so verhalten habe. Sie hatte ein Recht, es zu erfahren, immerhin war sie meine Ella.

»Ich werde dir jetzt ein paar Dinge über mich sagen, um dir zu beweisen, dass ich dir vertraue und um uns eine Chance zu geben. Ich weiß, dass das mit uns nur funktionieren kann, wenn ich endlich offenbare, was die ganze Zeit los war. Verdammt ich will, dass es funktioniert. Ich will dich und zwar komplett, mit allen Ecken und Kanten und... Rundungen. Und das weiß ich jetzt«. Ellas Augen füllten sich mit Tränen. Oh, Nein! Ich wollte sie nicht zum Weinen bringen. »Nicht weinen«, behutsam fing ich die erste Träne auf, die ihre gerötete Wange hinab lief. »Tut mir leid«, hauchte sie und versuchte ein Lächeln. »Ich will dich auch«, brachte sie nur heraus und ich lächelte. Dann ließ ich ihre Hände los und begann zu erzählen. Ich klärte auf, wer mein verstorbener „guter Freund" wirklich war, dass er wie ein Vater für mich gewesen ist. Ich erzählte ihr, dass meine Eltern bei einem Autounfall ums Leben gekommen waren, mehr ertrug ich selbst nicht, zu sagen. Es fiel mir immer noch schwer über sie zu sprechen. Ella verstand das und legte ihre Hand auf meine Schulter, als Zeichen, dass ich nicht mehr sagen musste, als nötig war. Ab und zu rinnen ein paar Tränen ihre Wangen hinab, meine Geschichte berührte sie und mein Vertrauen vermutlich auch. Ich wusste, dass das was ich tat, das Richtige war. »...Weißt du, deswegen habe ich Verlustängste. Ich habe Angst, jemanden zu verlieren. Mir ist natürlich bewusst, dass ich nicht bestimmen kann, wer geht, aber genau das ist es ja, was mir so eine Angst einjagt«.

»Ich verstehe das, Alex«, wisperte sie beinahe und lächelte mir verständnisvoll zu. Ich haderte mit mir, ob ich Ella die Geschichte mit Yvonne erzählen sollte, oder ob das gar nicht nötig war. Eigentlich musste sie es nicht wissen, immerhin habe ich jetzt herausgefunden, dass *sie* keinen Einfluss mehr auf uns hatte. Ich habe wohl endgültig mit dem Kapitel „Yvonne" abgeschlossen, sie endlich losgelassen. Das hätte ich schon viel eher tun sollen.

-22-

Offene Herzen

Ella

Mein Herz pochte wahnsinnig schnell in meiner Brust, als Alex mit mir auf dem Parkplatz vor dem Restaurant stehen blieb, in dem wir damals essen waren. Was wollte er hier? »»Was machen wir hier?«, fragte ich also und meinte, dass wir doch schon Sandwiches gegessen haben. Anne hat uns vorhin welche gemacht.

»Wir sind« auch nicht zum Essen hier, Elli«, sprach Alex und da war es wieder, er nannte mich Elli. Immer, wenn er mich so nannte, machte mein Herz einen Freudensprung. Er stieg aus und hielt mir dann, total Gentlemanlike, die Autotür auf. Als ich mich nach draußen begab, begann ich sofort zu frieren, da ich keine warme Jacke dabeihatte. »Es ist ganz schön kalt«, bibberte ich laut, in der Hoffnung, dass Alex eine Jacke für mich hatte. Meine Mundwinkel bewegten sich nach oben, als er tatsächlich eine Jacke aus dem Auto holte und sie mir sanft über die Schultern legte. Jetzt fühlte ich mich wohl behütet und eingepackt. Ich bedankte mich bei ihm und er eröffnete mir dann, dass wir spazieren gingen. Vorhin meinte er, es gäbe Dinge, die er mir nur sagen könnte, wenn wir allein waren. Wollte er mir etwas über sich erzählen? Oder gar Schluss machen?! Ella! Mahnte mein Inneres. Er kann gar nicht mit dir Schluss machen, weil ihr überhaupt nicht zusammen seid! Doch er konnte... Denn obwohl wir offiziell kein Paar waren, fühlte es sich trotzdem so an und eine Abweisung von ihm, würde sich dementsprechend wie eine Trennung anfühlen. Mein Herz pochte noch schneller, ich bekam Angst. Was, wenn er tatsächlich einen ruhigen Ort gesucht hatte, damit er mir sagen konnte, dass er nicht mit mir zusammen sein wollte? Schon beim Gedanken daran zog sich mein Magen schmerzhaft zusammen. Ich habe ein ungutes Gefühl bei dieser Sache. Selbst seine Hand, die sich auf einmal in meine legte, änderte nicht viel daran. Ich lächelte ihm zwar zu, doch innerlich war mir eher nach Heulen zumute. Wir spazierten den Weg, welchen wir damals nach unserem ersten Treffen gelaufen sind, entlang. Ich habe das Gefühl, er endete nie. Immer wieder schaute ich zu ihm rüber, versuchte seinen Blick zu deuten, doch ich erkannte nichts. Ich würde fast sagen, er sah konzentriert aus. Wahrscheinlich überlegte er sich gerade, wie er mich am schnellsten loswerden konnte. Ella, jetzt mach mal halblang! Er hält deine Hand! -Rief mir mein Inneres zu und es hatte Recht. Ja, er hielt meine Hand, wieso sollte er das tun, wenn er mich nicht wollte? Meine Gedanken machten mich wahnsinnig, ich wusste nicht mehr, was ich denken sollte. Wir hielten an und Alex wollte anfangen zu reden. Allerdings kam er nicht besonders weit, weil ich meinen Mund nicht halten konnte. »Bitte sag mir jetzt nicht, dass du glaubst, wir beide funktionieren nicht...

Ich ertrage das Alles nicht mehr. Wenn du gehen willst, dann mache es schnell. Kurz und schmerzlos, okay?«, sprach ich aus, was mir die ganze Zeit auf der Zunge brannte, wollte ihm noch mehr sagen, doch ein mehr oder weniger lautes »Shhh!«, brachte mich zum Schweigen. Ich hielt nun meine Klappe und beschloss, ihm aufmerksam zuzuhören. Egal, was er nun sagte, ich konnte sowieso nichts daran ändern. Mit dem, was er dann wirklich zu mir sagte, rührte er mich zu Tränen. Er gestand mir, dass er etwas für mich empfand und mir sein Vertrauen beweisen wollte, indem er mir einige Dinge über sich erzählte. Ich musste mich echt beherrschen, nicht auf der Stelle loszuheulen! Ein riesiger Stein fiel mir gerade vom Herzen und ich versuchte krampfhaft, meine Tränen bei mir zu behalten. Während seiner darauffolgenden Erzählungen, liefen sie mir dann doch über die Wangen. Lange nicht alle, aber ein paar davon.

Zuerst löste er auf, wer dieser Bob wirklich war. Er war nämlich gar kein „guter Freund", sondern so etwas wie ein Vater für ihn gewesen. Dazu erzählte er noch, dass er seine

Eltern früh verlor und dadurch Verlustängste hatte. Er klärte alle Unklarheiten auf, war ab und an selbst kurz davor zu weinen und schüttete mir sein Herz aus. Ein absoluter Vertrauensbeweis von seiner Seite. Darauf habe ich die ganze Zeit gewartet! Endlich konnte ich mir sicher sein, dass er für mich ebenso empfand, wie ich für ihn! Ich verstand ihn nun viel besser, auch wenn ich es gerngehabt hätte, wenn er mir von alledem früher erzählt hätte. So wären einige Missverständnisse sofort aufgeklärt worden und meine Nerven geschont geblieben. Alex hatte mein vollstes Verständnis und das sagte ich ihm auch, er durfte nicht denken, dass ich in irgendeiner Art wütend oder sonst was wäre. Im Gegenteil. Ich fühlte mich nun ganz wunderbar, denn Alex hatte mir gezeigt, dass er mir vertraute. Niemals habe ich damit gerechnet, dass er mir bei diesem Spaziergang alles erzählen würde. Wahrscheinlich hatte meine Angst mir diese Möglichkeit von vornherein verweigert. »Ich bin so froh, dass du mir das Alles erzählt hast«, teilte ich ihm mit. »Ich auch«, hauchte er, dann beugte er sich zu mir herunter und küsste mich. Sanft und zärtlich, wie beim ersten Mal. Um mein Herz herum wurde es warm und die Magenschmerzen waren verpufft. Übrig blieb nur ein unglaubliches Gefühl von Vertrauen und Wärme. Seine Nähe tat mir gut und offensichtlich tat meine das auch bei ihm. Ich wollte ihn nie wieder loslassen!

-23-

Abschied

Alex

Heute war der Tag von Bobs Beerdigung. Mir ging es dementsprechend beschissen, doch Ella war da, um mir den Rücken zu stärken. Sie würde ab jetzt immer da sein, das hatte sie mir gesagt. Ich habe sie gebeten mitzukommen, damit ich das nicht allein durchstehen musste und sie hat nicht eine Sekunde gezögert. »Bist du soweit?«, wollte sie wissen, wir befanden uns noch in meiner Wohnung. »Nein«, antwortete ich ehrlich und sie griff nach meiner Hand. »Du gefällst mir in Rot besser«, meinte ich, als ich ihr schwarzes Kleid betrachtete und versuchte ein Lächeln, weil Bob es so gewollt hätte. Leider gelang mir das nicht sonderlich gut. Ella lächelte mir aufmunternd zu und dann verließen wir die Wohnung. Meine Basis. Meinen Rückzugsort. Wir gingen nach draußen in die Wirklichkeit und würden gleich Freunde und Verwandte von Bob sehen. Mein Magen schmerzte, als ich an Levs Familie dachte. Seine Mutter hatte ihren Mann verloren und Lev und Larissa ihren Vater. Ich wusste genau, wie ihnen nun zumute war. »Wir schaffen das«, flüsterte Ella mir ins Ohr.

***

Auf dem Friedhof sammelten sich bereits einige Leute, alle in schwarz gekleidet, wie es eben üblich war. Ich hasste das. Auf meiner Beerdigung sollte niemand in schwarz erscheinen. Ich erkannte meine Schwester Nora, die allein gekommen war. Wir haben ihr angeboten, sie mitzunehmen, doch das hatte sie abgelehnt. Vermutlich wollte sie allein sein. »Hallo Nora«, begrüßte ich sie mit trauriger Miene und umarmte sie. »Hallo Alex«. »Das hier ist Ella, es tut mir leid, dass ihr euch gerade hier zum ersten Mal trefft«, stellte ich Ella vor und Nora gab ihr die Hand. Die beiden schauten sich etwas länger an, fast, als hätten sie sich schon einmal gesehen. Moment mal, hatten sie ja auch! Damals im Blumenladen. Allerdings hat auch diese Begegnung mit dem Tod von Bob zu tun gehabt. »Hat Gloria die Blumen rechtzeitig geliefert?«, erkundigte sie sich und Nora nickte. Wir gingen weiter und begrüßten die anderen Anwesenden. Silvia, Lev und Larissa waren allerdings noch nicht da. Wo waren sie? Ich sah rüber zu den anderen Autos, vielleicht parkten sie ja gerade. Ich behielt Recht. Lev stieg gerade aus und öffnete seiner Mutter die Tür. Larissa verließ als letzte das Auto. Alle Anwesenden verstummten auf einmal, als die drei den Friedhof betraten. Das lag wohl mehr oder weniger an Silvias Aussehen. Sie sah, um ehrlich zu sein, ganz furchtbar aus. Ihre Augen knallrot, die Wangen ebenso und ihr Blick apathisch. Sie sah ungefähr 20 Jahre älter aus, als sonst. Lev stützte sie und sah sehr müde aus. Vermutlich hatte er die ganze Woche auf sie aufgepasst und versucht, sie zum Sprechen zu bringen. Ich ging langsam zu ihm und er flüsterte mir ins Ohr: »Es ist schlimmer geworden. Ich weiß nicht mehr, wie lange das noch so weitergehen kann«. Sein Blick verriet mir, dass er wohl schon länger nicht mehr geschlafen hatte, aber das hauptsächlich wegen Silvia. Wir versammelten uns nun alle um den Sarg herum, der gleich in die Erde gelassen wurde. Larissa stellte sich zu ihrem eben-falls anwesenden Freund, der sie sofort in den Arm nahm. Der Trauerredner stellte sich hinter das Grab und fing an zu sprechen. »Verehrte Trauergemeinde...«. Ich konnte nicht zuhören, immer wieder fiel mein Blick auf Lev und seine Mutter. Sie verzog keine Miene, starrte nur auf den Sarg und Lev blickte zu Boden. Eigentlich wollte ich keine Rede hal-ten, doch irgendwie fühlte ich nun den Drang dazu. Als würde Bob mit mir sprechen und mir sagen, dass ich dort vorgehen und reden sollte. »Ich bin gleich wieder da«, flüs-terte ich Ella zu und bevor sie Fragen stellen konnte, ging ich nach vorn zum Trauerredner. »Entschuldigung, dass ich Sie unterbreche, aber wäre es möglich, dass ich ein paar

Worte sage?«, fragte ich ihn und er nickte: »Selbstverständlich«.

Ich räusperte mich ein paar Mal.

»Hallo. Ich-ich habe noch nie große Reden gehalten, aber dieses Mal habe ich das Gefühl, ich sollte es tun. Ich glaube, ich bin es ihm schuldig...«, fing ich an und blickte zu Lev, dessen Kopf sich nun aufgerichtet hatte. Er sah mich an, ich sollte weitersprechen. »Bob war ein toller Mann, Freund und auch Vater. Er war immer ehrlich und warmherzig. Und vor allem war er ein Mann mit Humor. Seine Witze haben jedem um ihn herum gute Laune bereitet, er hat uns immer alle zum Lachen gebracht, oder? Er konnte natürlich auch streng sein und hat Lev und mich damit regelmäßig genervt. Wir haben damals nicht verstanden, wieso wir nicht an den See durften. Wir dachten nur, Bob wäre uncool und würde uns unseren Spaß nicht gönnen, doch so war es niemals. Bob war endlos cool, er hat sich nur Sorgen um uns gemacht. Noch eine Eigenschaft an ihm, die wir sicher alle geliebt haben. Man musste sich nie um ihn sorgen, er hat immer alles im Griff gehabt und es gab keine Sache, die er nicht reparieren konnte. Bob war ein Allroundtalent, ein Handwerker allererster Sahne. Für mich war er aber vor allem eines, ein Vater. Nachdem meine Eltern gestorben sind, hat er sich um mich gekümmert. Er hat mich behan-

delt, wie seinen eigenen Sohn. Er hat mir väterliche Rat-
schläge erteilt, mir gewisse Sachen verboten, mir gezeigt,
wie man auf dieser Welt Fuß fasst. Ich habe ihn immer für
seine Bodenständigkeit bewundert, wollte immer so werden
wie er. Bob war immer für mich da und dafür werde ich ihm
ewig dankbar sein. Er wird für immer einen Platz in meinem
Herzen haben, sicher auch in euren. Denkt immer daran,
dass er in unseren Herzen weiterlebt. Wir können uns Geschichten über ihn erzählen und werden lächeln, weil wir
daran zurückdenken, was für ein toller Mensch Bob war«.
Ich drehte mich zum Sarg um und wisperte »Danke für alles, Bob. Ich bin sicher, wir sehen uns irgendwann wieder«.
Der Trauerredner nickte mir zu, als ich an ihm vorbeiging,
um zurück zu den anderen zu gehen. An Ellas Wangen flossen Tränen hinab, sie schien zutiefst berührt. »Du hättest es
nicht schöner sagen können, Alex«, wisperte sie und umarmte mich kurz. Ich sah rüber zu Lev, der ebenfalls weinte
und ein »Danke« mit seinen Lippen formte. Dann erkannte
ich es. Silvia! Ihr flossen unaufhörlich Tränen hinab. Endlich reagierte sie! Und scheinbar habe ich ihr dabei geholfen.
Nun wusste ich, wieso ich unbedingt reden musste. Es war
nicht nur für Lev und mich, sondern vor allem auch für
Silvia gewesen. Endlich trauerte sie.

***

Nachdem der Trauerredner mit seiner Rede fertig war, stellten wir uns der Reihe nach an, um von Bob Abschied zu nehmen. Der Sarg wurde nun in die Erde gelassen. Lev und Larissa standen ganz vorne, nahmen sich jeweils eine Rose und warfen sie auf den Sarg. Danach nahm Lev sich die Schaufel und legte damit ein wenig Erde darüber. Er sagte nichts, vermutlich sprach er im Stillen zu Bob. Außerdem riss er sich zusammen, das konnte ich ihm deutlich ansehen. Er tat das sicher für seine Mutter. Nach ihm kam sie nämlich dran. Nun geschah etwas, womit sicher keiner der Anwesenden gerechnet hatte. Silvia kniete sich hin und weinte ganz fürchterlich. Es war furchtbar, ihren Ausbruch mitzuerleben, weil man einfach nichts dagegen tun konnte. Sie zitterte stark und man hatte das Gefühl, sie würde dem nicht mehr Stand halten können und gleich in Ohnmacht fallen. »Wieso nur Bob?«, rief sie plötzlich und ich sah Lev zusammenzucken, der vor den Rosen stand. »Mama?«, fragte er, doch sie schaute nicht auf, sondern schluchzte und wiederholte immer wieder den Satz: »Wieso nur Bob?«. Lev lief rüber zu ihr und kniete sich neben sie. Er wollte etwas zu ihr sagen, doch das war gar nicht mehr nötig. Silvia ließ sich von ihm in den Arm nehmen und trösten. »Wieso?«, brachte sie nun nur noch heraus und Lev hielt sie ganz fest, fast, als hätte er Angst, sie würde sonst auseinanderfallen. Alle Anwesenden waren zutiefst berührt von der Szene, die sie sich vor ihren Augen abspielte und manche weinten einfach mit. Zu diesen Menschen gehörten auch Ella und Nora. Ich nahm meine Schwester in den Arm, sie brauchte mich jetzt. Wir weinten zusammen, während Ella danebenstand und sich immer wieder mit einem Taschentuch die Tränen von den Wagen wischte. Sie hatte Bob gar nicht gekannt und trotzdem weinte sie. Naja, wahrscheinlich weil die Situation gerade so hochemotional war. Irgendwann ließen wir uns wieder los und auch Lev und Silvia standen auf. Sie tat das gleiche wie ihr Sohn, nur, dass sie noch eine Art Anhänger ins Grab warf. Als die beiden sich entfernten, waren Nora und ich dran, wir hatten schon vorher abgesprochen, dass wir zusammen vor ihm stehen wollen. »Ich werde dich niemals vergessen, Bobby«, sprach Nora leise und schaufelte ein wenig Erde auf den Sarg. Ich tat es ihr gleich und verabschiedete mich im Stillen nochmals von ihm. Dann nahmen wir uns die einzigen beiden weißen Rosen aus der Vase und warfen sie gemeinsam hinein. Wir haben weiße Rosen gewählt, weil wir mal einen Ausflug mit Bob gemacht hatten. Wir waren an diesem Tag an einem großen Beet vorbeigefahren, welches voll mit diesen Blumen war. Bob hat uns damals verraten, dass er weiße Rosen lieber mochte als Rote und falls wir ihm mal Blumen schenken würden, sollten wir daran denken. Ich blickte kurz nach oben in den Himmel und lächelte für einen Augenblick. Nur für Bob. Er hat immer gesagt: »Egal, wie schwer dein Leben sein mag, behalte dein Lachen und alles wird gut«. Diesen Rat würde ich mir ab jetzt zu Herzen nehmen, denn das Leben war viel zu schnell vorbei, um die ganze Zeit trübselig zu sein. Trübseligkeit hatte die Frau, die jetzt an meiner Seite war, auch nicht verdient. Ich drehte mich zu ihr um und schaute in ihre verweinten Augen. Ich wollte nie wieder der Grund sein, der diese wundervolle Frau zum Weinen brachte. Bob hatte mir den Rat gegeben zu Lachen, er hatte mir das Leben beigebracht. Ella hingegen hatte mir gezeigt, dass an jedem Tunnelende immer ein Licht auf einen wartete, man musste nur darauf vertrauen...

Ende!

Danksagung

Niemand kann ohne Unterstützung einen Debütroman schreiben, und auch ich hatte Glück, von einer Reihe toller Menschen dabei unterstützt zu werden. Zuerst mal möchte ich mich bei meiner unglaublich talentierten Lektorin und gleichzeitig Freundin bedanken. Anna, du hast kein Blatt vor den Mund genommen und mir genau gesagt, was zu tun ist. Ohne dich wäre dieses Buch nicht das geworden, was es heute ist.

Dann möchte ich mich bei meinem lieben Freund bedanken. Lukas, danke für deine tatkräftige Unterstützung beim Buch und vor allem beim Cover! Du hast es super hinbekommen. Ich bin unsagbar froh darüber, einen Mann wie dich an meiner Seite zu wissen.

Vor allem aber möchte ich meiner Familie und den Freunden danken, die immer an mich geglaubt haben. Ihr habt mir den Tritt gegeben, den ich noch benötigt habe und dafür drücke ich euch alle ganz fest!